DAVID VANN est né en 1966 sur l'île Adak, en Alaska. Il est l'auteur de *Sukkwan Island*, qui a obtenu le prix Médicis étranger en 2010 et a été traduit dans plus de cinquante pays, ainsi que de sept autres romans très remarqués, dont *Aquarium* et *Komodo*. David Vann partage désormais son temps entre l'Europe et la Nouvelle-Zélande.

Un poisson sur la Lune

Ce romancier surdoué est comme un poisson dans l'eau lorsqu'il s'agit de nager dans les eaux troubles de l'âme humaine.

MADAME FIGARO

Le livre est poignant, insupportable tant il s'approche du basculement.

TÉLÉRAMA

Une pépite spectaculaire et haletante.

TÉLÉ 7 JOURS

Ce livre qui fait revivre un père dans sa plus profonde noirceur est oppressant et haletant.

LA CROIX

La plume de l'auteur, combinée à ses choix narratifs, fait de ce roman une véritable pépite de la littérature américaine.

20 MINUTES

On ne sort pas indemne de cette catastrophe annoncée, qu'on dévore la boule au ventre, captivé par ce diamant noir.

LA VIE

Sorcier, magicien ou simplement surdoué, David Vann est un immense romancier.

LE POINT

DU MÊME AUTEUR

Komodo, 2021
Le Bleu au-delà, totem n°148
L'Obscure Clarté de l'air, 2017 ; totem n°121
Aquarium, 2016 ; totem n°100
Goat Mountain, 2014 ; totem n°88
Dernier jour sur terre, totem n°44
Impurs, 2013 ; totem n°68
Désolations, 2011 ; totem n°25
Sukkwan Island, 2010 ; nouvelle édition anniversaire, 2020 ; totem n°12

Gallmeister

David Vann

UN POISSON SUR LA LUNE

Roman

Traduit de l'américain
par Laura Derajinski

Gallmeister

TOTEM n°183

Titre original : *Halibut on the Moon*

ISBN 978-2-35178-779-3
ISSN 2105-4681

Illustration de couverture © Sam Ward
Conception graphique : Valérie Renaud

À ma belle-mère, Nettie Rose

L'AVION amorce sa descente mais San Francisco est invisible, rien que des nuages et de la pluie qui se referment sur l'aile, de la pluie à des centaines de kilomètres/heure, rien qu'une entité horizontale, qui ne tombe pas, qui n'a rien d'assez léger pour tomber. Une pression terrifiante, insistante, paniquée, qui disparaît et réapparaît, provenant d'une source terrible, le souffle d'un dieu en colère.

Jim attend et espère, mais quoi ?

Les turbulences se confondent avec les mouvements de l'avion, semblent naitre de l'intérieur, comme si, d'une secousse, l'aile tentait de se débarrasser de quelque chose, mais c'est un infime mouvement dans la plus énorme des rivières, un courant irrésistible. La peau va s'arracher, l'aluminium peler et s'enrouler.

Puis les vagues apparaissent en contrebas, les sommets moutonneux, l'écume dans l'eau d'un brun boueux. Tout en lignes fines, ordonnées, pas les vagues d'un océan mais des vagues soulevées de force par un vent né ici même, des nourrissons de vagues âgés de quelques minutes seulement, atteignant déjà leur taille adulte, déferlantes, projetées à cinq cents mètres du rivage où elles se sont formées. Notre mouvement s'effectue dans une seule et unique direction, il n'y a jamais de retour.

Jim attache sa ceinture en prévision de l'atterrissage mais pourquoi ? Des bouées jaunes, les pierres d'une digue. La piste apparaît sous eux, encadrée d'herbe, ils touchent le sol, s'élèvent à nouveau, un instant de refus qui demeure suspendu et pourrait durer une éternité, mais ils se posent, sont propulsés de tout leur poids, tandis que la poussée du moteur est inversée et que les freins adhèrent à la piste, puis tout est ralenti et tous les motifs de l'air sont brisés, et la pluie tombe à nouveau à la verticale.

C'est son frère qui l'attendra. Doug. Son frère cadet, et désormais son tuteur. Jim, devenu un être fragile.

Un homme en ciré jaune agite des bâtons lumineux afin de diriger l'avion. Personne autour de lui, le tarmac à perte de vue.

Un ultime freinage au niveau de la porte du terminal, et dans cet instant de propulsion, dans ce dernier élan, tous les passagers se lèvent à l'unisson, éjectés de leurs sièges, tous sauf Jim. Il a manqué un signal. Il serait prêt à rester là un peu plus longtemps. Il ne sait pas du tout quoi dire à Doug, et il sait que Doug ne saura pas non plus. Venu escorter son frère aîné jusque chez le psy. Ce dernier les a avertis, Jim ne doit pas rester seul.

Quand tout le monde est parti, il se lève et récupère sa valise dans le compartiment à bagages. En cuir brun, lourde, elle contient un revolver, un Rugger .44 Magnum, le même utilisé par Dirty Harry. Légal à bord de l'avion, tant que les cartouches se trouvent dans un bagage en soute. Séparer ses armes de ses munitions. Encore un conseil du thérapeute.

Il est le dernier à sortir, et Doug est la seule personne qui reste à attendre à la porte, debout sur une fine moquette grise. Un hochement de tête quand il le reconnaît, un certain soulagement. Une étape franchie, son frère livré indemne depuis l'Alaska. Tout le monde s'accorde sur le fait que l'Alaska est néfaste pour Jim, qu'il l'a toujours été. Surtout cet hiver, à vivre seul dans une nouvelle maison perchée sur une crête, loin de tout voisin, dans l'obscurité des abords de l'Arctique.

— Prêt ? Paré ? Préparé ? demande Doug, leur code, quand ils chassaient, pour savoir si l'autre était prêt, comme s'ils étaient sur le point de sortir à l'aube en direction des clairières de basse altitude, l'un au volant et l'autre debout sur le plateau du pick-up, un fusil à la main.

Doug paraît nerveux et si jeune, trente-trois ans, six ans de moins que Jim. Mais plus grand, et Jim n'arrive pas à s'y faire. Doug était l'éternelle crevette, plus petit que tous les autres élèves de sa classe, assez rapide pour faire partie de l'équipe de basket, mais minuscule et mince, et puis à Chico, à l'université, il avait grandi. La poussée de croissance la plus tardive qu'on ait jamais vue, et voilà qu'il faisait plus d'un mètre quatre-vingts, les épaules carrées et le torse large à force de fendre son bois et de bâtir sa maison de ses propres mains, et d'entraîner l'équipe de basket du collège.

— Prêt comme jamais, dit Jim.

Ils se dirigent en silence vers la zone de retrait des bagages, les allées sont presque désertes. Quand ils arrivent, les valises sont déjà sur le tapis et les gens les empilent sur des chariots, beaucoup de glacières scellées par du scotch, des boîtes en polystyrène remplies d'aliments congelés, tout le monde rapporte du flétan à cette époque de l'année, mi-mars, pas de saumon. Une correspondance par Seattle, mais tout de même, la plupart des passagers sont avec lui depuis Anchorage. Il ne savait pas qu'autant de gens en Alaska avaient de la famille en Californie. Il avait embarqué à Fairbanks, un petit avion, à peine une dizaine de personnes à bord. Seulement trente mille habitants à Fairbanks, la deuxième ville d'Alaska. L'avant-poste de l'obscurité et du froid, si loin de tout que c'en est difficile à imaginer. Chaque lumière jaillit à la verticale vers les cieux, à cause du brouillard glacé. On dirait que tout est éclairé de faisceaux célestes.

Il attrape son sac en toile verte, un sac militaire, mou, à peine plein au tiers de sa capacité. Le seul passager à ne pas avoir rempli entièrement son bagage, et qu'est-ce que ça veut dire ? Devrait-il se montrer plus attaché aux objets et transporter plus de choses avec lui ? Cela pourrait-il l'aider ? Il a ses munitions, à présent, une boîte entière à moins de trente centimètres du Magnum. Il devrait se montrer moins attaché au revolver, y penser moins. Ça, au moins, il le sait.

— Qu'est-ce qui ne va pas ? demande Doug tandis qu'ils arpentent le couloir souterrain jusqu'au parking.

— Hein ?

— Tu grimaces.

— Ah bon ?

— Tu as mal quelque part ?

— Ouais, j'imagine que oui. (Il remarque alors la spirale qui monte depuis son œil droit, une piste de douleur.) Une migraine sinusale, elle est presque permanente, ça empire après un vol.

— Tu ne peux pas te faire opérer, pour être un peu soulagé ?

Jim est dentiste, il sait exactement à quel point une telle intervention serait brutale, il en connaît les risques, il sait que le chirurgien se mettrait à déconner dès que Jim serait sous anesthésie, qu'il raconterait des blagues en découpant des morceaux à l'intérieur de sa tête, juste assez près du nerf optique pour provoquer une cécité définitive, juste assez près du cerveau pour le transpercer.

— Tu ne peux pas te contenter de faire le dur. Tu dois aborder ce problème sous tous les angles, et mettre un terme à la souffrance physique en fait partie.

Jim s'arrête et regarde son frère. Un beau visage, bien plus beau que le sien avec ses cheveux clairsemés et sa mâchoire fuyante, ses joues flasques, ses yeux que l'insomnie a cernés de noir. Doug n'affiche rien de tout ça. Pas de rides, rien qu'une peau jeune, saine, des yeux clairs, des cheveux blonds et ondulés, longs, presque aux épaules. Encore célibataire, chaque fois avec une fille différente, bien que sa copine actuelle, Mary, soit là depuis un moment, alors qui sait. Mais Jim jalouse son frère cadet, pas seulement sa jeunesse ni son allure ni les femmes, mais sa simplicité, aussi. Il ne stresse jamais, pour rien. Il s'est toujours senti libre de boire des bières, de sortir avec ses amis sans se laisser inquiéter par l'argent ni les cours ni sa famille ni son travail. Jim n'avait jamais bu, ne pouvait jamais sortir avec ses amis, il s'inquiétait sans cesse de tout, il avait eu un emploi chez Safeway pendant toutes ses années de lycée et d'université, il allait à l'église, il avait épousé la deuxième femme qu'il avait fréquentée, il avait divorcé, s'était remarié presque aussitôt, avait divorcé une fois encore. Qu'est-ce qui faisait que Jim était ainsi, et que Doug était différent ?

— Tu as bonne mine, dit Jim. Tu as l'air heureux et en bonne santé.

— Merci, dit Doug. Mais c'est de toi qu'il est question, aujourd'hui.

— Ça aiderait peut-être s'il n'était pas question de moi.

Ils se dévisagent à présent, le plus long contact visuel de toute leur vie, sans doute. Très étrange, étrangement vide. Jim n'éprouve rien en plongeant les yeux dans ceux de son frère, à part que c'est curieux. Des yeux bleus teintés de jaune ou d'or. Doug, le gamin doré. Jim se sent sur le point d'éclater de rire.

— OK, dit Doug en détournant le regard.

Ils reprennent leur marche.

De l'euphorie, c'est ce que Jim ne cesse d'éprouver, plusieurs fois par jour. Il la sent qui se forme à présent, une couche de protection à l'intérieur. Sans fondation, sans direction particulière, comme d'être assis dans de la soupe. Pourquoi les gens pensent-ils être capables de contrôler leurs émotions ?

— Je t'ai admiré toute ma vie, dit Doug tandis qu'ils marchent. J'ai besoin de retrouver mon grand frère. Il faut que tu te ressaisisses.

Jim s'esclaffe, un rire grave et sincère. Un rire qui laisse échapper une sonorité réelle. Une sensation physique réelle.

— Je suis là, dit-il. Tout ira bien.

Le chemin est long jusqu'au pick-up de Doug. Un vieux véhicule d'un brun rouillé.

— Tu devrais t'en acheter un nouveau.

— Il n'a que douze ans. C'est un 68. Il roule encore.

— Mais tout juste, non ? C'est un Dodge. J'en sais quelque chose. Mon Suburban tombe en rade toutes les deux semaines. Les Chevy, c'est pareil que les Dodge, non ?

— Hein ? Non, c'est pas pareil.

Jim doit enfourner ses bagages entre eux sur la banquette, à cause de la pluie. Et il trouve que Doug a dit quelque chose de drôle. Tu ferais mieux de te ressaisir. Des menaces, parce que ça va l'aider, c'est bien connu.

Ils s'engagent sur la Highway 101 en direction du nord, ils longent l'eau. Des vagues blanches et agitées, mais si dociles. Pas de zone de fetch ici, l'eau peu profonde, partout le long du rivage. Doug et lui avaient été pêcheurs professionnels pendant un an sur un bateau que Jim avait construit lui-même, une embarcation de vingt mètres en aluminium. Son rêve à lui pour échapper au métier de dentiste.

— Ça n'a rien à voir avec ce qu'on a pu connaître, hein ? dit-il. Les vagues.

— Ouais. On a vu des sacrées vagues, c'est sûr.

— J'ai cru qu'on allait couler, cette fois-là dans le détroit.

— Ouais. Moi aussi. Ça craignait vraiment.

Ils pêchaient le flétan à la palangre dans un détroit entre les îles aléoutiennes, en bordure de la mer de Béring, et la ligne s'était accrochée au fond. Mais les vagues montaient à dix mètres, violentes, et la ligne les rivait au fond marin, quelque chose d'incroyable. Dès qu'une vague s'élevait sous eux, ils étaient comme aspirés en elle, une pression incommensurable.

— Tu sais, ça ressemble un peu à ça, dit Jim. La dépression, les creux. C'est un peu comme quand notre bateau était retenu, et à mesure que tout s'élève autour de toi, la pression ne fait qu'augmenter. C'est un peu comme ça. La description n'est pas parfaite, mais c'est quelque chose que tu as déjà connu. Tu t'en souviens ?

— Je m'en souviens. Mais un sentiment à l'intérieur de soi, ce n'est pas comme ça.

— Oh, c'est bien pire. Bien plus fort. Une vague de dix mètres, à côté, ce n'est rien. Quelques dizaines de tonnes d'aluminium maintenues par une vague, c'est léger, en comparaison.

— C'est ça, le problème. L'auto-apitoiement. Il faut que tu tournes la page. L'auto-apitoiement, c'est une voie qui descend sans fin.
— Il y a une fin.
— Ne parle pas de ça.
— C'est pas ce que je suis censé faire ? En parler ?
Doug conduit, les deux mains sur le volant. La pluie soufflée en rafales blanches sur la route, les voitures projetant des éclaboussures en tous sens. L'océan disparaît et réapparaît sans cesse, il fait si sombre que les feux arrière des voitures sont allumés même en plein jour.
— J'ai envie de parler, dit Jim. J'en ai envie maintenant. Je me sens plutôt bien. Je suis resté seul dans cette maison trop longtemps, à discuter avec Jeannette au téléphone et personne d'autre.
— Je t'ai appelé.
— Ouais, quelques appels de toi et d'une poignée d'autres, mais pas de quoi remplir mes journées. Les conversations les plus longues, c'était avec elle. Elle m'aide à planifier mes journées, à m'organiser pour les traverser, pas à pas.
— Elle est toxique. Il faut que tu gardes tes distances.
— C'est moi qui ai déconné.
— Elle n'apporte que des ennuis.
— Ah, Jeannette, Jeannette, Jeannette. Qui est-elle vraiment ? Vous l'aimiez pourtant bien, à notre mariage.
— C'est pas compliqué. Elle n'apporte que des ennuis.
— Mais si, c'est compliqué. Elle peut prendre une centaine d'apparences différentes. Elle est chaque poisson de la mer en même temps.
— Ne commence pas à parler comme si t'étais dingue.
— Mais je suis un peu dingue, non ? Si je pense au suicide et que j'ai besoin d'un psy, et que j'ai besoin que

tu m'y accompagnes ? Si je conduis, je risque de faire une embardée dans la circulation à contresens, ou d'emprunter la Highway 1 et me précipiter au bas d'une falaise. Alors autant profiter de la liberté que ça apporte. Parce que si tout le monde me croit dingue, alors je peux dire ce que je veux. Et je te dis que Jeannette n'est pas celle que vous imaginez, tous. Elle est bien mieux, et plus encore. Elle est plus forte que n'importe lequel d'entre nous. Sa mère vient de trouer son mari d'un coup de fusil, en plein milieu de leur salon alors qu'il essayait de s'enfuir. Elle lui a tiré dans le dos à environ trois mètres, et puis elle s'est tuée au pistolet. Sans la moindre hésitation.

— C'est sans doute mauvais pour toi, de penser à tout ça.

— Mais non. Il n'y a aucun endroit où je sois en sécurité. Toi et Maman et Papa, vous pensez qu'il existe un endroit où je puisse être en sécurité.

— Eh bien, t'éloigner d'elle, ça serait un bon début. Et nous rendre visite, aussi.

— Vous êtes tous bien plus dangereux qu'elle.

— Arrête.

— C'est pour ça que vous êtes plus dangereux qu'elle. Parce que vous n'êtes pas honnêtes. Elle, elle est honnête, et bien plus forte. Il y a moins d'un an, elle a perdu ses parents comme ça, et maintenant elle est là, elle m'aide à traverser les journées, elle m'aide à faire des projets, même s'il ne m'est jamais rien arrivé dans la vie. Elle est où ma grande tragédie pour justifier le fait que je sois tellement paumé aujourd'hui ?

Ils arrivent en ville. Un idiot a fait en sorte que la 101 traverse San Francisco sur la plus longue distance possible, une cinquantaine de feux de circulation.

— J'aimerais aller voir une prostituée, dit Jim.

— Vaut mieux pas, du moins pas ici.
— Tu allais dans le Nevada, c'est ça ?
— Ouais, mais c'est différent, et c'est légal. Ils ont construit une ville entière à l'ancienne, avec des trottoirs en bois et des rues en terre. Ça paraît très réel. Des saloons, des robes à crinolines et du whiskey dans des putains de vieilles bouteilles. Ils ont même changé les bouteilles.
— J'ai envie d'y aller. Il faut que je voie ça avant de mourir, alors il faut qu'on fasse ce voyage.
— Ne parle pas comme ça.
— Je suis censé parler. Tout le monde veut que je parle, et puis d'un coup, on ne veut plus que je parle. J'explique à mon frère que je voudrais qu'il m'emmène dans une ville de l'Ouest sauvage où je pourrais porter mon flingue et baiser avec des putains. J'ai envie de me sentir libre. Je n'ai jamais rien fait de ce genre. Et qu'est-ce que ça peut foutre, maintenant, si je chope une maladie qui me ferait tomber la bite ? Peu importe.

Doug ne réagit pas. Il serre juste le volant, les articulations blanchies, il scrute la voiture de devant, s'arrête et repart, s'arrête et repart.
— Ce serait si simple, dit Jim. Ce serait si simple, à n'importe quel moment, et imagine à quel point une journée est longue, combien de moments il y a dans une seule journée, et les nuits sont encore plus longues. Il n'y a personne, la nuit. Rien que moi.
— S'il te plaît, dit Doug d'une voix suppliante, désespérée. Essaie, s'il te plaît. Je sais que tu peux redevenir celui que tu étais.
— Je suis désolé, dit Jim. Je ne cherche pas à te blesser. Mais celui que j'étais n'existe pas. Je n'ai aucune personnalité à retrouver. C'est ça que les gens ne

comprennent pas. Je n'ai pas de personnalité. Je ne suis personne.

Une sorte de grognement s'échappe alors de Doug, un son de désespoir, impossible à nommer.

— Je suis désolé, dit Jim, mais Doug semble désormais incapable de réagir.

Étrange vraiment. Dans ce moment de vulnérabilité, Jim va devoir s'occuper de chaque membre de sa famille. Il va devoir rassurer, mais que pourrait-il y avoir d'autre que le déni en guise de réconfort ? Seule Jeannette sait être franche avec lui. La vérité pure et simple, ce qu'elle a toujours aimé, et ce dont il a toujours eu peur, bien qu'une fois tombé très bas, la peur finisse par s'effacer aussi. La peur existe seulement quand il y a quelque chose à sauver.

— J'ai réfléchi, au sujet de Papa et Maman, dit Jim. Je sais que tu ne veux pas que je parle maintenant, mais je vais quand même parler. J'ai réfléchi à mon intime conviction de n'être qu'une merde, de ne pas être assez bien, et je me demande d'où ça vient. Ça doit venir d'eux. Je n'ai pas pu naître comme ça. Je me dis que ça doit venir de la religion de Maman, plus que de n'importe quoi d'autre, de m'entendre répéter encore aujourd'hui que je dois accepter dieu dans ma vie. Parce que mon problème, c'est que je n'ai pas dieu dans ma vie. Donc qu'est-ce que je suis censé faire ?

— Tu as bientôt quarante ans. Arrête d'aller à l'église. Ne les accuse pas.

— Je ne vais pas à l'église, c'est bien ça le problème. Au fond de moi, je crois que tant que je ne vais pas à l'église et que je n'ai pas la foi, je ne suis pas quelqu'un de bien.

— C'est ton problème à toi. Ne les accuse pas.

— Pourquoi tu les protèges ? Ils sont suicidaires ? Ils ont besoin qu'on les prenne avec des pincettes, maintenant ?

— Bon, et qu'est-ce que Papa a à voir là-dedans ?

— Il a juste attendu de moi que je travaille, parce qu'on avait attendu de lui qu'il travaille, et il voulait que je sois dentiste comme lui, mais il sait que je ne suis rien, tout comme il n'est rien.

— Tu n'es pas rien. Tu as tellement d'argent que c'en est ridicule. Je suis prof. Je peux t'en parler, moi, de ne rien avoir.

— Mais tu voulais devenir prof. C'est ça, la différence. Je ne voulais pas devenir dentiste, et Papa non plus.

— Eh ben, change, alors. Fais autre chose.

— Mais il y a une histoire de dignité, et c'est un truc bizarre. J'ai pêché de façon professionnelle parce que j'aimais les bateaux et la pêche. C'était un rêve. Mais quand ça n'a pas fonctionné, la seule chose que j'ai su faire, ça a été de revenir à mon boulot de dentiste, parce que tout le reste manquait de dignité. Ça m'obligerait à faire un grand saut vers le bas. Je ne peux pas.

— Personne ne te met un flingue sur la tempe.

— Non, à part moi-même.

Doug ne répond pas à ça. Ils traversent à présent le Golden Gate, des voies étroites, de l'eau projetée par les camions éclabousse le pare-brise, tout est dissimulé puis revient en lumière, l'acier rouge et la lumière rouge, et tout est submergé à nouveau.

— J'ai réfléchi à notre héritage, dit Jim. Il y a un chef indien qui porte mon nom, Jim Vann, et un autre le nom de mon fils, David Vann, et même le nom de Papa remonte à loin. Il y a d'autres Roys, bien qu'ils utilisent le nom en entier, Royal. Et je ne parle pas que des chefs cherokees, mais aussi plus loin dans le passé, il y a les Vanes de Raby Castle en Angleterre, l'un d'eux a accepté la capitulation d'un roi français, on lui a donné un gantelet doré, et puis Henry Vane, je crois que c'était son nom, le gouverneur du Massachusetts quand c'était encore une colonie, qui a contribué à fonder Harvard, mais qui s'est fait décapiter plus tard, à son retour en Angleterre, et on a un pirate célèbre, aussi, Charles Vane, et des chevaliers médiévaux, et on a même des liens familiaux avec Roy Rogers. J'ai grandi en pensant qu'on n'était personne, qu'on descendait de simples fermiers parce que Papa n'avait jamais rien dit, et puis je découvre qu'on a toutes ces nobles origines, et je commence à me demander s'il n'y a pas quelque chose en moi qui sait qu'on a échoué, qu'on est tombé trop bas aujourd'hui, qu'on ne pourra jamais être satisfait.

— C'est ridicule.

— Tu peux expliquer comment ton esprit a été fait ? Tu peux dire d'où viennent tes pensées, d'où vient ta personnalité, pourquoi tu es comme tu es, et pas les autres ?

— Je n'ai pas besoin de savoir. Je suis comme ça, c'est tout.

— Super. Franchement. C'est la chose la plus saine, la plus parfaite qu'on puisse souhaiter être. J'aimerais être comme ça, moi aussi. Je suis content pour toi, et j'espère que tu pourras rester ainsi. Même s'il m'arrive quelque chose, toi, il faut que tu restes comme ça, parce que ça vaut plus que tout au monde.

Sausalito et Marin, San Rafael et une demi-douzaine de villes s'étendent au nord du pont, toutes aisées mais aux airs de taudis. Des lieux déserts, chaque endroit désormais désert aux yeux de Jim. Il se rend compte qu'il ne voit pas clair. Enveloppé dans la pluie et l'écume et la couverture basse des nuages, mais ce n'est qu'une distorsion mineure.

— Tout paraît différent, dit Jim. Je pensais ressentir cette euphorie, qu'elle durerait un peu, au moins jusqu'à ce qu'on arrive à Santa Rosa, mais c'est déjà effacé, et chaque maison, chaque bâtiment me semble déprimant et petit et insoutenable, et toute la Californie étriquée, et le ciel est trop bas. C'est vraiment comme ça, comme si tout avançait vers moi mais ne m'atteignait jamais.

— Mais peut-être que tu vas bien, en fait, à parler autant de ce que tu vois et de ce que tu ressens. C'est censé être bon signe, non ? On m'a plutôt demandé de me méfier des moments où tu ne parles pas du tout.

— Ouais. Je pense que tu as raison. Peut-être que quelque chose s'est modifié. Je ne sais pas.

— Bon, on le découvrira bien assez tôt. On arrive chez le psy d'ici trente ou quarante minutes.

— Le psy n'apporte pas grand-chose. S'il était présent lors de mes derniers instants, il prendrait des notes sur ma manière de tenir mon arme. Pourquoi fermez-vous un œil alors que vous braquez le canon sur votre tempe ? Qu'est-ce que cela signifie ? Avez-vous toujours éprouvé un sentiment d'insécurité ? Quand cela a-t-il commencé ? Quand avez-vous fermé cet œil pour la première fois ?

— Arrête ! hurle Doug.

Le volume surprend Jim, la soudaineté aussi.

— Putain, OK. Pardon, petit frère.

Alors Jim essaie d'être un bon citoyen : il reste assis de son côté de la banquette et ne dit rien, il ne pense rien, il ne s'interroge ni sur la source, ni sur le sens. Impossible d'expliquer comment les pensées ont commencé, de toute façon, comment le désespoir a commencé, comment Jim en est arrivé là, maintenant. Il observe le paysage qui se déploie, les collines vertes et les prés constellés de larges chênes, des savanes de chênes, voilà comment ça s'appelle, bien que le terrain ait été déboisé par l'homme. Qui sait à quoi il ressemblait plusieurs siècles auparavant, qui sait s'il s'agissait d'une vallée dégagée ou densément boisée ? Tout est vert, en ce moment, la plus jolie période en Californie, avant que la scène ne vire au brun.

Et la Cherokee qu'avait épousée son ancêtre, qu'en était-il de ses parents ou de ses grands-parents à elle ? Une des branches généalogiques devait remonter à l'âge de pierre, aux cueilleurs et aux chasseurs, si récents par ici, une bulle d'histoire. Vivant à l'autre bout du pays, sur la côte Est en Virginie, mais une vie similaire, à pêcher et à chasser, à cueillir les plantes endémiques. Pas de psy, pas de voiture ni de routes, un rite de passage à chaque étape de la vie, et toujours un sentiment d'appartenance. Aurait-il été suicidaire à l'époque, ou est-ce seulement ici et maintenant que son équation se résout ainsi ? Peut-on penser au suicide quand on doit se préoccuper chaque jour de trouver à manger ?

Jim aimerait remonter dans le temps, il a toujours voulu le faire. Il aime chasser et pêcher, et à une époque, les ressources existaient en abondance. C'est ce qu'on a vu en Alaska dans les années 1970, cette perte inestimable, tous les grands flétans disparus du sud-est en une décennie à peine, et bientôt le tour du saumon. Jim ne veut rien de ce que la vie moderne a à offrir, il veut juste que les gens disparaissent et que la terre retrouve son faste d'antan, et il remonterait deux cents ans en arrière, ou cinq cents ans, aussi loin qu'il le faudrait.

Le docteur Brown, son psy, l'a encouragé à réfléchir à ce à quoi pourrait ressembler cette existence plus libre. S'il n'était pas obligé d'être dentiste, s'il n'avait pas besoin de Jeannette à ce point, s'il pouvait la laisser partir, s'il décidait de ne plus s'inquiéter des trois cent soixante-cinq mille dollars qu'il doit au fisc, mille dollars par jour sur une année entière ? C'est une dette dont il ne se débarrassera jamais, mais il pourrait partir, lui. Son passeport est encore valide. Le fisc ne lui a pas interdit de quitter le pays. Et s'il roulait jusqu'au Mexique, ou qu'il s'envolait pour l'Asie, ou l'Afrique, un endroit où il pourrait vivre à peu de frais, en retirant la totalité de son argent en liquide avant de partir ? C'est possible. C'est vraiment possible. Mais il se voit quelque part dans une chambre, seul, invariablement seul. Il ignore comment un départ peut devenir une vie, comment elle peut se remplir de gens. Les gens qui se trouvent déjà auprès de nous ne sont-ils pas les seuls que nous aurons jamais ? Notre famille n'est-elle pas ce qui nous donne forme, pour toujours, et la femme qu'on aime aussi ?

— Je ne pourrais jamais quitter mes enfants, dit-il, puis il se rend compte qu'il a parlé à voix haute.

— Quoi ? demande Doug.

— Pardon.

— Comment ça, quitter tes enfants ?

— Un truc que m'a dit le docteur Brown, que je pouvais tout simplement m'en aller, partir au Guatemala ou en Afrique et ne jamais revenir, changer de vie, mais il faudrait que je revienne voir David et Cheryl. Je ne pourrais pas les abandonner pour toujours. Ni toi, ni

Papa, ni Maman, ni Ginny, ni Jeannette. Je ne peux pas me contenter de partir.

— Ben ouais. Tu as besoin de nous pour t'aider à traverser tout ça. C'est nous qui t'aimons vraiment. Il faut que tu laisses ta famille t'aider.

— Je crois qu'il cherchait à dire que ma famille est en réalité ce qui me tue. Et mon boulot, et tous les trucs de mon quotidien actuel. Ce n'est pas de votre faute, mais c'est comme ça. Peut-être que m'éloigner de vous est mon unique chance.

— Il ne peut pas te dire des choses pareilles.

— Mais si.

— Il ne peut pas te conseiller de nous quitter.

— Un psy n'est pas là pour préserver ce qui existe. La plupart des gens l'ignorent. Les psys essaient seulement de libérer l'individu. En quelque sorte, le suicide correspond bien à leur démarche. Il veut me libérer de ce qui provoque une certaine pression, notamment tout ce qui est en moi, alors il devrait me laisser faire. Toute la douleur, toute la souffrance disparues pour toujours.

— S'il te recommande le suicide, dis-le-moi et je me charge de l'étrangler de mes propres mains.

— Il ne le recommandera pas. Mais il est prêt à me conseiller d'abandonner toute forme de lien social ou professionnel, de quitter ma famille et mes responsabilités. C'est comme balancer toutes les saloperies trop lourdes par-dessus bord quand le bateau coule.

— Le bateau continuera de couler, parce qu'il y a un trou quelque part. Ils ne coulent pas parce qu'ils sont trop lourds, à moins que la charge soit mal équilibrée et que le navire tangue.

— C'est vrai.

— Je crois que tu penses plutôt aux avions qui doivent larguer leur cargaison quand ils manquent de carburant.

— C'était juste une métaphore.

— Oui, bon.

Puis il se met à penser à Jeannette, juste comme ça, son frère a fait diversion pendant environ quarante minutes avant qu'elle ne reprenne le dessus. Il a envie de la voir, tout de suite. Il pense à elle, il l'imagine de derrière, enfoncé profondément en elle, l'empoignant par les cheveux, et il a déjà la trique. Il se branle environ cinq fois par jour, désormais, bien qu'on l'ait averti que la sur-stimulation sexuelle soit un indice de la fin proche, une façon de rendre cette fin tolérable.

Il regarde par la vitre passager afin que rien ne transparaisse sur son visage. Est-ce que les autres le savent, quand on est en train de penser au sexe ?

Se trouver là dans le pick-up est insoutenable. Il se sent prisonnier d'un carcan de plomb, plaqué contre le fond. Il n'a rien à dire à son frère. Il a juste envie de baiser. Si ce n'est pas Jeannette ce soir, il trouvera quelqu'un d'autre. Elle doit être en train de baiser avec son nouveau mec, Rich. Un loser de Konocti sans argent qui s'appelle Rich, ridicule, mais il possède ce que Jim convoite. Un sac à merde qui n'a jamais travaillé dur dans la vie, mais qui s'est trouvé au bon endroit, au bon moment. Aucune justice en ce monde, aucune récompense pour ceux qui agissent bien, et encore moins pour ceux qui se montrent plus intelligents. Les pensées ne sont qu'une malédiction. Il voudrait le cerveau de son frère, qui ne pense à rien quand il boit sa canette de bière, qui se sent étrangement heureux sans raison, qui ne s'interroge jamais, pas la moindre réflexion sur sa propre existence.

— Tu gémis, dit Doug. Ou tu grognes, ou un truc comme ça. Un son rauque. Tu as conscience que tu fais ça ?

Jim pivote et scrute le paysage par le pare-brise. S'il voulait se cacher, c'est loupé.

— Non. Je n'en ai pas conscience.

— Ça t'arrive souvent de ne pas avoir conscience de ton apparence ou des sons que tu émets ?

— Comment je le saurais ? Réfléchis un peu à ta question.

— Mais les autres l'ont remarqué, autour de toi ?

— Quels autres ? Je vis seul là-bas, tu te souviens ? Je n'ai même pas de meubles. Rien que deux chaises et une table de jeu pliantes. Je ne vais plus au boulot. Je pourrais gémir toute la journée que personne ne s'en rendrait jamais compte.

— Tu ne peux pas retourner là-bas.

— C'est là-bas que je vis. J'y ai ma nouvelle maison. Je viens de la faire construire.

— N'y retourne pas.

— L'élan. C'est le mot le plus important de nos existences. Il faut qu'on suive notre propre élan, même en sachant que ce qui nous attend n'a rien de bon. On ne peut pas lutter. C'est comme essayer de nager à contre-courant. Si tu te débats, tu te retrouves dans le mauvais sens, et c'est encore plus difficile de voir ce qui t'arrive dessus.

— C'est la pire connerie que tu aies dite depuis le début.

— Ah oui ?

— Il n'y a pas de courant ni de rivière. Et ce n'est pas toi. Il faut que tu redeviennes celui que tu étais avant.

— Mais si, c'est moi.

— Je connais mon frère. Je l'ai connu toute ma vie, d'aussi loin que remontent mes souvenirs, et je sais qu'il rit, qu'il blague, qu'il s'amuse, qu'il aime chasser et pêcher, qu'il ne se laisse pas submerger par la pression. Mais il est allé à l'université, il a rencontré Lorraine et il a commencé à ressentir la pression, celle de se marier, de subvenir aux besoins de sa famille, et il est allé à l'école pour devenir dentiste, aussi, à l'époque où il était à San Francisco. Il s'est passé quelque chose pendant ces deux années. Et puis tu t'es engagé dans la Navy à Adak, et ça t'a poussé encore un peu plus loin. Ensuite, tu as eu un fils, et je crois que ça t'a rendu heureux, mais à la naissance de ta fille tu as trompé ta femme, tu as brisé ta famille, et ça t'a entraîné plus profond encore, tu t'es senti coupable, et alors tu as rencontré Jeannette, et elle a été pire que tout. Elle t'a fait plonger plus loin encore que les autres. Il n'y a aucun mystère dans ce qui s'est passé, ni quand ça s'est passé, et il n'y a pas d'élan, non. Il n'y a que des mauvais choix et tu peux t'empêcher de faire des mauvais choix. Ne retourne pas en Alaska, et ne revois plus jamais Jeannette. Reste en Californie, installe-toi avec moi, retourne à l'université pour obtenir un diplôme, deviens prof si c'est ce que tu veux. Vois ta famille davantage. Il faut que tu sois avec nous, et tout ira bien. Vois tes enfants plus souvent. Là où j'habite, à Sebastopol, c'est à vingt minutes à peine de chez eux. Tu pourrais les voir tout le temps.

— Qu'est-ce qui est si mauvais, chez Jeannette ?

— C'est tout ce qu'elle te fait. Elle te rend si malheureux. Je ne sais pas comment elle s'y prend.

— Elle me fait voir qui je suis vraiment.

— Ce n'est pas toi, c'est seulement l'homme que tu es en présence de Jeannette.

— Ça va faire trois mois que je suis là-bas et je n'ai vu aucun de vous, même pas elle. Alors c'est l'homme que je suis, en présence de moi-même.

Doug ne répond pas, aussi Jim se tourne-t-il à nouveau vers la vitre. Des champs, surtout, dans la région au sud de Santa Rosa. Des terres agricoles. Petaluma, une toute petite ville, vraiment. Il imagine toujours la Californie surpeuplée, envahie de gens, mais c'est faux. Il reste encore beaucoup de lieux sauvages. Pas comme en Alaska, certes, où, en partant dans le bon sens, on peut marcher cinq cents miles sans jamais voir la moindre route balisée.

La base de chaque décision, jamais solide. Il a quitté la Californie car c'était trop peuplé, que la chasse et la pêche n'y étaient plus bonnes, mais la pêche commence aussi à s'amenuiser en Alaska, et s'il passe le plus clair de son temps à Fairbanks, il habite donc en ville avec des gens. C'est tout comme habiter en ville avec des gens n'importe où ailleurs.

Doug est convaincu que tout est clair, mais rien n'est clair, aucun instant de son histoire. Jim ignore pourquoi il a choisi chaque fois d'agir ainsi. Toutes les décisions prises en conscience qui apparaissent plus tard tout sauf conscientes.

— C'est la vérité, dit-il à voix haute. On croit savoir ce qu'on fait, et pourquoi, mais on ne sait rien.

— Le plus important à retenir, c'est que tu n'as pas les idées en place, en ce moment. Rien de ce que tu penses actuellement n'est la vérité. Tu souffres, et ça déforme tout. Tu es comme une boussole à côté d'un aimant. Alors ne fais confiance à rien de tout ça. Fais simplement confiance à ta famille. On va t'aider à passer le cap.

Peut-être que le docteur Brown n'a pas de doctorat. Ce n'est pas très clair. Ce qu'il a, par contre, c'est une énorme paroi de verre qui donne sur une forêt broussailleuse, des arbres qui se balancent dans le vent. Jim contemple la tempête, et soudain cette image lui apparaît comme la métaphore parfaite d'une psychothérapie, alors il sourit.

— Et à quoi doit-on ce sourire ? demande le docteur Brown.

— Vous avez mon esprit dans votre jardin. C'est pour ça que vous avez installé cette grande fenêtre. Vous savez que nul ne peut observer une forêt sans se voir lui-même.

— C'est vrai. Elle fonctionne comme un test de Rorschach. Vous savez de quoi il s'agit ?

— Oui.

— Et que voyez-vous, alors ?

— Ce n'est pas un peu trop évident ?

— L'évidence n'est pas gênante. Nous essayons de voir les choses ensemble, le plus distinctement possible.

— Une tempête qui approche, voilà ce que je vois, tout penche, tout est soufflé. Et quand le vent accélère, rien n'y est préparé.

— Mais quand tout penche, tout revient ensuite à la normale, non ?

— Ouais.

— Parlez-moi du vent.

— Il n'a aucune source. Et son accélération n'a pas de limite, ni son évolution. Je le sais, d'avoir été sur l'océan, à pêcher, je sais ce dont le vent est capable. En une heure, le monde entier se transforme.

— L'océan est le meilleur test de Rorschach, le plus grand et le plus pur. Notre inconscient. C'était comment, d'être en mer ?

— C'était la liberté, jamais deux fois de suite le même moment. L'eau n'est jamais la même, ni le ciel. La mer gagne du terrain sur le ciel, aussi.

— Vous partiez loin au large ?

— Plusieurs fois à environ deux cents miles marins. Pas aussi loin qu'on puisse aller. Mais dès qu'on dépasse les vingt miles, c'est plus ou moins la même chose. Il n'y a plus de terre en vue, plus de sécurité.

— Et que se passait-il quand le vent se levait ?

— La vitesse à laquelle il crée les vagues dépasse l'entendement. Il arrive avec elles, elles sont déjà formées et elles grandissent sans cesse, deviennent plus abruptes, elles se mettent à déferler. Mais ce n'est pas ça qui est terrifiant. Ça devrait l'être. Il est là, le véritable danger. Et pourtant, on se concentre uniquement sur le bruit du vent, la façon dont il hurle et il gémit et il chante en utilisant tout ce qu'il peut dans le bateau : les tangons, ces longues perches où sont fixées des ancres flottantes pour maintenir l'équilibre, pour éviter qu'on tangue trop, et puis les antennes et les bastingages, tout est soudain accordé et se met à produire des sons qu'on a peine à imaginer, certains comme des fantômes. On se demande quel est ce bruit, on n'arrive pas à concevoir qu'il puisse provenir du bateau. Il semble émaner d'ailleurs, hors de l'embarcation, d'autre chose à proximité.

— Ce n'est pas le véritable danger, mais c'est sur lui qu'on se concentre, et c'est de lui qu'on a peur.
— Oui.
— Et c'est quoi, actuellement ? Qu'est-ce qui monopolise toute votre concentration ?
— Le sexe. Les relations sexuelles avec Jeannette. Toutes les manières dont j'ai envie de baiser avec elle.
— Et ce n'est pas le véritable danger, ça ?
— Non.
— Alors quel est le véritable danger ? Que représentent les vagues ?

Jim a fermé les yeux, il se souvient de la mer de Béring, la taille des vagues, dix mètres, comme des bâtiments de deux étages, une menace au-dessus d'eux ourlée d'écume blanche, lâchant une telle pression sur le pont qu'elles faisaient ployer puis rebondir le bateau, avant de disparaître. S'élevant de toutes parts.

— Je ne sais pas si les vagues sont là ou non, finit-il par dire. On ne les entend qu'une fois toutes proches. On ne les voit pas car il fait nuit. Les tempêtes frappent toujours la nuit, pas seulement dans ma vie mais aussi en haute mer, comme si elles savaient qu'elles devaient tenir le rôle de métaphores. On n'a jamais subi de gros orages en journée, pas une seule fois. Ils attendent invariablement le moment le plus terrifiant pour s'abattre sur nous.
— Et d'où viennent les vagues ?
— Peut-être de tout ce que j'ai fait de mal, avoir trompé ma femme, avoir dévasté ma famille, ne pas avoir été présent pour mes gamins. Avoir brisé mon deuxième mariage. Pas seulement le fait d'avoir trompé ma femme, mais aussi d'être allé voir des prostituées et d'avoir transmis des morpions.

— Mais les vagues ne durent qu'un bref instant en pleine mer, non ? Une tempête les fait naître, elles traversent parfois le Pacifique tout entier, des milliers de kilomètres, mais elles finissent par déferler sur la rive et ne posent plus aucun problème, non ? Et elles ont même sans doute perdu en intensité avant ça ?

— Ouais, et c'est là qu'il y a une différence entre l'océan et ce qui se passe à l'intérieur. En nous, les vagues grossissent avec le temps, elles font le tour du globe et elles reviennent, comme l'océan Austral, en fait, et je ne sais jamais quand ça va arriver.

— C'est ça, le plus effrayant ? De ne pas savoir quand elles vont s'écraser ?

— Oui.

— Y a-t-il quelque chose que vous pourriez faire pour vous préparer à encaisser leur prochaine apparition ?

— Je ne sais pas.

Jim scrute les arbres, il les regarde ployer, et il sait que cette force serait amplifiée un million de fois, qu'il n'y a aucune limite.

— Peut-être qu'on peut dire quelque chose au sujet des vagues, quand elles arrivent, quelque chose qui permette de se souvenir d'elles, une sorte de mantra. Qu'est-ce que vous savez à leur sujet maintenant, mais que vous oubliez à leur retour ?

— J'oublie la taille de mon corps.

— Comment ça ?

— Quand les vagues déferlent, mon corps enfle. Il devient énorme, la pression qu'il subit est trop importante. Surtout ma tête. Et mes mains.

— Quels mots vous aideraient à vous souvenir de leur taille véritable ?

— Ceci n'est pas mon corps.

— Hmmm. Je ne suis pas certain de vouloir employer ces termes-là. Ça deviendrait trop facile d'infliger des blessures à votre corps. Il faut trouver autre chose à dire. Y a-t-il d'autres mots qui aident à faire remonter les souvenirs ?

— Je ne sais pas.

— Les mots doivent venir de vous. Quelque chose qui permette de vous rappeler la taille véritable de votre corps et de ne pas oublier que vous retrouverez la sécurité une fois les vagues passées.

— Mon corps reviendra. Il sera de retour.

— Peut-être quelque chose de plus spécifique, quelque chose qui permette de se concentrer.

— Je ne sais pas.

— Très bien, gardons ceux-là pour l'instant. Mon corps reviendra. Il sera de retour. Bien que cela ne me plaise pas non plus. Ça fait penser à la réincarnation, comme si ce n'était pas grave de sentir son corps puis qu'il disparaisse. On ne peut pas choisir ces mots.

— Rien ne fonctionnera, de toute façon. Les vagues peuvent prendre n'importe quelle forme, et elles sont en moi. Impossible d'y échapper.

Jim sent son pouls battre fort, à présent, ses doigts gonflent et sa tête commence à tourner.

— Vous semblez mal à l'aise. Qu'éprouvez-vous maintenant ?

Mais Jim n'arrive pas à parler. Il ferme les yeux et voit le tracé de la douleur dans sa tête, il sent le gouffre en contrebas, dans lequel on peut tomber à l'infini tandis qu'il gagne en taille et en pression.

— Dites-moi ce que vous ressentez, Jim.

— Ça ressemble plus à des sables mouvants qu'à des vagues, c'est comme couler ou tomber tandis que tout grandit autour de moi, et ça va m'empêcher de respirer. Tout se resserre.

— C'est la panique, Jim. C'est naturel. Ce n'est pas grave. Quand on se sent submergé, on panique, c'est notre instinct de survie. Vous êtes un survivant. Vous allez traverser cette épreuve. Vous faites exactement ce qu'il faut. À présent, je veux que vous vous concentriez simplement sur votre respiration, sur vos expirations. Expulsez l'air complètement, lentement. Oui. Et encore une fois, soufflez lentement. C'est ce que vous ferez à chaque fois que cela se produit, sachez juste que ce n'est pas grave et qu'il vous suffit de vous concentrer sur votre souffle. La panique, c'est le signe le plus évident que vous avez envie de vivre.

Jim se demande si c'est vrai. A-t-il envie de vivre ?

— Il faut que je vous pose certaines questions, Jim. Je suis désolé de le faire à un moment où vous vous sentez mal à l'aise, mais nous n'avons pas beaucoup de temps, alors il faut que je commence. Restez concentré sur votre respiration, laissez s'échapper votre souffle, faites en sorte que tout soit simple.

Faire en sorte que tout soit simple. C'est ce que Jim aimerait. Ne plus lutter.

— Avez-vous songé à vous faire du mal ?

— Me faire mal ? Me suicider oui, mais pas me faire du mal. Je ne veux sentir aucune douleur. J'en ai marre, de la douleur.

— Encore cette douleur des sinus ?

— Oui, mais c'est plus que ça, c'est une sorte de chagrin à propos de ma vie, la douleur de celui que je suis devenu, de tout ce que j'ai fait, et aussi de ce qui m'attend, le fisc et le reste.

— Je suis désolé. Il y a tant de choses à aborder, mais il faut surtout que je vous pose une série de questions. La situation m'y oblige.

— D'accord.

— Avez-vous imaginé la manière dont vous vous suicideriez ? Avez-vous envisagé la méthode ?

— Oui. Avec mon revolver.

— Avez-vous ce revolver avec vous ?

— Oui.

— Dans cette pièce ?

— Non. Dans le pick-up, dans mon sac.

— Avez-vous séparé l'arme et les munitions, comme je l'ai demandé ?

— Oui. Mais pas très loin.

— Envisageriez-vous de confier le revolver à quelqu'un, par sécurité, jusqu'à ce que vous vous sentiez mieux ?

— Non. J'aime l'avoir.

— Avez-vous imaginé faire du mal à quelqu'un d'autre, tirer sur quelqu'un d'autre ?

— Non.

— Vous êtes sûr ? Et Jeannette, si vous la voyez et qu'elle veut être avec un autre homme et que vous êtes en colère ?

— Non.

— Même si elle a perdu ses parents de cette façon ? Ça ne devient pas plus envisageable de l'abattre ?

— Non. Je ne ferai jamais une chose pareille.

— Et vos enfants, David et Cheryl ? Quand vous les voyez, si vous vous sentez triste, que vous n'avez pas envie de les quitter, auriez-vous éventuellement l'idée de les emmener avec vous, de les tuer d'abord avant de vous tuer vous-même ?

— Non. Non.

— Êtes-vous en colère contre eux, ou contre votre ex-femme, Lorraine ?

— Non. C'est une femme bien. Ce sont des enfants bien. Je veux qu'ils soient heureux. Je ne leur ferai jamais de mal.

— D'accord.

Le docteur Brown fait une courte pause et pivote pour contempler les arbres. Il a seulement quelques années de plus que Jim.

— Je ne peux pas être sauvé, dit Jim. Merci d'essayer, mais j'ai vécu trop d'heures en solitaire. Ça continue encore et encore, et tout est douloureux. Mon corps entier est douloureux.

— J'aimerais que vous essayiez de prendre un traitement. Je voulais l'éviter, mais vous luttez contre bien trop de choses, les médicaments vous aideront. Ils modifieront votre humeur. Au lieu d'être en chute libre, vous serez en terrain connu. Vous vous sentirez plus stable.

— C'est efficace en combien de temps ?

— Il faut plusieurs semaines.

Jim sourit.

— Que signifie ce sourire ?

— C'est comme être sur un bateau dans la tempête et s'entendre dire que les secours arrivent dans une semaine.

— Écoutez, Jim. (Le docteur Brown se penche à présent sur son bureau.) Vous souffrez, mais vous êtes intelligent, et vous savez que vous devez vivre pour vos enfants, et vous savez que vous avez encore tant de choses à accomplir dans la vie. Je n'ai pas l'habitude de parler comme ça pendant les séances. J'évite de donner mon avis. Mais vous êtes en crise et vous devez savoir qu'il est possible de vous en sortir. Alors je peux vous dire que j'ai vu des gens qui souffraient bien plus que vous, qui avaient moins à attendre de la vie, et qui s'en sont sortis. Ça va faire seize ans que j'exerce. Ce qu'il faut faire, c'est confier votre revolver à quelqu'un. Et vous ne devez pas rester seul, pas pour les deux prochaines semaines, le temps que les médicaments vous stabilisent. Je vais discuter avec votre frère et le lui faire comprendre. Entendu ?

— Entendu.

— Allons discuter avec lui, alors. Et vous avez fait du bon boulot, aujourd'hui, à parler des vagues. Vous comprenez et vous exprimez ce qui vous arrive mieux qu'aucun autre de mes patients dans votre condition, c'est très bon signe.

— Il y a des signes partout, ils sont tous bons. Les présages.

— Oui, mais je n'emploierais peut-être pas ce terme.

— Pourquoi ?

— À cause du sentiment d'impuissance, cette idée du destin chez les Grecs. Notre existence n'est pas déterminée par les présages.

— Et si on ne faisait que ça, en ce moment ? Lire les signes du destin ? Et s'il était impossible de changer le cours de notre vie, qu'on essayait simplement de comprendre ce qui nous attend ?

— On peut toujours changer le cours de sa vie. Mais allons donc discuter avec votre frère.

Le docteur Brown se lève et traverse la pièce pour ouvrir la porte. Il semble gêné, la démarche maladroite, comme s'il s'inquiétait de ce que Jim penserait de son pas, ce qui fait sourire Jim.

Ce dernier s'arrête un instant à la porte, balaie l'air d'un large mouvement théâtral du bras avant de la franchir, un geste magistral. Et l'idée lui plaît, un geste magistral de sortie. C'est peut-être pour cela que les suicidaires tuent les autres d'abord, afin d'offrir une sorte de ponctuation, afin que cela ait plus de sens que le néant. En réalité, il a bien imaginé abattre Jeannette en premier, pendant ce séjour s'il a l'occasion de la croiser, mais ce n'est pas une pensée abstraite, un concept global. C'est de la rage pure et de la satisfaction. Une arme exige d'être utilisée. Un revolver lourd comme un Magnum .44, prévu pour tuer des ours, veut faire un carnage comme dans *Dirty Harry*. C'est dans la nature de cette arme, et elle fait résonner quelque chose en Jim, une colère à l'idée que le monde n'ait pas été assemblé correctement, que toutes les règles aient été conçues pour le mettre dans la merde dès le départ.

Le docteur Brown le suit jusqu'au pick-up, il n'a fait aucun commentaire sur son geste à la porte. Le moindre de ses petits tics scrutés à la loupe, mais pas ses gestes magistraux.

Il pleut encore et Jim s'en fiche. Le docteur Brown porte un parapluie, mais Jim avance tête nue, il marche dans chaque flaque en travers de son chemin. Il aime la sensation de la pluie, froide mais absolument pas comme en Alaska. Rassurant de faire enfin contact avec le ciel, de pouvoir enfin le toucher après une si longue tentation.

— Eh bien, nous y voilà, dit-il en arrivant au pick-up.

Doug a baissé sa vitre.

— Ne reste pas là sous la pluie, dit-il. Fais le tour et monte.

— J'aime bien être là, dit Jim.

Le docteur Brown s'approche pour le protéger avec le parapluie, la déception. L'odeur humide de Brown, si près, ou bien est-ce l'odeur du manteau de Jim ? Une laine qu'il a emportée à la chasse, en camping, qui contient encore chaque feu de camp, et le sang des chèvres des Rocheuses et des mouflons de Dall, des caribous, des cerfs, des saumons, des flétans, bien qu'elle ait été lavée depuis. Rassurante.

— J'ai prescrit des médicaments à votre frère, dit le docteur Brown à Doug.

— Et mon frère, alors ? demande Jim. On peut l'aider ?

Ils l'ignorent délibérément. Aucun ne le regarde, mais il sait qu'il a parlé à voix haute.

— Ça prendra deux semaines avant qu'ils commencent à faire effet, alors il ne faut pas le laisser seul pendant ce laps de temps. Ses armes et ses munitions doivent être séparées, pareil pour les armes qui pourraient éventuellement se trouver chez lui, et franchement, il vaudrait mieux qu'il confie son revolver à quelqu'un en ce moment. Il ne devrait pas le garder avec lui.

C'est si étrange qu'on parle de lui de cette manière. Sans mentionner le risque qu'il puisse emporter les autres avec lui. Quel genre de mise en garde n'évoque pas cette possibilité ?

Doug acquiesce comme s'il s'agissait de simples indications. Une recette de soupe, ou le chemin à prendre pour retrouver l'autoroute. Et pourquoi cette croyance soudaine en la médication ? Pourquoi n'a-t-il pas commencé un traitement bien plus tôt, quand il était sûr de rester en vie pendant plusieurs semaines encore ?

La pluie tombe sur son épaule, elle le refroidit.

— Ça suffit, dit-il. Donnez-moi juste mes médocs. Vous auriez dû me les donner plus tôt.

Il se sent soudain furieux, tellement furieux. La séance trop courte, bien trop chère, puis rester debout sous la pluie tandis qu'on parle de lui en sa présence comme un gamin.

— On va retourner dans mon cabinet, dit Brown. Tous les trois, pour pouvoir encore discuter quelques minutes, puis je vous donnerai l'ordonnance.

— Et je paierai.

— Oui.

Sous la pluie, ils retournent jusqu'au cabinet qui prétend n'offrir aucun refuge, qui prétend ouvrir directement sur la forêt. Trois hommes qui se blottiront autour d'un feu de camp, qui essaieront de déterminer quoi faire et pourquoi. Car quel est le sens de tout cela, depuis la toute première fois que des hommes se sont blottis autour d'un feu de camp ? Toute cette lutte pour la survie, depuis des centaines de milliers d'années, chaque personne qui lutte, et pour quoi exactement ?

Le docteur Brown lui tend une petite serviette.

— Pour vous sécher la tête, dit-il, et Jim rit.

— Quoi ? demande-t-il.

— C'est parfait. J'ai la tête mouillée. On a trouvé le problème.

— S'il te plaît, dit Doug. Fais un effort, s'il te plaît. Tu ne fais aucun effort.

— Je ne fais aucun effort. Dit celui qui a traversé les mêmes épreuves, qui a éprouvé les mêmes choses, qui a été la même personne.

Doug est si grand, mais il paraît si petit, impuissant.

— Asseyons-nous, dit Brown, ce qu'ils font, Jim et Doug sur le canapé, chacun à une extrémité, avachis.

— On a un plan, dit Brown, ce plan ayant pour but de faire en sorte que tout soit clair et facile. Ce n'est pas grave si vous vous sentez perdu, si vous vous sentez en colère, si vous éprouvez toute une gamme de sentiments.

Ça ne met pas le plan en péril. Quoi que vous éprouviez, quoi qu'il se passe, tenez-vous en simplement au plan. Et le plan est le suivant : ne laissez pas Jim tout seul, Doug. Que vous, ou quelqu'un d'autre, soyez toujours avec lui, ce qui implique de dormir dans la même chambre la nuit. Éloignez les armes, séparez bien les munitions. Pas de gros couteaux, pas d'accès aux clés de voiture. Jim court un très grand risque. Il faut le surveiller. Si vous le souhaitez, il peut intégrer un institut tout de suite, un hôpital où il serait soigné et surveillé. Vous traversez une période de crise. Mais je ne peux pas l'y envoyer contre son gré. Cela doit venir de lui, un choix effectué librement.

— Un asile de dingues ? demande Jim. Vous voulez m'envoyer dans un asile de dingues ?

— Il ne s'agit pas de ça. C'est un institut où vous pourriez bénéficier d'une assistance professionnelle et d'une surveillance.

— N'importe quoi. J'ai vu *Vol au-dessus d'un nid de coucou*. Non merci.

— Bon, très bien. On oublie cette option. Mais Doug, vous ne devez jamais le laisser seul. Et Jim, vous ne devez pas retourner en Alaska tout seul. Je vous recommande de ne pas voir Jeannette pendant votre séjour.

— C'est ce que je n'arrête pas de lui dire, acquiesce Doug.

— J'irai la voir si je le peux. Le problème ne vient pas d'elle.

— C'est vrai, le problème ne vient pas d'elle. Mais les sentiments désespérés que vous éprouvez à son égard vous poussent dans la mauvaise direction. Mieux vaut éviter les situations de stress intense pour l'instant. Toutes celles qui déclenchent votre colère.

— On est censé ressentir de la colère quand on s'est fait baiser, non ? Ce n'est pas une réaction justifiée ?

— Le problème vient des changements soudains. Vous éprouvez de l'euphorie, puis vous sombrez dans le désespoir et la rage, puis remontez dans l'euphorie, et vous êtes ensuite complètement perdu et abattu, non ?

— Ouais, si, c'est une assez bonne description, en fait.

— C'est ça que tu ressens ? demande Doug.

— C'est pour ça que c'est tellement marrant d'être avec moi. Je t'en donne pour ton argent, question divertissement.

— Les médicaments remettront tout à plat, ils vous éviteront de basculer aussi loin dans les deux extrêmes.

— Je n'éprouverai plus d'euphorie ?

— Non.

— Mais ça me plaît. Y a pas quelqu'un qui pourrait inventer un truc qui éliminerait seulement les sentiments négatifs ?

— La cocaïne, dit Doug.

— Ne parlons pas de drogue, seulement de traitements médicaux, dit le docteur Brown. Vous n'avez pas intérêt à vous rajouter ça. Et notre temps de consultation est écoulé. J'ai un autre rendez-vous. Mais je vais rédiger votre ordonnance tout de suite et vous donner quelques cachets d'avance.

— Et c'est tout ? demande Jim. Je prends l'avion depuis l'Alaska dans l'espoir d'être sauvé, et c'est tout ? Me prescrire des médocs qui feront effet d'ici deux semaines, et conseiller à mon frère de me surveiller comme si j'étais un môme ?

— Je pense que vous savez pertinemment qu'on a parlé de beaucoup d'autres choses. Vous avez fait de bons progrès en évoquant les vagues, aujourd'hui.

— Les vagues ? demande Doug. Quelles vagues ?

Brown griffonne, penché au-dessus de son carnet d'ordonnances. Heureux d'en finir avec Jim. Et tout le monde ne serait-il pas heureux d'en finir avec Jim, sans oublier Jim lui-même ? Et Jim n'est-il pas en train de sourire à cette idée ? Bien joué, connard. Ris jusqu'à en crever.

— En finir avec Jim, dit-il. On veut tous en finir avec Jim. Jeannette aussi. Elle veut que je la laisse tranquille pour qu'elle puisse continuer sa nouvelle vie avec Rich, ce pauvre con de Konocti. Il veut l'épouser.

— Je suis désolé, mais notre séance est terminée. Il faudra que nous parlions davantage de Jeannette la prochaine fois. Nous nous revoyons dans trois jours, c'est bien ça ? À 2 heures de l'après-midi ?

— C'est bien ça, dit Doug. Je vous le ramènerai.

— N'oublie pas de prendre des couches de rechange, dit Jim. Au cas où je ferais caca.

— Je vous raccompagne à la sortie, dit Brown en se levant. Et ça fera soixante dollars, s'il vous plaît.

— Connard sans cœur, dit Jim. C'est ma vie, la fin de ma vie.

— Ce n'est pas forcément la fin, rétorque Brown. Vous pouvez vous en sortir, Jim. Vous avez encore tant de choses à savourer dans cette existence, notamment vos enfants, et vous pouvez effectuer des changements. Pour l'instant, concentrez-vous sur les trois prochains jours.

— C'est un laps de temps immense. On peut avancer au jour le jour ?

— C'est encore mieux.

Jim lui tend trois billets de vingt dollars, il prend l'ordonnance et les cachets.

— Allez vous faire foutre, parce que ça vous est complètement égal que je crève là, maintenant.

Brown prend l'argent. Il tient la porte ouverte et ne dit rien. Il ne regarde même pas Jim. Des cheveux ondulés, des favoris, il essaie sans doute d'être un homme à femmes, il lève les nanas en leur proposant une thérapie et une partie de baise deux semaines plus tard.

— Très bien, dit Jim avant de sortir.

— Tu ne peux pas dire à ton psy d'aller se faire foutre, fait remarquer Doug. Tu as besoin de lui.

— Va te faire foutre, toi aussi.

— Super. Tu fais beaucoup d'efforts, là.

— Si tu savais à quoi ressemble le cœur de la nuit, quand je n'arrive pas à dormir, tu serais sûrement un poil déçu toi aussi si on te proposait ce qu'on vient de me proposer aujourd'hui.

— Alors il faut qu'on se concentre sur les choses concrètes. On va aller voir tes enfants. Pense à eux, au cœur de la nuit. Imagine-les, sans père pour le restant de leurs jours.

Les rues larges de Santa Rosa, beaucoup d'arbres. Ils gravissent des petites collines, Hidden Valley, ils remontent Oak Hill Drive et la maison est sur la gauche. Son fils, David, joue au basket dans la courbe d'une petite allée, avec un panier fixé trop bas. Des cheveux blonds, trop longs, coupés en dégradé et séparés par une raie au milieu, son fils qui ressemble à une fille, un peigne en plastique rose dans la poche arrière de son pantalon pattes d'eph moulant.

— On n'a jamais eu une dégaine pareille, nous, dit Jim.

— C'est pas grave, dit Doug. Ils ont tous cette dégaine, maintenant. Mes cheveux aussi sont trop longs.

— Eh bien, ça ne me plaît pas.

Ils s'engagent dans l'allée, David arrive en courant vers la portière de Jim, sourire aux lèvres, ce qui fait sourire Jim à son tour. Rien ne vaut l'amour inconditionnel de vos enfants, peu importe qui vous êtes ou ce que vous avez fait.

— Papa !

Tant de simplicité.

Jim ouvre la portière et son fils l'enlace, puis sa fille Cheryl arrive à son tour, incroyablement mignonne, huit ans à peine, des mèches de cheveux blonds maintenues par des barrettes en forme de papillons, vêtue d'un pull rose. Elle est si douce et petite quand il la soulève.

— Je t'ai fait un cadeau, annonce-t-elle.

— Ah oui ? dit-il. C'est quoi ?

— Salut, Jim.

C'est Lorraine, son ex-femme, qui est sortie à son tour dans l'allée et qui se tient un peu en retrait. Elle a l'air heureuse et en bonne santé, un large sourire aux lèvres. Ils se sont bien entendus pendant toutes ces années depuis leur divorce, ils ne se sont jamais disputés devant les enfants, ce qui est bien.

— Bon… dit Jim, qui se sent bouleversé.

Cheryl est un peu trop lourde pour être portée, à présent, aussi la repose-t-il.

Et soudain, tout le monde se met à parler en même temps. Il n'arrive plus à se concentrer. Lorraine lui demande comment s'est passé son voyage, son fils lui demande s'ils peuvent aller à la chasse, sa fille veut lui montrer son cadeau, Doug dit quelque chose à propos de ce soir. C'est trop d'un coup, il n'arrive pas à exprimer ce qu'il ressent. C'est comme être enseveli et s'envoler en même temps.

Il reste donc là dans l'air frais, sous les lourds nuages gris qui se massent mais ne déversent pas encore de pluie, et afin de garder l'équilibre, il pose une main sur le capot du pick-up encore chaud. Il sent l'odeur du moteur.

Ce qui est étrange, c'est que ses enfants ne savent pas. Ils ne se rendent pas compte à quel point il a sombré. Tous les adultes le savent. Même Lorraine, avec qui il n'a pas discuté franchement, le regarde d'un drôle d'air, elle perçoit quelque chose, mais David se focalise sur la chasse, il veut y aller aujourd'hui même, là, à Santa Rosa.

— Je ne crois pas qu'il y ait d'endroit où chasser par ici, mon chéri, dit Lorraine, mais David insiste.

— On n'a qu'à utiliser les fusils à plomb, rien d'autre, dit-il. On chassera juste des cailles.

Treize ans, il est si jeune qu'il n'est pas vraiment réel. Difficile à croire qu'il y ait en lui un esprit qui puisse fonctionner de façon indépendante. Il change si vite qu'il est comme un étranger pour Jim. Comment le David d'il y a trois mois à Noël a-t-il pu devenir ce David-là ? Il y a eu des changements, et Jim n'était pas là pour les voir. Il doit avoir des secrets lui aussi. Se branler tout le temps, sans doute, comme Jim, mais son visage paraît si innocent et lisse que c'en est difficile à croire. Qu'est-ce qui monopolise ses pensées ? Les filles, ou la chasse, ou les devoirs d'école, ou les amis, ou son père, ou autre chose ? Jim n'en sait rien.

Ce que voulait Jim, c'était qu'ils passent un an ensemble, que son fils vienne le rejoindre à Fairbanks pour l'année scolaire, mais David avait dit non. Chacune de ses visites ressemblera donc à ça, quelque chose aura changé, sera perdu, rien ne sera jamais continu ni crédible, rien ne sera jamais connu.

— On peut y aller, dit Jim. Pourquoi pas. On peut rouler dans les collines et se garer quelque part pour chasser des cailles.

— Il n'y a que des terrains privés, dans le coin, dit Doug. Je ne suis pas sûr que ce soit une très bonne idée.

— On va y aller, dit Jim. Va chercher ton fusil à plomb, assure-toi de prendre des manteaux de pluie pour ta sœur et toi, et des chaussures de randonnée.

— Ouais ! dit David, excité, avant de s'élancer dans la maison.

Cheryl sautille sur place, excitée mais sûrement sans comprendre pourquoi.

— Jim, dit Lorraine. Tu peux leur dire non. Je ne suis pas certaine que ce soit une bonne idée.

— Ça ira. C'est juste un fusil à plomb. On ne va pas finir en prison.

— On a prévu de dîner ce soir chez Mary, dit Doug. C'est la pleine lune cette nuit, si le ciel se dégage, on pourrait sortir le télescope. Il n'y a pas beaucoup de lumières artificielles, là où habite Mary. C'est assez dégagé.

— Vous me les ramenez quand ? demande Lorraine.

— Vers 9 heures, ça irait ? dit Jim.

— D'accord. Et Jim, tu vas bien ? Tu n'as pas l'air d'avoir le moral.

— Ouais, dit-il, mais il a la poitrine tellement serrée qu'il ne peut rien ajouter.

Pourquoi n'est-il pas resté avec elle et n'a-t-il pas gardé sa famille ? Il y avait eu un temps où rester lui semblait impossible. Il se demande à présent pourquoi c'était si difficile. Elle l'aimait et pensait que tout allait bien, une sorte de conte de fées fantasque qu'il avait chamboulé. Il avait senti sa vie se refermer sur lui trop vite, avoir un deuxième enfant, une maison à Ketchikan, vivre dans une petite communauté, tout le monde au courant de tout, et par-dessus tout le vide, assis avec elle le soir au dîner sans rien à se dire. Terrifiants, la lenteur et le vide et la petitesse de tout ceci. Mais voilà ce qu'il aurait en ce moment, s'il était resté. Une famille, ses enfants assez âgés pour discuter avec lui, pour partager des choses avec lui, le vide n'existerait plus à présent, leurs existences trop remplies pour le permettre, si seulement il avait attendu.

— Qu'est-ce qui ne va pas, Jim ? demande-t-elle.

— Tout, en fait. Je suis désolé qu'on ne soit plus une famille. Je suis désolé d'avoir tout gâché.

— Jim, c'était il y a si longtemps. Il faut que tu arrives à te pardonner. Tu es un homme bien, un bon père.

Il se rend compte que Cheryl lui tient la main, qu'elle fait balancer doucement son bras par en dessous. Il s'agenouille et elle s'affale contre lui en une étreinte qui n'est qu'amour pur.

— Je t'aime, Papa, dit-elle, comme répondant à un signal précis, comme si elle savait que le moment était venu de le sauver, mais la vérité c'est qu'elle ne sait rien et qu'elle ne peut rien faire pour l'aider.

Elle est si loin. Elle ne sera pas là toutes les nuits où il n'arrive pas à dormir, et ses pensées lui paraîtraient inimaginables, monstrueuses. Son papa, bien pire que ce qu'elle aurait jamais pu imaginer dans un conte de fées.

— Je t'aime aussi, dit-il. Je vous aime plus que tout, toi et ton frère.

Mais il s'interroge sur ces propos. C'est vrai qu'il éprouve une douleur dès qu'il les quitte. Il a le sentiment de mal faire chaque fois qu'il leur dit au revoir. Et il pense à eux, et il éprouve l'impression abstraite qu'ils lui sont très importants. Mais il pense à Jeannette davantage. C'est elle qui lui manque, la nuit, et même à l'instant même. C'est peut-être la dernière fois qu'il fait le voyage pour voir ses enfants, et pourtant il n'arrive pas à se concentrer.

Il pose une main à l'arrière de la tête de sa fille.

— Cheryl, dit-il, j'espère que tu auras une vie agréable, que tu ne te sentiras jamais mal, que tu ne seras jamais perdue.

Mais il se rend compte de ce qu'il est en train de lui faire, ce qu'elle va éprouver quand son père aura disparu si subitement. Et comme David est plus âgé, il le ressentira encore plus, bien qu'on ne puisse pas en être persuadé.

— Jim, dit Lorraine. Elle n'a que huit ans.

— Désolé, dit-il, et il lâche Cheryl avant de se relever. Je ne suis pas vraiment moi-même.

Lorraine s'approche et lui pose la main dans le dos.

— Ça va aller. Tu vas t'en sortir, quoi qu'il arrive. Il y a tant de personnes qui t'aiment.

Puis David ressort avec son fusil à plomb et les manteaux de pluie, il sourit. Un sourire asymétrique, exactement comme celui de Jim.

— J'ai apporté toutes mes munitions, dit-il. Et mon lance-pierre aussi.

Il tient un Wrist Rocket avec une structure en aluminium et une lanière en tubes chirurgicaux, bien plus puissant que ce qu'avait Jim dans son enfance. Des billes métalliques en guise de projectiles.

— Il faut aussi que je te montre l'arbalète que j'ai fabriquée.

Ils se rendent tous au garage à l'arrière du jardin. L'arbalète de David consiste en deux morceaux de bois cloués en T. D'épais tubes chirurgicaux en caoutchouc sont reliés à une poche en cuir. Jim s'approche pour l'examiner, et elle est plutôt bien réussie. Un long sillon pour accueillir la flèche, un clou épais qui forme la détente.

— Pas mal du tout, dit Jim. Voyons-la en action.

David sourit, avec fierté de toute évidence. Sa flèche d'entraînement à pointe métallique arrondie est prévue pour un arc standard. Quand Jim le lui a offert, David n'avait que huit ou neuf ans, il s'entraînait dans le verger parmi les noyers à Lakeport, où habitait Jim. Jim voyait ses enfants tous les week-ends, à l'époque. Il n'aurait sans doute pas dû retourner vivre en Alaska. Mais le souvenir qui lui reste vraiment en mémoire, c'est celui de David qui tirait ses flèches droit vers le ciel, pour voir si elles retomberaient près de lui ou pas. Jim ne l'en avait jamais empêché car il trouvait ça amusant. Un véritable risque, l'éventualité de la mort lui semblait un concept si lointain, à l'époque.

David épaule l'arbalète, vise leur clôture et tire. La flèche est trop rapide pour être vue. Elle se plante dans la clôture, le bruit sourd du bois et le souvenir vague de sa trajectoire.

— Putain de merde, dit Doug avant d'éclater de rire.

— Je ne m'en étais pas rendu compte, dit Lorraine. Ça ne va pas du tout. Je pensais que c'était un simple jouet, un truc qui ne ferait qu'envoyer une flèche mollement dans l'air.

David regarde Jim, fier, il attend l'approbation paternelle. Nos désirs et nos besoins seraient-ils toujours aussi évidents, à chaque instant, si seulement nous faisions l'effort de les voir ?

— Hé hé, dit Jim. C'était quelque chose, hein. Tu aurais été bien utile, au Moyen-Âge.

— Sir David de Van Amberg, déclare David en balayant l'air de son bras tandis qu'il s'incline.

Une révérence qui ressemble étrangement au geste magistral de Jim à la sortie du cabinet, plus tôt dans la journée. Sommes-nous tous manipulés, des marionnettes sans fils visibles ? Comment ces deux gestes avaient pu naître, aujourd'hui justement, et jamais auparavant ? Il n'a aucun souvenir de les avoir vus faire ça par le passé, ni l'un ni l'autre.

— Mon frère, dit Cheryl.

De la fierté à huit ans, qu'est-ce que ça veut dire ? Mais qu'est-ce qu'ils foutent tous ici, les uns et les autres ?

— Bon, dit Jim, et il ne sait pas quoi ajouter.

Quel est le programme ?

— Tu veux essayer ? lui demande son fils, et ça semble parfait, une distraction, quelque chose à faire.

— Tu parles, que j'ai envie, répond Jim et il lui prend l'arbalète, qui est plutôt lourde, il remonte le clou de la détente, tire les lanières qui sont à l'image de Jim, étirées presque jusqu'au point de rupture et retenues en arrière. La sensation de toute cette énergie potentielle. Quand il porte l'arbalète, il la sent physiquement, cette tension. Une légèreté dans la puissance. Il s'interroge sur la physique de tout ceci. Un sujet sous tension perd-il naturellement du poids ?

David lui tend la flèche et Jim la glisse dans le sillon. Doug devrait se placer contre la clôture, Lorraine devant lui, tout près, puis David encore devant, et Cheryl. Jim épaulerait l'arbalète, il fixerait un fil au clou de la détente, il irait les rejoindre, tout devant afin de sentir l'impact le transpercer. Ils seraient tous liés, maintenus comme un seul corps, une famille. Afin d'inclure Cheryl, la flèche devrait être décochée assez bas, au niveau de son ventre à lui.

Jim épaule l'arbalète. Il apprécie beaucoup trop tout ça, ce sentiment de puissance. Quand rien ne peut être contrôlé à l'intérieur, c'est là que la détente est la plus belle, la plus parfaite. Le Magnum .44 n'exige que la plus légère des pressions pour relâcher toute cette poudre derrière la lourde balle, un recul qui semble capable de vous briser le poignet. La balle peut stopper la course d'un grizzly à bout portant, le repousser et lui percer un trou dans le poitrail.

L'arbalète n'a pas de viseur, la poche en cuir est trop haute et empêche de voir la flèche. Et un clou en guise de détente n'est pas très satisfaisant. Jim se rend compte que si l'une des lanières venait à craquer, elle viendrait frapper le tireur en plein visage et l'aveuglerait sans doute, mais il sait que cela ne se produira pas en cet instant car il est maudit et condamné à vivre dans un monde vide, sans le moindre événement. Rien ne prendra le dessus, rien ne définira ce qu'il devrait faire, ni qui il devrait être. Le monde ne fait qu'attendre.

Il vise la clôture car que pourrait-il viser d'autre ? Il actionne le clou vers le bas et la flèche se fiche dans la clôture, une fois encore. Un déclenchement si curieux, à l'inverse d'un fusil. Pas de recul, au contraire, l'arbalète comme projetée vers l'avant. Pas un châtiment, mais la libération d'un poids.

— Je peux essayer ? demande Doug. Ce truc est génial.

— Elle te plaît ? demande David.

Jim veut répondre, mais il se sent perdu. Il tend l'arbalète à Doug et adresse un hochement de tête à David dans l'espoir que ça lui suffira. S'il se met à parler, il craint que son visage ne se disloque et révèle trop de choses. Il reste donc là à regarder son frère tirer, et il voudrait un appareil qui fasse évoluer le temps, qui le fasse passer plus sereinement, qui puisse laisser Jim à part. Il ne devrait pas être responsable des rouages du temps.

— Tu n'as pas vu mon cadeau, dit Cheryl.

Il est content d'avoir enfin un prétexte pour bouger.

— Je peux le voir maintenant, parvient-il à dire.

Elle l'attrape par la main et tire, l'entraîne dans le garage et jusqu'à la maison, dans le salon avec sa cheminée en briques et son plafond bas, une porte coulissante en verre qui donne sur un bosquet de pins.

— Ferme les yeux, dit-elle quand il est assis sur le canapé, et il les ferme avec joie.

On n'est pas obligé de réagir quand on a les yeux fermés. On vous autorise à ne pas afficher d'expression, à afficher une expression de rien du tout. C'est le seul moment où l'on est libre au contact des autres. Une lagune striée de lumière résiduelle, et il glisse sur le côté, il sombre dans des vagues de pression, son pouls. Son cœur pourrait être à trois mètres, ou cela pourrait correspondre à l'échelle des planètes, les anneaux de Saturne et tout le reste. Impossible de mesurer les distances à l'intérieur, aucune référence, rien que le sens des choses, follement variable.

— Tu peux ouvrir les yeux, maintenant, dit-elle.

Et quand il s'exécute, il voit un dessin qui les représente tous les deux, qui marchent penchés dans un monde sans sol. Son corps sans chair, fait de simples bâtons, et son visage simple, un cercle, heureux de ressembler à celui de sa fille. Leurs mains en bâtons jointes dans un gribouillis de pastels colorés, et ce doit être ce qu'on éprouve quand on touche quelqu'un qu'on aime. C'est à cela que ressemblerait le sentiment, s'il était visible.

— J'adore, dit-il.

Et c'est vrai. Il a toujours menti au sujet des dessins de ses enfants, mais cette fois, il l'adore, un cadeau que vous fait la dépression, vous offrir des instants de lucidité, de pureté, et il peut réagir plus directement au monde, bien mieux qu'avant.

— J'aime qu'il n'y ait pas de sol, dit-il. Rien que nous deux, main dans la main. On ne vient de nulle part et on ne va nulle part. Il n'y a que le soleil, et ce sentiment qu'on éprouve quand on se tient par la main.

— Je t'aime, Papa, dit-elle en passant ses bras autour de son cou.

Son innocence l'attriste. Il ferme les yeux et s'accroche à elle.

— Jim, dit Lorraine.

— Tu pleures, Papa, dit David. Pourquoi tu pleures ?

— Désolé, dit Jim, et il lâche Cheryl, il se lève, s'essuie les yeux. C'est juste que je ne dors pas assez. Je suis fatigué, c'est tout.

La vérité, c'est qu'il ne contrôle plus rien en cet instant. Des sentiments variés l'assaillent nuit et jour, sans jamais le moindre avertissement, sans la moindre idée de ce qui va suivre. C'est terrifiant de n'avoir aucun contrôle, surtout devant ses enfants. Il n'aime pas du tout qu'ils le voient comme ça.

Lorraine se place à ses côtés, le tient par le bras.

— Tu veux aller t'allonger et te reposer ?

— Non. Non. Ça va. Allez, on va chasser des cailles. Prêt ? Paré ? Préparé ?

Il essaie de dire cette dernière réplique à David avec plus d'énergie. David acquiesce, mais il paraît encore inquiet.

Jim se dirige vers la porte. S'il arrive à sortir, ça ira mieux, le plafond est trop bas ici, et l'air trop chaud, trop étouffant.

— Tu oublies ton cadeau, dit Cheryl.

Il tourne les talons, elle lui tend son dessin et il le prend à deux mains afin de le protéger, il parvient à parcourir le couloir, à franchir la porte d'entrée. Le ciel est encore lourd. Jim a envie de s'élever jusque-là, il veut ne plus être retenu à la terre.

Ils roulent dans les collines basses, des maisons chics et très espacées. Quelques vignobles privés, des rangs de ceps qui entament tout juste leur éveil printanier. Le printemps encore si lointain, en Alaska.

C'est un paradis, ici. Il le comprend, à présent. Des chênes et de l'ombre, d'étroites allées sinueuses, récemment asphaltées par les riches, et tant d'espaces naturels. Pas sauvages, pas un terrain de chasse, mais il demande à Doug de se garer dans un endroit sans la moindre maison en vue, et ils descendent tous.

Une barrière en bois installée seulement pour le principe, rien qu'un lourd tronc en bas, et un autre plus haut, très facile de se glisser entre les deux. Un chêne tombé, humide et couvert de lichen blanc, ou bien s'agit-il d'autre chose. Le lichen pousse-t-il uniquement sur la roche ? Si délicat, comme de la dentelle le long de l'écorce morte. Mais l'écorce n'est-elle pas toujours morte, même sur un arbre vivant ? Qu'est-ce qui est vivant, dans un arbre ? Comment est-ce possible qu'il sache si peu de choses à presque quarante ans ? Son anniversaire est dans trois mois, s'il tient jusque-là, mais il sait qu'il n'y arrivera pas. Il mourra à trente-neuf ans, un chiffre plus étrange. Ils diront qu'il avait quarante ans pour faire plus simple, ou "presque quarante ans". Doug parlera à ses funérailles. C'est lui l'exécuteur testamentaire alors il fera tout, notamment se battre contre le fisc pour éviter qu'ils saisissent ses quelques dernières possessions. Ce ne sera pas facile. Jim laisse un boulot terrible à son frère.

David ne cesse de bavarder depuis le début, mais Jim n'a pas entendu le moindre mot. Il sait juste qu'il parle et que ça n'a aucune importance. Et qu'il devrait s'y intéresser davantage mais qu'il n'y arrive pas. Il regarde la matière rouge sombre à l'intérieur de l'arbre, à l'endroit où les termites l'ont mise à nu. Si ressemblante à de la chair. Pourquoi les arbres ont-ils de la peau, eux aussi, avec leur sève et leur chair souple dissimulée en dessous ? Pourquoi doit-il y avoir un tel parallèle ? Pourquoi le ciel n'a-t-il pas de peau, lui aussi ? La terre en a une, aussi changeante que la peau humaine, en mouvement perpétuel, bien que plus lent. Il aimerait comprendre quelque chose avant de partir, quelque chose à propos de tout ceci.

Doug lui a posé la main sur l'épaule, il doit vraiment cesser d'ignorer les autres.

— Ça va, vieux ? demande Doug.

— Ouais, dit Jim. J'admire juste la beauté de cet arbre et je me demande pourquoi il a de la peau comme nous. Et pourquoi le ciel n'a pas de peau.

David le dévisage avec intensité. Debout là dans son manteau de pluie comme un petit homme, son fusil à plomb dans la main.

— Le ciel a une peau, si tu le considères à l'envers, dit David. C'est l'atmosphère la peau, en plusieurs couches différentes, et puis l'espace est la chair. On a étudié ça en sciences. Il y a la troposphère, c'est là qu'on vit, puis la stratosphère à douze kilomètres au-dessus, puis la mésosphère et la thermosphère. La chaleur, c'est ce qu'on ressent en dernier, et puis l'espace n'est pas très loin. À moins de trois cent cinquante kilomètres. Si on pouvait rouler tout droit sur une autoroute verticale, on y serait en trois heures.

— Ouah, dit Jim. J'aime bien cette idée, de rouler dans le ciel. Il faudrait le faire en décapotable. Une 55 Oldsmobile, rouge et blanche. Tu te souviens de ce modèle ?

— C'était avant mon époque, dit Doug.

— Eh ben, elles étaient à la mode. Je poserais le coude sur la portière, je conduirais d'une seule main en direction des étoiles. Le ciel s'assombrirait, un bleu intense comme en hiver à Fairbanks, le ciel du bleu le plus riche qu'on puisse imaginer, cobalt ou marine ou royal, ou je ne sais pas quoi, je ne suis pas sûr de connaître le mot.

— Il faudrait partir de nuit, dit David. Sinon ça deviendrait de plus en plus lumineux et les radiations te donneraient le cancer. Et même de nuit, si tu roulais assez loin, tu finirais quand même par quitter l'ombre.

— Tel père, tel fils, dit Doug. Tu as quel âge ? Treize ans ? J'ai jamais eu des pensées pareilles, même maintenant.

Jim comprend alors que son fils pourrait sombrer dans la même dépression que lui, et dans les mêmes mouvements d'humeur, et dans ces cogitations sur l'existence, lancinantes et infinies, à toujours tout remettre en question. La maladie mentale, une malédiction qui se transmet à travers les générations. À quel moment cela a-t-il commencé, cela remonte-t-il à loin dans le passé ? Et combien de générations en souffriront encore ?

Cheryl s'esclaffe, ce genre de rires de rien du tout que font simplement les enfants pour être mignons et attirer l'attention. Elle n'a aucune idée de ce qui se passe, mais elle veut y être intégrée. Il baisse la main et prend la sienne.

— Toi aussi, tu veux rouler jusque dans le ciel, Cheryl ? Monter dans une jolie voiture et rouler à la verticale ?

Elle semble inquiète, et il n'arrive pas à savoir si c'est parce qu'elle ne comprend pas, ou parce qu'elle comprend très bien et qu'elle croit que c'est possible, et qu'ils vont peut-être le faire, ce qui serait bien évidemment terrifiant.

— Ce n'est qu'une blague, ma chérie. Personne ne peut rouler jusqu'au ciel. Alors on ne va pas le faire. On va juste marcher par ici et chercher des cailles.

— T'y as vraiment cru ? lui demande David.

— Sois gentil avec ta sœur, dit Jim, mais David éclate de rire.

— T'as vraiment cru que les gens pouvaient rouler jusqu'au ciel !

— La ferme, dit-elle, et Jim n'a pas l'énergie de gérer la situation, alors il avance sur le sol dont la végétation a été broutée.

Des bouses de vaches, noires et ridées, l'herbe mâchonnée, la terre creusée par les sabots sous la pluie, l'environnement idéal pour le chiendent, les chardons étalant leurs larges feuilles épineuses pour s'approprier les rayons de soleil. Ornées de dentelle blanche, indicatrice d'une présence de poison. Les chardons n'en contiennent pas à sa connaissance, mais ces traits imitent la stratégie des araignées aux couleurs éclatantes, comme parées de bijoux, des serpents et des grenouilles qui annoncent leur venin, et cet indice doit suffire, ainsi que les quelques épines. Aucun chardon n'a été touché. Ils peuvent pousser librement.

Y a-t-il le moindre signe annonciateur chez Jim ? S'il croise des gens dans la rue, des gens qu'il n'a jamais rencontrés, peuvent-ils deviner qu'il est plein de poison ? C'est le problème, avec les humains. Il n'y a pas d'indice. Pas d'avertissement. C'est une période où sa famille devrait l'aider, mais le plus prudent serait qu'ils gardent leurs distances. La solution serait de lui retirer tout ce qu'il possède et de le laisser marcher dans une époque antérieure, avant les clôtures et avant les routes, le laisser marcher jusqu'à la côte Est, à cinq mille kilomètres de là, et le poison se serait peut-être écoulé à l'arrivée. Il a besoin de quelque chose d'aussi extrême, quelque chose d'aussi primitif et d'aussi basique et d'aussi externe. Il ne peut être réparé que par l'extérieur, par l'action. Car la pensée a échoué.

Il est sous un autre chêne, un chêne noir, l'écorce sombre et grêlée suivant des motifs ancestraux et illisibles, une croissance en contorsions. Ses branches épaisses écartées comme les bras d'un homme instable et titubant, mais aucun poids visible au-dessus de lui, rien que le ciel. Un tourment sans source qui lui donne pourtant cette forme.

Un geai buissonnier en altitude, son chant le plus rauque de cette espèce, et son corps le plus grand de tous, rayé de noir. Jim indique l'oiseau.

— Tire sur celui-là, dit-il car il sait que David doit être près de lui.

Il l'entend actionner le fusil à air comprimé, sept fois, la pression maximum, le minuscule piston en arrière, une bille insérée. Une pause tandis que son fils vise, puis le souffle de l'air et le bruit de l'impact, des plumes qui s'ébouriffent sur le poitrail du geai. Son délicat plumage intérieur, bleu pâle.

L'oiseau tombe comme une pierre. Pas de battements d'ailes, pas de lutte, un tir droit dans le cœur.

— Bien visé, dit Jim.

David se précipite vers l'oiseau qui gît sur le dos. Jim prend son temps, l'impression d'être un géant, que ses enjambées sont lentes et qu'il peut s'enfoncer dans la terre.

Cheryl est là, elle aussi, accroupie à côté de l'oiseau, elle le titille à l'aide d'un fin bâton. Elle porte un châle rose, tricoté très lâche. Il ne l'avait pas remarqué jusque-là. Il pensait qu'elle avait enfilé son manteau de pluie.

L'oiseau s'est chié dessus, une fiente marron clair qui semble avoir été pressée d'un tube. Ses pattes sont minces et sombres. Le bec et les yeux fermés. Cheryl lui appuie sur le poitrail, un mini massage cardiaque sans conviction, sans véritable désir de le sauver. Les enfants peuvent-ils concevoir la mort, même quand ils la voient ?

— On devrait faire frire la poitrine, dit Jim. Je n'ai jamais goûté de geai buissonnier. Je ne sais pas pourquoi je n'en ai jamais goûté.

— Ça ne se mange pas, le geai buissonnier, dit David en levant les yeux vers son père.

— Non, dit Doug. Laissez-le là.

— Si, rétorque Jim. On va le goûter. Cet oiseau a donné sa vie pour nous. Nous ferons donc festin de sa noble poitrine.

David rit. Jim lève le visage vers le ciel, ferme les yeux et tend les bras.

— Créateur des geais buissonniers, merci pour cette offrande.

David et Cheryl rient tous les deux, à présent. Pas Doug.

— Arrête avec ça, dit Doug. Allez, on continue à chercher des cailles.

Jim s'agenouille à côté de ses enfants et prend le geai dans ses mains. Il arrache les plumes du poitrail, rapidement, il sent la puanteur de l'oiseau, ses plumes huileuses.

— Je peux le faire, Papa, dit David, et Jim le lui tend.

Son fils termine de plumer le geai puis il déchire le poitrail, il arrache les entrailles. Un cœur minuscule, et un foie et des intestins, de la taille d'une poupée.

— On n'a pas besoin de tout, dit Jim. Juste la poitrine. Découpe juste un morceau sur chaque flanc.

Il tend son canif à son fils, mais David sort déjà le sien, un couteau suisse rouge. Il découpe de petits filets avec ses doigts ensanglantés.

— J'imagine une réduction de vin rouge, dit Jim. Et toi, tu en penses quoi, Doug ?

— Ouais, dit-il. Et le faire revenir dans un filet d'huile de truffe.

— De l'huile de truffe blanche.

— Ouais.

Doug a enfoncé les mains dans ses poches, il garde les yeux rivés au sol et donne des coups de pied dans un chardon sans se soucier des signes d'avertissement.

David tient les deux filets dans sa paume, une chair sombre. Ce à quoi ressemblerait notre propre chair si on en découpait quelques morceaux.

Jim se redresse et sent sa tête tourner. Le ciel et les nuages s'inclinent à l'unisson avec la terre. Les contours révélés, mal alignés, comme un montage de vieux film.

— Des cailles, dit-il. On devrait aller chasser des cailles. C'est pour ça qu'on est venus.

Ils continuent donc leur route, évoluant en ligne et attendant qu'un vrombissement d'ailes retentisse à leurs pieds, ils cherchent à entendre le bruit d'envol des cailles tapies autour d'eux, à l'affût de leurs petits corps bleutés et de leurs houppes sombres.

— Il faut qu'on monte sur la colline, là où il y a plus d'arbres, dit David, et c'est ce qu'ils font, ils suivent la courbe du terrain en direction du ciel.

Jim pourrait survivre s'il n'avait qu'à marcher, s'éloigner des villes, simplement marcher d'un arbre à l'autre.

Tant de chardons et de crotons. Toute la bonne herbe a disparu. De larges feuilles épineuses ou veloutées s'étirent sur la terre ravagée, et leur puanteur, tout ça pour qu'on puisse manger plus de hamburgers. Des buissons de sumac vénéneux, qui n'ont pas été broutés non plus.

Le vent se lève et ils sentent la première goutte.

— Il faut que tu mettes ton manteau, Cheryl, dit Jim. Où est ton manteau ?

— Il est dans ta main, dit Doug, et Jim baisse les yeux, et il est là, effectivement, un petit manteau de pluie bleu.

— Très bien, dit-il.

Il s'agenouille et aide Cheryl à enfiler un bras, puis l'autre, elle porte encore cet étrange châle rose en dessous.

— Je peux le faire toute seule, dit-elle, et il se rend compte à quel point elle a grandi.

C'était dingue de la porter dans ses bras, tout à l'heure. Ce n'est plus une toute petite fille. Comment peut-elle avoir huit ans ? Et pourtant, elle lui fait encore des dessins. Il ne sait pas où la situer.

— Pardon, dit-il.

— C'est pas grave, Papa.

L'expression éclatante et soudaine sur son visage, un sentiment qu'il ne peut imaginer éprouver lui-même. Ses yeux si bleus et si grands et si parfaits.

Il ne peut plus la regarder, alors il continue à marcher, tête baissée sous la pluie, le son des gouttes qui tombent partout. Bien plus puissant que dans son souvenir. Plus fort encore sur les feuilles, un claquement, mais il entend aussi l'impact sur la terre, brutal. Ses bottes dérapent un peu dans la boue et les bouses glissantes. Il marche dans tout, curieux d'en connaître la consistance sous son pied. Le sol si sombre, et le ciel disparu, rien qu'un nuage tout proche, d'un blanc sale, et pourquoi pas pur ? Comment les nuages deviennent-ils gris ?

— Hé là, entend-il.

Une autre voix, derrière lui. Il se retourne et aperçoit un homme qui marche vers eux. Il porte une veste marron, un ciré à l'ancienne. Un pantalon jaune Carhartt. Il lève un bras.

— Là, on est dans la merde, souffle Doug.

— Qu'est-ce qui va se passer ? demande David dans un murmure trop audible.

— Rien, dit Jim. Il ne se passe jamais rien.

Il fait un pas en direction de l'homme afin de rapprocher le destin, d'accélérer le cours des choses. L'homme devrait porter un fusil ou une carabine, venu protéger ses terres, mais il n'est pas armé. Jim n'est pas armé, lui non plus. Il a laissé son Magnum .44 dans le pick-up de Doug. Ils devront se battre à mains nues, ou à coups de pierre, ou de bâton, se frapper jusqu'à réduire l'autre en une bouillie sanglante, jusqu'à ce que l'autre capitule. C'est ce que veut Jim, une sorte de face-à-face, ne plus jouer à cache-cache avec les fantômes de son esprit.

L'homme est trop vieux. Au moins vingt ans de plus que Jim, et il se déplace lentement. Il semble regretter ce qu'il doit faire, il n'a aucune volonté de se battre. C'est une franche déception.

— Quoi ? demande Jim quand ils sont à portée de voix, à vingt pas de lui.

L'homme s'arrête net, il semble abasourdi. Il écarte les bras, paumes visibles.

— Eh ben… Vous êtes sur mes terres.

— Ouais, répond Jim.

— On chassait juste des cailles, dit David. Mais on n'en a pas trouvé.

— Ça suffit, lui dit Doug. Laisse ton père s'en occuper.

— S'occuper de quoi ? demande l'homme. Vous êtes sur mes terres et vous braconnez. Vous devez partir tout de suite. Je pourrais appeler la police.

— On a abattu un geai buissonnier, dit Jim. On a découpé sa poitrine, deux filets. Vous pouvez en prendre un. On peut partager notre gibier. Montre-lui les morceaux, David.

— Quoi ? fait l'homme. Je ne veux pas de votre morceau de geai. Vous êtes fous ou quoi ? Quittez mes terres, c'est tout.

— Vous portez une arme à feu, monsieur ? demande Jim.

— Mais putain, dit Doug. Pourquoi tu lui poses cette question ?

— Non, je n'en porte pas, répond l'homme.

— Eh bien vous devriez peut-être, la prochaine fois, réplique Jim.

— Ne me dites pas ce que je dois faire. Foutez juste le camp de chez moi.

Jim dévisage l'homme, sa bouche molle et ses yeux inquiets. Il a l'impression d'avoir tout le temps qu'il faut. Comme s'il y avait une sorte d'opportunité en cet instant, si seulement il pouvait comprendre de quoi il s'agissait. Il s'approche donc davantage. Ses bottes martèlent la terre et l'homme recule, il tend les mains devant lui, l'air de vouloir rattraper un ballon de basket, tellement étrange.

— Arrête, Jim, dit Doug, mais Jim ne s'arrête pas.

Il marchera jusqu'à ce qu'une force extérieure finisse par intervenir. Il traversera l'homme et les murs et les arbres et les clôtures, tout ce qui se tiendra en travers de son chemin.

L'homme tourne les talons et prend ses jambes à son cou, une course faible et maladroite, ses pieds glissent dans les flaques et la boue qui se forme, et Jim sait qu'il serait plus rapide, qu'il pourrait le rattraper, le plaquer au sol et le rouer de coups jusqu'à ce que mort s'ensuive, mais il aime la sensation de marcher, il veut simplement marcher, rien d'autre.

Doug l'attrape par le bras, le retient, bien plus puissant que lui.

— Il faut qu'on s'en aille tout de suite, dit Doug à voix basse. Les flics vont rappliquer. Et tu fais ça devant tes enfants.

Jim essaie encore de marcher, mais il est retenu en arrière. Il aime cette sensation, il aime être contrôlé de l'extérieur, il veut que les dieux abaissent vers lui leurs fins doigts d'acier et le maintiennent sur place.

— Tes enfants, répète Doug. Qu'est-ce qu'ils vont penser de tout ça ?

Jim essaie de s'en inquiéter. Il essaie d'éprouver quelque chose, il essaie de fouiller à l'endroit où sont stockés les sentiments. Il doit bien avoir ça, quelque part en lui. Mais il ne trouve rien, il ne comprend même pas pourquoi les choses ne vont pas. Pourquoi est-ce mal qu'ils voient tout ça ?

— C'est comme s'il n'y avait plus de règles, dit-il à Doug. Ni de raison, ni d'indications sur ce que je dois faire. Si je plaque cet homme au sol, que je le tabasse sur ses terres et que je le tue, c'est comme si je ne l'avais jamais touché. Aucune différence. Et peu importe si c'est sur ses terres. Ce ne sont pas ses terres. L'idée est ridicule. Et les flics sont ridicules. Qu'est-ce qu'ils font ? Comment savent-ils ce qu'il faut faire et ce qu'il ne faut pas faire, et pourquoi je devrais me préoccuper d'eux ?

— Tu t'en préoccuperas quand ils commenceront à te balancer des coups de matraque.

— Ou pas. Peut-être que ça me plaira. J'en sais rien.

— Ça ne te plaira pas.

Jim se demande ce que ça ferait d'être battu comme un chien, puis il se met à quatre pattes dans la pluie et la boue, il s'élance au galop à la poursuite de l'homme qui n'est pas très loin, qui glisse encore et se redresse comme un bateau en haute mer.

Les chardons et les cailloux et d'autres choses encore lui piquent les mains, mais Jim aime cette sensation, courir ainsi porté par l'élan de ses épaules, le galop facile, naturel, tête penchée, bouche ouverte, le souffle court, bave aux lèvres. Seuls ses genoux faiblissent.

Il tente de progresser sur ses mains et ses pieds, évitant de toucher le sol avec ses genoux, mais il tombe en avant, il roule, il est obligé d'utiliser à nouveau ses genoux.

Il entend le rire de David, qui lui crie qu'il l'imite, mais Jim ne se retourne pas. Il est en immersion, enfin, dans quelque chose de mieux, dans le mouvement et le souffle et la boue, exactement ce qu'il lui faut. Pas de psy dans un cabinet. Rien que ça, pourchasser l'homme à la veste marron. Il lui mordra d'abord la jambe, le fera tomber, puis il se jettera sur son cou. Il veut sentir la chair de l'homme entre ses dents, il veut serrer de toutes ses forces, il veut le goût du sang. Et il gagne du terrain. Il n'aurait jamais imaginé aller aussi vite à quatre pattes, ni être aussi stable, mais l'homme est terrifié. Il tombe, met trop longtemps à se relever, et l'écart se resserre. L'excitation de tout ça. Jim sent sa poitrine, le degré de sa puissance, ses muscles en action.

Mais il est soudain taclé, saisi par les flancs, soulevé, le visage vers le ciel, ses quatre membres pendant dans l'air, inutiles, et il essaie d'asséner des coups de poing à son frère, mais les bras de Doug l'en empêchent, il essaie de le frapper du pied mais ses jambes sont bloquées. Tellement plus fort. Il ne peut que scruter le ciel tandis que la pluie tombe, ouvrir la bouche et laisser échapper un gémissement rauque qu'il ne reconnaît pas. Et qui peut dire ce qu'il signifie ?

Doug le traîne jusqu'au pick-up et ils démarrent en trombe. Jim, trempé dans son manteau de pluie, menton baissé contre le plastique vert, un ciré de pêche, son odeur, et il pourrait être à nouveau en mer. Les baies au sud-est de l'Alaska, toujours enveloppées de brouillard, les flots gris, mais dans l'eau il apercevrait une centaine de saumons, leurs corps sombres alignés et parfaitement espacés, sans la moindre pensée. L'eau si froide et limpide. La silhouette sombre des crêtes sous-marines, des escarpements, du sable et de la vase et des algues, tous teintés de nuances différentes dans les profondeurs, déformés par les courants thermiques.

C'est ce qu'il a toujours aimé, ces instants de pureté, trouver des criques isolées en bateau, personne d'autre dans les parages, ou marcher loin en bordure de rivière, sans suivre un sentier, et trouver un bassin profond où les steelheads n'ont encore jamais été pêchées. Le silence de ces lieux. Il veut s'isoler à présent, il ne veut plus de ses enfants, ni de Doug, il ne veut plus entendre les vrombissements d'un moteur de pick-up, ni les épais pneus crissant dans les virages. Il ne veut pas songer à ce qu'il a fait, à qui il est, à tout ce que cela signifie. Il ne veut plus aucune responsabilité, plus aucune attache, plus aucune conséquence, plus aucune sensation à l'exception des notions élémentaires qu'apportent la vue et l'odorat et l'ouïe dans un espace vierge.

Mais ils empêchent Jim de se cacher. Les grognements de Doug, les questions de David, et la plus simple d'entre-elles s'avère pourtant la plus complexe :

— Qu'est-ce que tu faisais, Papa ?

Le besoin de justifier nos vies, chacun de nos actes. Et si l'on n'y était pas obligé ? Et si tout ce que nous faisions était aussi simple que ça ?

— *Song, sung blue, everybody knows one*, se met-il à chanter. *Song sung blue, da da da da da da. Me and you, a number two, with a cry in our voice*[*], *ba dum dum dum dum*, c'est ça ? (Il ne se souvient plus des paroles.) Aide-moi, frérot.

Mais Doug agrippe le volant à deux mains, il fonce dans les virages et les descentes et les côtes, il essaie de retrouver une grand-route, sûrement. Difficile d'être plus rapide qu'un appel téléphonique.

— *We've really got no choice*, Jim continue de chanter. *We've got no choice*[**].

Mais il ne sait plus si ce sont vraiment les paroles. Peut-être que ce sont ses mots à lui.

— J'avançais aussi à quatre pattes, dit David. Mais tu allais vachement vite, comme un loup-garou.

— J'ai envie de faire pipi, dit Cheryl et peut-être qu'elle le dit depuis un moment déjà, car sa voix prend les notes aiguës du désarroi.

— Il faut qu'on s'arrête pour Cheryl, dit Jim. Elle a une vessie à peine plus grande qu'une cacahuète. Je l'ai compris à l'époque où j'ai déménagé d'Anchorage à Fairbanks. J'ai dû m'arrêter une cinquantaine de fois

---

* Une chanson, bleue, tout le monde en connaît / Moi et toi, numéro deux, avec un cri dans la voix. (NdE)

** On n'a vraiment pas le choix. (NdE)

pour elle, à l'aller et au retour, et on a fait plusieurs fois le trajet. Quel emmerdement.

Mais Doug ne dit rien, il se contente de rouler bien trop vite, concentré.

— Tu étais vraiment comme un loup-garou, Papa.

— Ahouuu, hurle Jim en rejetant la tête en arrière, et ça semble en accord avec les pneus qui glissent et qui reprennent leur forme dans les montées.

Il n'avait jamais vu son frère conduire comme ça.

— Personnellement, je n'en ai rien à foutre si on se fait choper, dit Jim. Parce que bon, qu'est-ce qui risquerait de se passer, petit frère ? On est entrés illégalement sur le terrain d'un mec, et puis j'ai couru à quatre pattes dans la boue. Waouh. Quel horrible crime. Et s'ils se concentrent sur les détails pendant l'enquête, on a découpé le poitrail d'un geai buissonnier. Je suis sûr que ça mérite perpète.

Doug ralentit un peu.

— T'as peut-être raison. Je roule trop vite. C'est dangereux.

— Ouais.

— D'accord. Je ralentis. Je roule à vitesse normale.

Les pneus retrouvent leur lourdeur, reliés à la route, et les virages n'exercent plus franchement de force g, bien qu'il ne sache pas ce que représente le g.

— C'est quoi, la force g ? demande Jim. C'est juste pour la gravité ?

— Ouais, dit David. Si tu mets deux g, ça veut dire deux fois la force de gravité.

— Eh ben voilà ! Ça valait la peine de t'envoyer à l'école. C'était mieux que de t'envoyer aux champs et traire les vaches. On a dû faire quelques sacrifices, pas d'oranges à Noël pendant trois ans de suite, et ta maman a dû tailler nos jeans dans des troncs d'arbres, mais on s'en est sortis et ça en valait la peine, ça c'est certain.

David rit. Pas Doug.

— Qu'est-ce qui ne va pas, frérot ? Tu as perdu ta langue ? C'est parce que tu n'as pas eu d'orange à Noël depuis des lustres ?

— Hystérique, dit Doug. C'est le côté hystérique du truc. Tu es dans une phase positive, mais c'est trop positif, genre, presque dingue.

— J'ai déjà pris un médoc, dit Jim. Alors je suis sauvé, non ?

— Les cachets feront effet dans deux semaines environ, et il nous a prévenus qu'ils risquaient aussi de faire empirer ton état pendant ces premières semaines.

— Eh ben, ça ne paraît pas très rassurant.

— Non, pas du tout.

— J'ai envie de faire pipi !

Un gémissement de désespoir de Cheryl qui doit avoir le plus grand mal à se retenir, aussi Doug s'arrête-t-il, et elle se dépêche, saute du pick-up, baisse son pantalon, se cache derrière la portière, et ils l'entendent se soulager sur les graviers du bas-côté, un instant qui resserre les liens familiaux.

— La détresse disparaît entièrement, dit Jim. On peut s'en débarrasser avec une telle facilité. Il suffirait de trouver un moyen de pisser tout ce que je suis, et de repartir plus heureux.

De plus en plus, ses remarques ne reçoivent en réponse que le silence, semble-t-il. C'est peut-être l'indice le plus évident de sa folie. Mais il s'en fiche, ce qui est un autre indice de sa folie. Il estime pourtant qu'il se doit de faire un effort.

— Sérieusement, dit-il. Dans les avertissements du docteur Brown, il y a quelque chose qui manque.

— Quoi ? demande Doug.

Mais Jim se rend alors compte qu'il ne peut pas en parler devant les enfants, il ne peut pas évoquer le risque de tuer les autres avant de se tuer lui-même. Nous sommes censés protéger les enfants, jusqu'à l'instant terrible où l'on ne peut plus les protéger. Comme pour parler du divorce à David. Il avait cinq ou six ans à l'époque, mais il devait pourtant s'y attendre sans vraiment le savoir. Ils le lui avaient juste annoncé un matin, assis dans le salon avec cette vue sur Clear Lake, une jolie maison au bord de l'eau qu'ils louaient cette année-là, après avoir quitté l'Alaska. Il fait tellement plus chaud en Californie, et le lac était comme un miroir. Jim s'imaginait faire du ski nautique quand Lorraine avait prononcé les mots.

Est-ce donc ce que nous voulons tous, ne rien s'entendre dire jusqu'à ce qu'il soit trop tard ? S'il décide de tuer Jeannette, faudra-t-il qu'il la prévienne à l'avance, ou ne voudra-t-elle rien savoir jusqu'au dernier moment, le revolver braqué et rien qu'un seul mot, Ouaip, pour confirmer la situation, avant qu'il n'appuie sur la détente ?

Il veut que ce soit comme dans les films de Dirty Harry. Dans la chambre d'hôtel, elle porterait de la lingerie, debout près du lit ou même dessus. Elle enlèverait son soutien-gorge, ses nichons pendouilleraient, il viserait l'un d'eux, celui juste au-dessus du cœur, et un trou apparaîtrait, impeccable. Encore mieux si c'est dans une piscine, plus exactement comme dans le film, mais ce serait impossible parce que si on en tue un, alors pourquoi ne pas tuer les autres ? Ses parents ne sont-ils pas responsables, eux aussi ? Ne méritent-ils pas qu'il leur paye une petite visite ? Et son frère ? Tant de questions ouvertes.

— On n'a pas beaucoup de temps, dit Jim. Et tellement à cogiter. Les grandes questions. Et je veux dire, les questions vraies, importantes.

— On va manger le geai ? demande David.

Doug pose la main sur l'épaule de Jim.

— Calme-toi, mon pote. Tu n'as besoin de rien d'autre. Tu n'es pas obligé de réfléchir. Laisse-toi aller. Ne t'inquiète de rien.

— On va le manger ? demande encore David.

— Ouais, dit Jim. On va le faire frire. On va chez Mary, là, non ?

— Ouaip.

— Alors ouais, on va dîner, et dans une petite poêle, je me chargerai en personne de préparer la noble chair.

David éclate de rire, mais Jim se met à penser à des films porno et la noble chair qu'on y voit. Il bande et il est pris d'une envie de se branler. Il veut qu'on le laisse tranquille. Il a envie de baiser avec Jeannette, mais ce ne sera pas pour ce soir, alors il lui faut au moins un magazine. Il en a quelques-uns dans son sac en toile. Il garde le menton dans son ciré, ce qui lui permet d'éviter de discuter.

Qu'est-ce qu'un corps ? Luisant de sueur et de pluie, brûlant et glacé à la fois, une douleur dans l'aine. Il croise les mains sur ses cuisses, comme s'il se recroquevillait pour se réchauffer, mais il fait pression contre sa trique. Personne n'en saura rien. Le sexe, toujours un secret.

Ses épaules lui semblent puissantes, remusclées après la course à quatre pattes, mais l'articulation de son coude gauche part en vrille. Et ses genoux le font souffrir, égratignés, et une douleur vibre dans son front, ses orbites sont comme engourdies, une fatigue après des mois et des mois de mauvais sommeil, un épuisement profond. Mais Doug a raison au sujet de ses phases positives, de l'euphorie. Il est encore en plein dedans, cette sensation qu'il peut tout faire, même descendre du pick-up lancé à pleine vitesse et l'envoyer balader dans les airs. Il la sent couler dans ses veines, une substance chimique qui le rend plus fort, et ce n'est rien, comparé à ce qui se produit dans la partie désincarnée de lui-même.

Il n'appellerait pas ça une âme, parce qu'une âme ressemble davantage à un truc fatigué qui erre en traînant les pieds, enchaîné, contraint de chanter des psaumes et d'assister à des repas caritatifs. S'il veut le décrire, le plus proche qu'il puisse trouver remonte à ces moments de pêche en Alaska. Quand il était seul dans son bateau, au milieu d'une crique, et le monde autour de lui, immobile. Il entendait chaque goutte tombant des arbres, une à une, et l'air frais n'opposait aucune résistance. Une partie de lui-même était alors capable de voyager, d'emplir des espaces bien plus vastes. Il ressent cette puissance à présent, une force en lui qui peut grandir sans limites.

Le problème, c'est qu'il n'y a aucun but, rien à tenter. Il n'y a que le sexe car il n'existe rien d'autre. Le sexe, c'est la seule chose qui reste, toujours. Ça ne finira jamais, alors c'est peut-être ça qu'il faudrait appeler une âme. Jim frotte sa trique dans l'espoir que personne ne le remarque, et la brûlure douloureuse lui donne envie de faire des choses terribles, tout de suite. Il a envie de fourrer son truc dans la bouche de Jeannette, dans son con, la lui faire avaler, et il veut punir et maîtriser et faire savoir qu'il n'a rien choisi de tout ça. Qu'on a choisi à sa place et qu'il émet une objection.

— Au nom du père, du fils et du saint sexe, dit-il.

— Quoi ? Mais putain… dit Doug.

— Je réfléchissais juste à ce qui est véritablement éternel, et c'est notre besoin irrépressible de copuler. C'est ce qui demeure au-delà de nous, notre vocation finale et pure.

— Pense un peu à ton auditoire du moment.

— Mais j'y pense. David devrait savoir ça. Il devrait le savoir le plus tôt possible. C'est déjà un homme.

— C'est seulement l'euphorie qui parle.

— L'euphorie, c'est aussi la lucidité, la vérité. C'est donner un nom à ce qui ne peut jamais être détruit. C'est trouver ce qui vit en nous.

— Tu parles de sexe ? demande David.

— Oui, dit Jim. Je parle de ce qui est sacré. Tu ne trouveras jamais ça dans une église. Tout y est mort, ça fait mille ans que c'est mort. Mais le jour où tu trouveras une fille et que tu la ramèneras dans ta chambre quand ta maman ne sera pas à la maison, et que tu la sentiras pour la première fois sous ton doigt, à quel point elle est humide et douce et soyeuse, c'est là que tu t'approcheras véritablement de tout ce qui nous a créés.

— Arrête, Jim. Cheryl entend tout, elle aussi.

— Je parle de la source et de l'origine. Chercher à l'intérieur, c'est chercher dans le passé. Et d'être avec des filles de treize ans, ou même douze ans, le tout début, c'est la chose la plus incroyable. De toute ta vie, tu n'auras plus jamais une telle liberté. Alors oublie tout le reste. J'ai passé tellement de temps à faire mes devoirs, à bosser au Safeway, à aller à l'église, à être un bon garçon, mais j'aurais dû faire ce qu'a fait ton oncle, traîner le soir sur le ponton avec les copains, la bière et les filles, consacrer le moindre de mes efforts vitaux à entrer, à pénétrer. C'est le seul but, l'unique but qui compte.

— David, dit Doug. Il faut que tu comprennes que ton père n'est pas très bien en ce moment. Il n'a pas les idées en place. Et Cheryl, rien de tout ça n'est bon pour toi. N'écoute pas.

— Ne me prive pas de la seule chose que j'aie à leur apporter. Pile à la fin, la vérité. C'est le cadeau de tous les échecs. Je sais désormais ce qui n'a aucune importance, parce que j'ai passé ma vie entière à m'y consacrer.

— Jim.

— L'argent aussi, c'est complètement inutile. C'est la seule chose que j'aie gagnée, à être dentiste. Il faut que vous le sachiez, tous les deux, David et Cheryl. Ne vous rendez pas esclaves de l'argent. Et fichez-vous de ce que pensent les autres. Encore un truc inutile. Tout ce qu'on vous dira, toute votre vie, ignorez tout ça. N'écoutez que moi, pour l'instant, votre père essaie de vous aider.

Mais ils ne pourront pas l'entendre, évidemment, parce que c'est la vérité, ça aussi – on ne peut rien offrir. Les gens ne peuvent jamais croire ce qu'ils n'ont pas déjà appris d'eux-mêmes. Aucune transmission possible, aucun raccourci.

— On ferait mieux de les ramener chez leur mère, dit Doug. Et juste dîner entre nous, ce soir.

— Non. Fou ou pas, j'ai droit au temps qui m'est imparti. Surtout à la fin. Ne me prive pas de ces choses-là, juste à la fin.

— Ce n'est pas la fin.

— Je pense que tu le sais.

La maison de Mary est petite mais nichée sous les arbres à l'écart, en bordure d'une route peu fréquentée. Mary, mince et jolie, brune, des origines italiennes ou espagnoles. Soudain, Jim ne s'en souvient plus et il est trop gêné pour lui poser la question. Mais c'est le genre de femmes que Doug a toujours réussi à avoir, plus belles que celles que dégotait Jim, sans vouloir comparer ni écraser une pierre sur le crâne de son frère pendant qu'il laboure son champ, mais quand même, cela fait naître la jalousie dans l'esprit de Jim, semblable à la colère, pas si loin de la rage, pas si loin de ce sentiment général d'injustice, l'impression de s'être fait baiser toute la vie et l'envie d'émettre un commentaire à ce sujet, de faire un geste marquant, et final bien sûr, qui impliquerait le Magnum. On en revient toujours au Magnum.

Il pourrait abattre Mary tout de suite, puis son frère, puis ses enfants, il irait ensuite voir Lorraine, puis ses parents. Qu'est-ce qui l'en empêche ? Quelque chose qui ne peut pas être nommé. On dirait même que ce n'est rien du tout, et s'il essaie de le ressentir en lui, il n'y a rien. Rien qui le retienne. C'est juste qu'il ne l'a pas encore fait. Ce n'est pas arrivé. C'est la seule chose qu'on puisse dire pour expliquer que ce ne soit pas arrivé.

— Salut, Jim, dit Mary.

Il est déjà dans l'allée, il ne se souvient pas d'être descendu du pick-up, ni si d'autres paroles ont été échangées.

— Je ne crois plus pouvoir dire salut, répond Jim. Je l'ai trop dit dans ma vie, et qu'est-ce que ça veut dire, au final ?

— Entre juste, alors, espèce de nouille, dit-elle en le prenant par le bras.

Jim a l'impression d'avoir huit ans. Mary est maîtresse d'école élémentaire, elle a tout de suite identifié l'âge émotionnel de Jim.

Beaucoup de tapis et de coussins, de décorations au mur et sur les surfaces planes, aucun espace libre. Jim se sent claustrophobe. Des hiboux en macaronis, des chatons au crochet, des dessins d'enfants au pastel. De la couleur partout, une tempête de couleurs comme des voix, frénétiques, et il n'avait encore jamais éprouvé une chose pareille. Ça doit être le médicament qui le fait déjà déconner. Qui va faire empirer la situation pendant deux semaines. Comment peut-on penser que c'est la bonne solution ? Brown a dit que cela pouvait accentuer ses symptômes et lui en ajouter de nouveaux. Et s'il arrête le traitement du jour au lendemain, ce serait plus dangereux encore. Pris au piège sur une route étroite, lancé à pleine vitesse vers une destination qu'il sait pertinemment être mauvaise.

Mary l'a fait asseoir dans le canapé du salon, et il ignore pourquoi mais les enfants ne sont pas encore arrivés. Encore dehors avec Doug.

— Ce serait si facile, dit Jim. Vraiment, il faut que tu le saches. Je représente un danger, actuellement, pour moi-même et pour les autres. Je peux passer à l'acte à n'importe quel moment.

Mary émet un rire nerveux, elle lui adresse un sourire comme s'il venait de plaisanter, puis elle se dirige vers la cuisine. Peut-elle vraiment se montrer aussi lâche ?

Combien d'avertissements faut-il donner aux gens ? Pourquoi n'est-il pas en camisole de force ?

— Tu m'as entendu ? demande-t-il, et il se rend compte qu'il a parlé trop fort.

— Oh, Jim, répond-elle de sa voix réservée aux enfants.

Elle est donc totalement incapable d'interagir avec lui. Et les autres, alors ? Comment sa famille est-elle censée l'aider ? Ses enfants sont trop jeunes. Lorraine pourrait peut-être l'aider, mais elle ne fait plus partie de sa famille. Doug essaie mais ne parvient pas à aller là où Jim a besoin d'aller. Et ses parents s'y refusent. Seule Jeannette accepte d'aller jusque-là, mais tout le monde essaie de l'éloigner d'elle.

— Qu'est-ce qui se passera, quand ça arrivera ? demande Jim. Qu'est-ce que tu te diras, à ce moment-là ? Est-ce que tu diras "Oh, Jim" ?

La tête de Mary tremble un peu, peut-être, tandis qu'elle baisse les yeux vers le fromage et les crackers qu'elle prépare, mais sa concentration semble totale. Elle nie absolument le fait qu'il ait pu parler, et qu'elle ait pu entendre. Rien que le fromage et les crackers. Qu'elle dispose en mignonnes petites rangées.

— Voilà, dit-elle d'un ton enjoué. Tu dois avoir faim.

Elle pose le plateau en bois sur la table basse, elle parvient à trouver une place parmi toutes les saloperies bariolées sans qu'il comprenne comment, parmi les magazines et les objets tricotés, des objets qu'il ne peut pas voir tellement il les déteste, puis elle s'éloigne sans lui avoir accordé le moindre regard.

Ses enfants et Doug, toujours mystérieusement absents, aussi reste-t-il assis seul, mange un biscuit, céréales complètes, une tranche de fromage. Du gruyère, avec des trous, percés avec un fusil. Est-ce qu'ils tirent sur les vaches pendant la traite, pour percer des trous dans le lait, ou est-ce qu'ils attendent d'avoir les meules de fromage ? Il les imagine faire rouler le fromage hors d'une grange, des meules grandes comme des roues, les appuyer contre des bottes de foin, puis une rangée d'hommes et de garçons armés de fusils, attendant l'ordre de faire feu. À la manière dont ils tiraient sur les pigeons dans la grange de Dave Kalfsbeck, un qui chassait les oiseaux de l'intérieur et les autres qui attendaient à ciel ouvert, quatre balles chacun, une munition prête dans la chambre.

— Les mers sont tellement gigantesques, dit David alors qu'ils entrent, et Jim a un aperçu de l'avenir, son frère devenu un père de remplacement pour David et Cheryl, il les emmène chasser et pêcher, il ne leur dit rien sur la vie ni sur la manière dont elle doit être vécue, comme le font tous les pères.

— De quoi vous parlez ? demande Jim, un rare instant de sociabilité, éprouvant une envie soudaine de vivre un peu plus longtemps.

— De la lune, répond David. On va pouvoir sortir le télescope ce soir. Tu devrais voir ça. C'est trop cool.

— Il parle des mers de la lune, dit Doug. Je connaissais quelques noms, avant, comme la mer de la Tranquillité ou un truc comme ça, mais j'ai oublié.

— Ils ont envoyé un flétan là-haut, une fois, dit Jim. La NASA voulait voir comment il s'adapterait. Un gros poisson, presque cent cinquante kilos, dans un aquarium spécial en plexiglas, et ils l'ont posé sur le sol, ils l'ont laissé s'agiter là, histoire de voir à quelle altitude il s'envolerait.

— Jim, dit Doug.

Mais David et Cheryl écoutent tous les deux, comme si Jim leur apportait des nouvelles du Messie.

— Imaginez son ventre blanc contre le blanc de la poussière, ou de la cendre, ou du sable, ou de ce qui compose le sol de la lune, identiques, comme un reflet dans un miroir, et son dos sombre pareil à la lune dans le lointain, les motifs de ses écailles comme des cratères. La face cachée de la lune, en fait. Le flétan a attendu ce rendez-vous, il a attendu plusieurs millions d'années, et voilà enfin qu'on le ramène chez lui. Le destin. Et puis il donne un coup de nageoires, brutalement, comme des ailes, et la gravité est bien moins présente. Même sur terre, ils arrivent à sauter à presque un mètre sur le pont du bateau. Alors sur la lune, le flétan s'est mis à voler.

— Waouh, fait David.

— Exactement. Les astronautes étaient censés mesurer la hauteur de son saut, mais leur toise ne dépassait pas six mètres. Ils l'ont vu s'élever deux ou trois fois plus haut, s'envoler dans les airs, gigotant comme une immense méduse céleste, blanc comme du lait, son ventre tellement lisse et improbable, fait de rêves.

— Il a volé combien de temps ?

— Ils ne savent pas. Aucun d'eux n'a pensé à regarder sa montre, et ils n'avaient plus la notion du temps, ni de ce qu'il était censé signifier. Ce vol a duré plusieurs minutes, ou plusieurs heures. Ils ne peuvent pas dire. Et ils ne se souviennent pas non plus quand il a décollé, les premiers centimètres de son ascension. Pour une raison étrange, ces éléments ont disparu de leur mémoire. Ils se rappellent juste l'avoir regardé disparaître dans le ciel au-dessus d'eux.

— Waouh, fait David.

— Espèce de nouille, dit Mary. On ne peut pas envoyer un flétan sur la lune.

— Mais ils l'ont fait, rétorque Jim.

— Il n'aurait pas pu survivre là-haut.

— Ce n'était pas prévu qu'il survive. Il était juste voué à faire un seul vol magnifique, rien d'autre. C'est tout ce à quoi on est destinés, nous autres. Aucun de nous ne survit. On ne peut être, au mieux, que des expériences. Des milliards d'entre nous ne servent à rien, mais peut-être qu'un seul parmi nous aura une utilité. Pensez juste à tous les autres flétans qui passent leur vie au fond de l'océan et qui meurent là, dans un lieu bien plus effrayant que la lune, à des centaines de mètres de profondeur, sous une pression colossale, une pression comme si une montagne entière pesait sur vous, sans lumière, un froid si intense, mais un seul flétan est tiré de ce monde-là, placé avec soin dans un aquarium sur un bateau, rapporté à Ketchikan ou à Prince Rupert, conduit jusqu'en Floride, un trajet de plusieurs milliers de kilomètres, ou peut-être qu'ils ont mis l'aquarium dans un avion. Je ne sais pas. Ils l'ont sûrement envoyé en avion cargo. Et puis ils l'apportent sur la piste de lancement, ils le soulèvent à l'aide d'une grue, l'aquarium maintenu par des sangles, qui longe le flanc de la fusée, on le hisse vers la capsule. Imaginez un peu ça, un plexiglas transparent rempli d'eau d'Alaska, et cet extraterrestre de cent cinquante kilos qui patiente au fond, les deux yeux du même côté de la tête, une apparence bien plus étrange que tout ce qu'on trouvera jamais dans l'espace. Ils abaissent l'aquarium sur une sorte de passerelle qui pénètre dans la capsule, ils le font rouler à l'intérieur et l'attachent là. Et quand les réacteurs de la fusée s'enclenchent, le flétan est le seul être à pouvoir supporter une telle pression, une telle force g. Ce n'est rien, comparé à la pression qu'il a connue dans les profondeurs. Il est déjà plat, il ne peut pas être aplati davantage. Il est fait pour ce voyage. Le froid glacial de l'espace ne le dérange pas, et il n'a pas besoin d'air pour respirer. Il n'a besoin que de cette eau de mer puisée en Alaska, pas de chauffage, aucun soin particulier. Juste une pompe de filtration afin d'oxygéner l'eau, et quelques miettes de nourriture. Le meilleur astronaute qu'on ait jamais trouvé. Et patient. Pas besoin de test psychologique, zéro préoccupation ou inquiétude de le voir devenir fou ou apathique ou suicidaire, aucune crainte que sa famille lui manque trop, pas besoin de communiquer avec ses proches sur terre. Les autres flétans n'ont même pas remarqué son départ. Pas de parades, dans les profondeurs, aucun concept débile de sacrifice héroïque.

— Jim, dit Doug. Franchement, assieds-toi. Ton côté frénétique revient, tu fais peur à tout le monde.

— Concentre-toi sur l'histoire. Imagine le flétan qui vole à trois cent quatre-vingt quatre mille quatre cents kilomètres de nous, l'espace est si simple pour lui. On ne sait pas de quoi on est faits. Qui aurait pensé qu'un flétan ferait le meilleur des astronautes ? On ne songe pas immédiatement qu'il est parfaitement adapté au froid et à la pression et à l'obscurité et au temps infini, sans rien d'autre à faire que de manger au fond de l'océan. Il faut comprendre la beauté de découvrir ce à quoi était destiné le flétan. Quand ils alunissent enfin, les humains sont devenus presque dingues, ils sont à l'agonie, totalement déboussolés par l'absence de gravité, de contacts humains normaux, de soleil, d'air frais, à force d'avoir mangé cette bouillie qui tient lieu de nourriture dans l'espace, d'avoir bu trop de boisson orange, mais le flétan est prêt. Mieux encore, il ne s'inquiète pas d'être prêt ou non, il n'a aucune pensée, ce qui est le meilleur état d'esprit. Aucune peur tandis qu'un bras mécanique déplace son aquarium sur la lune et l'y renverse. Il gigote au sol, c'est la première fois que de l'eau touche la surface de la lune, ce bout de roche doit ressentir quelque chose, découvrir le concept immémorial de la soif ou quelque chose d'approchant, le désir de tout ce qui est inconnu, exactement comme quand le désir sexuel nous frappe pour la première fois, si étranger et curieux et impossible, qui ne ressemble en rien à ce que l'on a pu connaître jusque-là, et même l'air le ressent, cette évaporation, un vortex de néant qui devient air au contact de l'eau, la sensation elle-même qui prend forme, et pour le flétan, l'endroit est chaud, facile, si lumineux, une absence de poids qu'il n'aurait jamais pu concevoir, la plus exquise des libertés. Il s'agite, non pas qu'il soit mû par la peur ou par un instinct familier, mais parce qu'il éprouve de la joie pure, cette fois, autant que puisse en éprouver un poisson. L'oxygène ne lui manque pas encore, il vient juste d'entrer en immersion, en pleine santé, puissant et totalement libre. Il bat des nageoires, il découvre le vol, le vrai vol, pour la toute première fois. Il n'est pas retenu par l'épaisseur de l'eau. Aucune résistance. Quelque chose qu'aucun humain n'a jamais éprouvé, ni aucun oiseau, voler ainsi dans un lieu sans air, et sans la moindre combinaison spatiale. Nulle barrière. Le vol le plus pur qu'on ait jamais connu, pur aussi parce que ses deux yeux sont du même côté de sa tête, au sommet. N'importe quel autre poisson verrait les astronautes en contrebas, le module lunaire, la surface de la lune, mais pas le flétan. Il ne voit que le vide au-dessus, sans la moindre distraction, ou peut-être voit-il la terre, une boule bleue et blanche si lointaine, et il sait que l'océan est là-bas, les eaux d'Alaska, il tend son corps vers chez lui, s'agite encore et prend appui contre le néant, afin de se propulser et d'accélérer. À quoi pense un flétan, dans ce court moment de vol ? Tant qu'on ne saura pas ça, pourra-t-on savoir quoi que ce soit ?

Doug l'a agrippé, ce qui paraît très étrange, il le tient par-derrière, les mains sur ses biceps.

— Allez, assieds-toi, lui dit Doug, et Jim obéit.

Il se sent soudain épuisé, tellement épuisé. Il s'allonge dans le canapé et ferme les yeux, se recroqueville sur le flanc.

— Qu'est-ce qui ne va pas, Papa ? demande David, mais il semble si loin que Jim n'arrive pas à répondre.

Il a besoin de se reposer.

Cheryl lâche son mignon petit rire nerveux, et il aimerait pouvoir la rassurer, être un père, être normal, être celui qu'il est censé être, mais c'est tout bonnement impossible. Comment réussissait-il à le faire avant ?

Ils le laissent se reposer jusqu'au dîner, allongé dans une chambre. Aucune tentative, bizarrement, de lui retirer ses vêtements maculés de boue ni de lui faire prendre une douche. Ils ont trop peur de lui, peut-être.

Ses yeux, des gouffres insondables, des cavernes de douleur, qui s'enfoncent jusqu'à l'arrière de son crâne. Son nez totalement bouché, comme d'habitude, la gorge sèche d'avoir respiré par la bouche. Il peine à déglutir, et impossible de prendre une nouvelle respiration tant qu'il n'a pas dégluti. Une sorte de panique, à essayer de libérer ce minuscule passage. Sa vie qui filtre à travers le plus petit trou imaginable. Nous ne sommes que respiration, et il n'arrive pas à inspirer.

Et ces pensées, interminables, son esprit ne s'arrête jamais. Il est si épuisé qu'elles bondissent en tous sens, son cabinet de Fairbanks mis en pause, les rendez-vous de ses patients reportés, encore et encore, une condamnation à mort pour un cabinet médical. Il allait faire venir un dentiste remplaçant avant son départ, mais le peu qu'il avait rencontrés en entretien d'embauche avaient deviné. Ils savaient qu'il n'allait pas bien.

Et le ranch, le fisc le saisira-t-il, le reverra-t-il un jour ? La sensation d'air chaud montant des clairières en basse altitude, soufflant sur son visage et dans les poils de ses bras, un pur plaisir, voir les motifs dessinés dans l'herbe, l'approche de ces tourbillons et de ces vagues perceptible à plusieurs centaines de mètres, on ne peut pas imaginer plus proche présence d'un dieu parmi nous. Son père, gras et tapi là-bas, peut-être éprouve-t-il la même sensation. Qui peut savoir ? Son père avait grandi dans une ferme d'un autre âge, à peine dix ans après le premier vol aérien, bien avant la télé, quand la lune n'était encore qu'un mythe, un endroit inatteignable par un être humain, sans parler d'un flétan. Son père pelait des pommes de terre, se réveillait avant l'aube, posait des collets. Quoi d'autre ?

Chacun d'eux, un recueil de mythes, mais les fossés entre les histoires sont énormes. Ce qu'il sait de lui-même, même en cet instant, n'est qu'un ensemble de fossés, presque inconnu. Mary ignore les fossés, elle impose une histoire continue, une histoire qui prend tout son sens car il ne peut pas en être autrement, et Doug ne s'est jamais posé la question de savoir s'il existe une histoire, et ses enfants sont encore le centre de chaque histoire, ne peuvent pas encore concevoir la notion de fossés, mais le moment viendra où leur père aura disparu. Le problème de Jim, c'est qu'il n'arrive pas à entrer dans sa propre vie, et il va laisser ce problème en héritage.

Ce dont il a besoin pour l'instant, c'est de se branler. Les seules occasions qui lui permettent d'oublier sa respiration et ses pensées. Il se lève en grognant, fouille au fond de son sac en quête d'un magazine *Hustler*.

Les femmes aident à éteindre un incendie, elles portent de grands casques rouges de pompiers et presque rien d'autre. La manière dont elles tiennent les lances à eau ne semble pas vraiment efficace pour la tâche prévue. L'une d'elles est accroupie, lèvres ouvertes comme un papillon, et elle est si parfaite, une apparition photoshopée venue de Mars ou des portes du paradis. Un dieu auquel il parvient à croire, Chattéïdon, le dieu de nos mers intérieures, une eau infinie capable d'éteindre n'importe quel incendie. Deux femmes font une bataille d'eau, leurs tétons visibles à travers leurs T-shirts blancs mouillés, les lances projetant l'eau dans les airs, et une femme est assise sur une bite épaisse, une jambe écartée.

La bite de Jim est douce et satinée, mais il ne réserve la tendresse du contact que pour le début. Il serre brusquement, aussi fort que possible, et il aime la douleur que son geste procure, puis il pompe au-delà du confortable, car il peine désormais tellement à jouir. Avant, c'était simple. Il devait même se retenir de jouir. Mais il doit désormais tirer aussi vite qu'il peut, si vite que son épaule se bloque et que le bout de sa bite le brûle, et quand il jouit enfin, il y a peu de preuve, tout a séché à force de s'être ainsi trop branlé. Enflé et violet sur le pourtour du gland, des ecchymoses douloureuses, et la peau en dessous est légèrement déchirée, des fissures de quelques millimètres à peine, mais qui piquent. Jim est à bout de souffle, il halète sous l'effet de l'effort plus que du plaisir. Il éprouve désormais si peu de plaisir, rien que du besoin.

Il se demande s'il a fait du bruit et si quelqu'un l'a entendu. Il utilise un mouchoir pour nettoyer le peu de sperme, il fourre son *Hustler* dans son sac, et il essaie de se reposer ou même de dormir. Comme ce serait incroyable de dormir, simplement. Son cœur lui martèle encore la poitrine, son bras et son épaule et sa bite palpitent toujours, sa tête décrit des spirales de douleur. L'odeur des cabines de films pornos, cette odeur qui se dégage à se branler plusieurs fois sans se doucher entre, quelque chose dans le sperme qui pourrit et se transforme. Quand viennent les bons moments ? Ceux qui font que la vie mérite d'être vécue ? Quand sont-ils censés se produire ? Il a besoin de parler avec Jeannette, il a besoin d'un plan qui lui permette de survivre à la soirée car pour l'instant, c'est une épreuve qui lui semble insurmontable.

Alors il prend une douche. Au moins ça, c'est productif. Ses vêtements maculés de boue séchée qui s'écaille sur le carrelage, et il entre nu sous l'eau trop chaude, fumante, il sent sa peau brûler, la regarde virer au rouge, il est contraint de s'éloigner du jet pour y retourner ensuite, il rêve d'une immolation mais qu'elle ne soit pas sèche. L'eau chaude, l'un des plus immenses plaisirs, mais quelques degrés supplémentaires et tout change.

Il ne peut pas l'endurer. Il est obligé de baisser la température, et c'est agréable de passer au froid glacial car sa peau est en surchauffe, comme une cuisson par chaleur résiduelle, mais il se met soudain à tousser, affaibli par le manque de sommeil, et il coupe l'eau, attrape une serviette trop vieille et rêche, il doit se sécher en se tapotant prudemment. Frotter est trop douloureux.

Il passe la tête dans l'entrebâillement de la porte et crie :

— Hé, je peux emprunter un pantalon et un T-shirt ?

Pourquoi s'embêter à s'habiller ? Les actions quotidiennes, les routines, il déteste ce cirque. Combien de repas a-t-il mangés ? Un millier chaque année, au moins, ce qui fait donc quarante mille fois à mastiquer des aliments dont il n'avait pas envie mais qui lui étaient nécessaires, des sandwichs au beurre de cacahuète et à la confiture, des pâtes, de la soupe en conserve, un morceau sec de viande indéfinie, et combien de fois a-t-il chié ? Peut-être quinze mille fois ? Cent mille pisses ? Enfilé et retiré ses vêtements au moins trente mille fois.

Et combien de déglutitions, combien de respirations ? Nous sommes principalement des machines, des morceaux de chair en mouvement.

On toque doucement, et la voix de Mary, tremblante :

— J'ai un jean de Doug et une chemise à lui, aussi.

Il ouvre la porte, il se tient là, enroulé dans sa serviette, elle ne le regarde pas, elle tend juste le bras, elle détourne la tête, il prend les vêtements et referme la porte.

De vieux vêtements doux, un jean usé et une chemise à carreaux, trop grands pour lui. Un parfum de lessive.

Il ressort comme un vieillard rabougri, plus à la hauteur de ce qu'il était. Un être diminué, pieds nus.

— Il faut qu'on te trouve des chaussettes, dit Mary. Et des chaussons.

— J'ai besoin d'appeler Jeannette, dit Jim.

Il est dans le couloir, juste devant le salon. Mary a disparu, en quête de chaussettes, mais Doug et David et Cheryl le dévisagent.

— Ce n'est pas une bonne idée, finit par répondre Doug.

— J'ai besoin d'un plan, continue Jim. Pour réussir à passer la soirée.

Il n'aime pas le fait que David et Cheryl l'entendent, mais il n'y peut rien.

— Tout va bien, dit Doug. On va juste dîner tranquillement. Et peut-être qu'on pourra faire une partie de pinochle après.

— Ce n'est pas un bon plan, ça.

— Alors quel genre de plan tu veux ?

Jim ressent l'énormité, l'impossibilité. Pourquoi imaginer qu'un tel plan puisse ne serait-ce qu'exister ?

— On peut faire une partie de pinochle tout de suite ? demande David.

— D'accord, dit Jim.

Il va s'efforcer de ne pas effrayer ses enfants.

La table du dîner est déjà mise, alors ils déplient une table de jeu marron, exactement la même que celle de Jim à Fairbanks. Les mêmes chaises pliantes, du plastique sur du métal. Il se tuera à sa table pliante. Si cela se produit à son retour en Alaska, car c'est là qu'il s'assied toujours. Aucun autre meuble. Alors il sera installé sur une chaise comme celles-ci, devant une table identique, le .44 Magnum posé là, chargé, et il parlera au téléphone avec Jeannette. Il l'appellera et elle sera certainement au travail, ou avec son nouveau copain, ou bien occupée à autre chose, elle ne l'entendra pas bien. Il dira : “Je t'aime, mais je ne veux pas vivre sans toi.” Ou bien “je ne peux pas” plutôt que “je ne veux pas”, car a-t-il vraiment le choix ? Et elle n'entendra pas, il sera sûrement contraint de répéter, tout semblera si minable au final, un manque total de dignité avant l'ultime sortie, puis il appuiera sur la détente, et la majeure partie de son crâne et de son sang maculera le plafond et les murs, mais il n'aura pas à le voir, il ne sera plus jamais obligé de voir ni de sentir ni de savoir quoi que ce soit. La souffrance, disparue en une seconde, alors pourquoi a-t-il repoussé l'échéance ?

Doug distribue les cartes par trois, ce qui semble correct. Rien de clair, dans la vie. On ne nous distribuerait jamais une seule carte, on nous offre toujours deux chemins possibles à emprunter. Il les classe par ordre de grandeur, il a plus de carreaux, rien qu'un seul cœur, une vie remplie d'argent mais dépourvue d'amour, et c'est à la fois une main faible et une main forte, d'aucune aide pour son partenaire, mais il a la possibilité d'emporter la mise. Est-ce toujours neutre ? Les cartes ne sont-elles que de simples cartes ? Comment ce sera, à l'autre bout du téléphone ? Quel son produira le coup de feu, y aura-t-il ensuite un bruit de gouttes qui tombent, des morceaux de lui dégoulinant du plafond ? Portera-t-elle à nouveau le téléphone à cette oreille-là, un jour ? Et sa mort à lui supplantera-t-elle la mort des parents de Jeannette, ou bien leur meurtre-suicide sera-t-il toujours plus important dans son esprit ?

— À toi d'annoncer, dit Doug.

Mais Jim n'a rien entendu.

— On en est où ? demande-t-il.

— Vingt-sept pour toi.

— Alors vingt-sept.

Assis en face de lui, David est son partenaire, impatient, il l'observe. Il a dû faire une première annonce, ce qui signifie qu'il a une main complémentaire.

— À toi d'annoncer, dit Doug, mais Jim a manqué les dernières mises, à nouveau, il n'a aucune idée de ce qu'ont dit les autres.

Mary reste debout, les cartes à la main, elle ne s'assied pas car elle prépare encore le repas.

— Je suis, dit Jim. Quelle que soit la mise suivante.

Jamais, dans aucune partie de pinochle de toute leur histoire familiale, personne n'a jamais parié de cette manière, mais cela semble fonctionner et Jim prend la main.

— Carreau, annonce-t-il, et il remarque Cheryl assise juste à côté de lui, qui observe son jeu.

Il passe le bras autour de ses épaules.

— Tu crois que ça va marcher ? lui demande-t-il.

Elle sourit et rebondit sur sa chaise en guise de réponse, mais aucune parole, ce qui convient parfaitement à Jim. Il aimerait que tout le monde cesse d'employer des mots.

David fait passer quatre cartes. Le dix manquant pour la suite, et même les deux as dont il a besoin, mais Jim n'éprouve aucune excitation. Il dévoile la suite et les as, devant les expressions satisfaites et les hochements de tête de tout le monde, qui lui offrent un instant de répit pour se cacher. Il peut jouer au pinochle sans réfléchir, défausser les cartes faibles à David et ramasser les nouvelles, et il joue la carte maîtresse, un as, comme il l'a fait au cours de milliers de parties, puis l'as de cœur singleton, puis la dame de carreau pour faire tomber l'atout, tout orchestré, et pourquoi ont-ils joué à ça pendant tant d'années ? N'ont-ils vraiment pas trouvé mieux pour passer le temps ? Les gens seraient-ils en réalité tous au bord du suicide, toute leur vie, obligés de survivre à chaque journée en jouant aux cartes et en regardant la télé et en mangeant, tant de routines prévues pour éviter ces instants de face-à-face avec un soi-même qui n'cxiste pas ?

Le dîner, un autre exercice vide de sens. Un plat de gibier, la viande d'une chasse récente, cinq mois plus tôt à l'automne. Jim était là. Doug avait tiré sur sa cible en mouvement, entre les arbres juste au-dessus du réservoir. De profondes cicatrices laissées par ses bottes, la terre douce et sombre, et les aiguilles de pin, et ce petit .243 à l'épaule, la crosse réparée au scotch, un peu minable mais précis. De ses quatre tirs, Doug avait touché le cerf trois fois, il l'avait mitraillé à la chevrotine. L'animal avait roulé, mettant à nu davantage de terre sombre lors de sa longue glissade.

La journée était couverte, fraîche, la saison bien avancée, fin octobre. Ils portaient tous des vestes marron, se confondaient avec la terre et les arbres. La chasse lui manquera, à Jim. Dans le néant quelconque que l'on connaît après, ou quoi que ce soit, il se languira de ces rituels chaque automne, et Doug pensera à lui, alors. Aucun néant ne peut être assez vide pour effacer tout ce que nous avons aimé ou tout ce qui nous manque.

— Qu'est-ce qui se passe, après, à votre avis ? demande Jim.

Surpris d'entendre sa propre voix, et s'interrogeant sur la pertinence de sa question en présence de ses enfants. Pas franchement l'image du père modèle, en ce moment.

— De quoi ? demande Doug.

Il est à l'autre bout de la table, l'air sombre, tête baissée, vêtu d'une chemise à carreaux aux manches roulées sur ses épais avant-bras, un bûcheron.

— La vie après la mort. Vous en pensez quoi ?

— Eh bien, dit Mary. Dieu nous réserve une place à tous, et Jésus nous accueillera.

— Mais qu'est-ce qui se passe exactement ? demande Jim. Étape par étape ?

— Inutile de s'en inquiéter, dit Mary. Tout est préparé pour nous.

— Comme dans un hôtel en formule tout compris, là où un type récupère vos bagages dès la sortie du taxi.

Mary paraît mal à l'aise.

— Quelque chose comme ça, oui.

— Qui récupère vos bagages, et comment s'est-il retrouvé cantonné dans ce rôle-là ? Si le service est si bon que ça, quelqu'un doit bien s'en charger. Ils vont recruter du monde au paradis des elfes ?

— Oh, Jim.

Mary sourit comme s'il faisait l'idiot.

Mais inutile de discuter du paradis, de toute façon. Les suicidés n'y ont pas accès. Jim envisage de le faire remarquer mais décide de s'abstenir, pensant à ses enfants. Il peut encore tenir des propos convenables. Il n'a pas totalement perdu la boule.

Par le passé, le suicide était considéré comme un crime. C'est peut-être encore le cas. Ce qui est drôle, vraiment, puisque le coupable ne peut jamais être traduit en justice. Mais la famille était tenue responsable, du moins pour rembourser les dettes auprès des débiteurs, peut-être même pour le suicide, d'ailleurs. Son fils devrait payer le fisc ou finir en prison s'il ne parvenait pas à gagner trois cent soixante-cinq mille dollars à treize ans, et peut-être serait-il pendu pour le crime de suicide, œil pour œil. En ce moment, toutes les lois semblent déconner totalement. C'est peut-être dû à son état d'esprit, mais il n'arrive pas à trouver la moindre loi crédible. La plupart ont été instaurées par l'Église. Et pourquoi cet intérêt soudain pour les lois ?

— C'est quoi, l'âge légal pour consommer de l'alcool, au paradis ? demande Jim. Il y a des Européens, qui y sont autorisés à seize ans, et puis des Américains pour qui c'est vingt et un ans, alors comment on s'y retrouve ? Le nectar paradisiaque, ça doit être un truc costaud, on ne peut pas le permettre à n'importe qui.

— Allez, profitons de la nourriture, dit Doug. C'est un très bon gratin, Mary.

— Merci.

En réalité, le gratin est incroyablement trop salé, un mélange indistinct de poulet, de bouillie de fromage et de tortillas.

— Je m'interroge sur l'architecture, aussi, continue Jim. Certaines personnes affirment qu'il existe un paradis et un enfer, d'autres disent qu'il y a un purgatoire, et j'ai même entendu parler d'une salle d'attente au paradis, ce qui ferait quatre endroit. Un sacré problème pour réguler les foules, c'est comme essayer de se garer avant un match des Giants, et ils sont où, ces endroits, et comment on circule de l'un à l'autre ? Et comment peut-on s'identifier soi-même ? S'il n'y a plus de corps, comment sait-on ce qui fait partie de nous ou pas ?

— On a une âme, répond Mary. Chacune est unique, semblable à aucune autre, et l'âme ne meurt jamais.

— Et ce n'est pas gênant qu'on ne sente pas son âme maintenant, qu'on ne sache pas ce que c'est ? Ça sera élucidé tout de suite après ?

Mary sourit, condescendante, comme si Jim avait cinq ans.

— Ton âme, c'est ta bonté. Et ça, on peut le sentir. Il faut juste s'y autoriser.

— Mais les âmes qui vont en enfer, alors ? Elles sont aussi faites de bonté ? Et moi, je ne suis même pas croyant. Qu'est-ce qui se passe quand on n'est pas croyant mais qu'on a reçu une longue éducation religieuse, qu'on a eu toutes les occasions de l'être, qu'on est censé l'être ? Qu'est-ce qui se passe, si les cinglés ont raison, et qu'il y a vraiment une vie après la mort ? Si c'est le cas, je suis niqué. Désolé pour la vulgarité.

— Ne traite pas Mary de cinglée, s'il te plaît, dit Doug.

— Ce n'est pas grave, dit-elle. Il suffit juste d'accepter l'amour de Jésus, accepter qu'il est mort pour tes péchés, pour ton salut. C'est tout ce que tu as à faire. Pas la peine de penser à autre chose.

— Et il n'a rien contre les suicides ?

— Hein ?

— C'est quoi, le point de vue de Jésus sur les suicides ? Il nous aime quand même, il nous sauve quand même ? Et si on emporte d'autres personnes avec nous ? Il n'y a pas de limites à l'amour de Jésus ? Est-ce qu'il considère sa propre mort comme une forme de suicide ? Je crois que ça pourrait le rendre compatissant. Il a eu un sacré paquet d'avertissements, mais il a quand même laissé les choses se faire, alors ouais, je pense que Jésus s'est suicidé comme ces mecs qui avancent vers les flics en leur braquant un flingue dessus, sauf qu'il poursuivait de plus grands objectifs à travers son suicide.

— Wouah, dit David. Je savais pas que Jésus s'était suicidé.

— Ce n'est pas le cas, rétorque Doug.

— Si, il l'a fait, en quelque sorte, dit Jim. Et il voulait attirer l'attention. Pas de pistolet contre la tempe, pas de médocs ou de gaz d'échappement dans le garage, pas de coup de volant brusque sur la Highway 1. Il a opté pour une torture qui traîne en longueur, un lent suicide qui resterait gravé dans les mémoires.

Mary se lève.

— Je voudrais que tu partes, dit-elle. Que tu partes tout de suite.

Puis elle se dirige d'un pas rapide vers le couloir et les chambres.

— On aurait dit qu'elle pleurait, dit Jim. Comme si les larmes coulaient.

Doug s'est déjà levé et la suit.

— Ouais, dit-il. Bien joué.

Jim regarde David et Cheryl, puis hausse les épaules.

— Que ce soit une bonne leçon, j'imagine. N'oubliez pas à quel point les gens religieux sont faibles. Ils nient tellement de choses, ils ne supportent pas le moindre contact avec le monde réel. Et je ne vais pas m'excuser. Je l'emmerde, elle et sa foi.

Le visage de Cheryl se décompose. Jim se penche sur le côté et passe un bras autour de ses épaules.

— Ça va aller, dit-il.

Elle se met à pleurer, il essaie de la consoler, mais il se sent fatigué. Il n'a pas l'énergie de s'en préoccuper. Et pourquoi elle pleure, en plus ? Les gamins sont tellement chiants.

David est perturbé, lui aussi, bien qu'il soit plus âgé. Il dévisage Cheryl de l'autre côté de la table et à voir sa sœur dans cet état, les larmes lui montent aux yeux, comme par contagion.

— Si on pouvait réussir à caser cent personnes ici, elles se mettraient bientôt toutes à pleurer, dit Jim. Pourquoi ne peut-on pas éprouver nos propres émotions individuelles ? Laissez Mary pleurer. Pas besoin de se joindre à elle. Elle doit chialer chaque fois qu'un macaroni tombe d'une de ces décorations merdiques, de toute façon.

— Pourquoi tu es méchant ? demande David, et il se met à pleurer, lui aussi.

— Fait chier, dit Jim. Je vais aller attendre dehors. Essayez de manger encore un peu, histoire de ne pas rentrer le ventre vide ce soir à la maison. Je ne veux pas avoir des ennuis là-bas aussi.

Il se lève et les plante là, et toute la pièce semble marron. La table du dîner et l'autre, pliante, le gratin, les napperons, le tapis, les diverses surfaces en bois. Les couleurs vives, étrangement disparues, ne laissant place qu'au brun.

Dehors, il est heureux que l'air soit frais et le ciel dégagé. Il voit les étoiles et la lune, si étincelantes. Même sans télescope, on aperçoit les immenses cratères et les mers. Il aimerait aller voir, ce qui semble assez improbable. Tant de limites à ce que nous pouvons connaître. La NASA devrait inscrire les suicidaires sur une liste de volontaires bénévoles. Jim serait content de monter à bord d'une capsule sans retour. Il irait aussi loin que Jupiter ou même jusqu'à Pluton, il serait utile aux autres, il transcenderait la vie normale. Pourquoi cela n'arrive jamais ? Pourquoi n'envoie-t-on pas dans l'espace des capsules destinées à ne jamais revenir ? Pourquoi faire les poules mouillées à ce point, s'imposer des limites ? Que pense-t-on préserver ? Croit-on vraiment qu'une vie humaine ait autant de valeur ? Si on envisage notre existence, ne serait-ce qu'une seconde, ce n'est clairement pas le cas. Crises cardiaques, accidents de voiture, désastres climatiques, morts par balles, guerres : nous sommes balayés d'une pichenette comme des fourmis, à chaque instant. Nous n'avons aucune valeur, de toute évidence.

Franchir les anneaux de Saturne, les voir de près, voilà ce qu'il veut, marcher sur une autre planète, sans combinaison spatiale, juste en jean et T-shirt. La caméra en marche et la radio allumée afin de pouvoir décrire comment c'est, comment c'est vraiment, comment est l'air, la température. Il sortirait pieds nus et décrirait ce qu'il ressent aussi. Et peu importe s'il ne tient que deux ou trois minutes, ou même quelques secondes dans un lieu brûlant, car tous ceux qui sont restés sur terre, et ceux qui naîtront ensuite, connaîtront une information supplémentaire, le monde enrichi grâce à un sacrifice de rien. Certains pleureront sa disparition, d'autres développeront des idées absurdes, le verront en héros ou en idiot, comme si ce qu'il était importait un seul instant, et les croyants délireraient, tous plus imbéciles les uns que les autres, des propos inédits affirmant que Jésus était naturellement ignifugé ou qu'il n'avait pas besoin d'oxygène pour respirer ou que Jim était le diable, disparu sur Jupiter pour mieux réapparaître dans les placards de nos chambres le soir même, mais tous en sortiront enrichis, et Jim saurait de façon plus précise à quoi ressemblent le paradis et l'enfer, car les deux endroits doivent être dépourvus d'air, le son n'y est peut-être pas le même, incapable d'être porté, et si l'on imagine que l'enfer est à la fois brûlant et glacé, qui a jamais évoqué la température du paradis ? Tropical pour ceux qui aiment la chaleur, mais agréablement venté, frôlant les 20 °C pour ceux qui préfèrent l'été en montagne ? Jim serait le premier à faire un rapport, d'autres pourraient suivre son exemple. Certains devraient même aller au-delà des ondes radio, partant dès l'enfance, parce que…, pourquoi pas ? Pourquoi ne pas explorer plus loin encore ?

Ce que Jim voudrait, c'est trouver une utilité à son désespoir. Pourquoi son état merdique actuel ne pourrait-il pas s'avérer idéal pour autre chose ?

Mais tout ce qu'il parvient à imaginer, c'est parcourir des milliers de kilomètres à pied ou voyager dans l'espace, la première idée inutile, et la deuxième, impossible. Il faudrait qu'il joue les Mères Teresa, mais le problème avec les vies des gens bien, c'est qu'elles évoluent à une telle lenteur, ça lui est insupportable. S'en aller dans une belle explosion, voilà qui est plus facile à imaginer.

Ils sont de retour dans le pick-up, un trajet inutile après l'autre, une route rapide jusque chez Lorraine de l'autre côté de la colline, une maison dont Jim avait financé l'achat, au passage. Tout l'argent qu'il a dépensé dans sa vie, tant de gâchis, des maisons, et la construction du bateau de pêche qui n'a servi qu'une saison avant d'être vendu largement en dessous des frais engagés. Stupéfiant de penser à tout ça. Le problème, c'était l'absence de plan, rien que des avancées par à-coups et trop rapides, l'avenir l'attendant toujours au tournant avec une surprise. Vous venez d'acheter une Mercedes rouge décapotable, mais juste avant qu'elle soit enfin livrée par bateau jusqu'à Ketchikan, votre femme découvre votre liaison avec Gloria, alors vous faites une balade de douze kilomètres dans la voiture autour de Ketchikan un après-midi avant de la remettre sur le bateau et de payer plusieurs milliers de dollars en frais de rétractation, félicitations. Ou bien vous achetez un nouveau bateau de plaisance Uniflite, flambant neuf avec son gelcoat luisant et ses banquettes en cuir et son odeur de neuf et son moteur si parfait, l'éclat de sa peinture brillante et de son huile fraîche, et puis vous oubliez de fermer les bouchons d'évacuation, et il coule dès le premier jour. Vous le regardez, submergé dans six mètres d'eau salée au pied des docks, et vous savez que chaque élément du bateau est irrémédiablement foutu. Des courts-circuits mystérieux cachés derrière les cloisons, un moteur qui n'atteindra jamais sa puissance maximale à cause des résidus de rouille dans les cylindres, des pompes qui s'enclencheront quand personne n'a appuyé sur le bouton, les lampes qui s'éteindront au moment où vous devez rentrer au port, une radio VHF et d'autres appareils électroniques qu'il faudra remplacer dès le deuxième jour. Vous êtes maître de votre destinée. Des enfants que vous aurez eus, mais avec qui vous ne vivrez plus, et votre fils qui refusera de passer un an avec vous en Alaska, si bien que vous n'êtes qu'un père à temps partiel, félicitations. Un deuxième mariage que vous ferez merder exactement comme le premier, en étant infidèle, car pourquoi ne pas payer deux pensions alimentaires à vos ex-femmes, et le must, c'est que quand vous voudrez vous remettre avec elle elle aura trouvé un pauvre con, un dénommé Rich. Et la fraude fiscale. Ça aura fonctionné à merveille. Le fisc aura été berné juste assez longtemps pour que toutes les pénalités et les intérêts se muent en une somme monstrueuse. Et qui sait quoi d'autre encore… La nouvelle maison hors de prix en Alaska en oubliant que, ah ouais, dans une maison, on est censé accueillir du monde, mais cette bâtisse est hors de vue du moindre voisin, et vous n'avez pas de famille là-bas, ni femme ni même copine, sans parler de vos amis, qui sont-ils ? Vous en avez quelques-uns ici en Californie, que vous ne comptez pas aller voir pendant votre séjour, bizarrement – Dave Kalfsbeck et Gary Lampson, pourquoi ne pas aller leur rendre visite ? Mais aucun ami à Fairbanks. Bien joué là-dessus. C'était une bonne idée de construire une maison avec un étage et trois chambres.

— Il faut que j'aille voir Gary ou Dave, dit Jim. Pourquoi je fais ce voyage, putain ?

— Jim, dit Doug.

Il est maussade au volant, rien d'inédit, les phares balaient les conifères et divers buissons tandis qu'il prend les virages de cette route de montagne. Asphaltée et plus praticable, mais pas bien différente de celle du ranch, la nuit.

— Je vais aller les voir.

— Je ne sais pas trop quand on arrivera à caler tout ça.

— Demain, on va à Lakeport, et Gary n'habite pas très loin. Et puis Dave en rentrant à Santa Rosa.

— Williams et la Vallée Centrale ne sont pas sur le chemin.

— Ce n'est pas très loin. Et quand est-ce que je pourrai voir Jeannette ? Quand est-ce qu'on pourra caler ça ?

Aucune réponse, évidemment. Et Jim devrait faire plus attention à ses enfants. C'est peut-être la dernière fois qu'il les voit, ce court trajet de l'autre côté de la colline et des adieux qui seront sans doute rapides, puisque tout le monde a déjà pleuré.

— N'oubliez pas que l'argent n'a aucune importance, dit Jim. David et Cheryl. Ne l'oubliez pas. Faites quelque chose qui vous plaît dans la vie. Ne soyez pas comme moi. Et essayez d'être indulgents quand vous vous souviendrez de votre papa. Il ne voulait pas être aussi cinglé qu'il l'était. Vous le comprendrez en grandissant. Parfois, vous perdez tout simplement le contrôle de votre vie.

Cheryl est écrasée contre lui sur la banquette, David est entre elle et Doug, une jambe de chaque côté du levier de vitesse. Jim les contemple tous les deux, dans l'ombre et la lumière insaisissables qui ne cessent de s'échapper, mais ils ne lui rendent pas son regard. Ils baissent la tête, tous les deux, ils subissent. Le même instinct que les adultes quand l'heure vient de chasser un individu de la meute.

Il les a enveloppés de son bras et il secoue l'épaule de David jusqu'à ce qu'il tourne la tête. Jim lui sourit.

— Allez, fiston, dit-il. Ne sois pas si dur avec ton papa.

David esquisse un sourire, encore triste, et acquiesce, une forme de reconnaissance infime, le vent ou un tas de pierres nous gratifierait d'à peine davantage. Jim recourbe le bras autour de Cheryl et l'attire plus près encore.

— Tu vas me manquer, Cheryl, lui dit-il, et sa gorge se serre, sans prévenir, les larmes lui montent aux yeux, ses lèvres s'entrouvrent. Même un monstre peut avoir des émotions, non ? ajoute-t-il, mais il peine à articuler les mots.

Blotti si près de ses enfants qui sont pourtant si lointains. Et le temps presse tellement. Ils atteignent le sommet de la colline et redescendent dans Hidden Valley, prennent encore quelques virages, remontent Rolling Hill Drive puis une nouvelle descente, et la maison est là. Cette vie dont il est désormais exclu. De sa faute à lui, mais exclu tout de même.

— Ne m'oubliez pas, dit-il. Essayez de vous souvenir des meilleurs moments, de nos sorties de chasse, de pêche ou de ski, les séances de lutte sur le tapis, ou nos parties de pinochle. Repensez aux moments où j'étais plus heureux, pas comme je suis maintenant, d'accord ?

Doug s'est déjà engagé dans l'allée, il a coupé le moteur. Lorraine est sur le porche, Jim doit ouvrir la portière pour les laisser s'échapper.

— Un câlin, dit-il. Faites un câlin à votre papa.

Ils s'arrêtent le temps de s'exécuter, mais pas des vrais câlins, pas suffisants en ces derniers instants, puis ils disparaissent et il remonte dans le pick-up et sanglote tandis que Doug repart. Un bruit si faible, des petits pleurs étouffés, et si aigus. Et un sentiment terrible de perte, comme si ses enfants lui avaient été enlevés, comme s'ils étaient morts. Une caverne en lui, insondable. Une pierre y tomberait pour l'éternité.

LA maison de Doug se trouve à Sebastopol, à une vingtaine de minutes de là, sur une colline pentue aux épais bosquets de séquoias. Une route sinueuse sans lampadaires ni circulation, puis une longue allée privée sur laquelle il faut presque conduire avec les quatre roues motrices. Au bout, une maison en rondins que Doug a construite lui-même, en pin blond. Grande, un étage et un toit pointu. L'avant de la structure est sur pilotis à cause du dénivelé.

— On ferait mieux d'aller dormir, dit Doug. La journée a été foutument longue.

— Ouais, je suis claqué, dit Jim. Pas à cause de l'avion mais de tout le reste, ici.

— Ouais.

Ils marchent dans l'obscurité jusqu'à la maison, Jim porte son sac en toile et sa valise. Et le poids du Magnum, toujours là. Les munitions dans le sac en toile.

L'air humide et frais. Les étoiles visibles, presque aucun nuage. Les séquoias, des ombres géantes s'étirant au-dessus d'eux, ne laissant entrapercevoir que quelques portions de ciel. Des ombres si hautes pour nous rappeler comme tout est si lointain, inatteignable. On pourrait croire qu'en pleine nuit, un arbre est simplement noir et sans profondeur, mais il conserve pourtant sa hauteur, malgré l'obscurité. Nous connaissons la forme de toute chose, au-delà de ce que l'œil distingue.

Le parfum des séquoias, à la fois sucré et acide, et paisible, des souvenirs de randonnées et de camping. Il a souvent rêvé de vivre dans la forêt mais à dire vrai, le sous-bois est froid et humide. On n'y perçoit jamais le soleil. On ne peut pas imaginer pire endroit où vivre, sauf peut-être dans une grotte.

— Tu as de la chance, ici, dit Jim. Cet endroit, cette maison, et Mary.

— Tu pourrais avoir de la chance, toi aussi. Tu pourrais habiter ici avec moi, aussi longtemps que tu veux, et tu pourrais retrouver quelqu'un, quelqu'un de bien, qui te traite correctement. Et tu pourrais voir tes enfants tous les jours, si tu voulais.

— Je ne les reverrai jamais.

— Bien sûr que si.

— Non, c'est faux. Ou si je les revoyais, ce serait mauvais signe. Je préfère ne plus les revoir.

— Qu'est-ce que ça veut dire ?

— Dans l'avertissement que t'a donné le docteur Tête-de-Gland, il manquait un élément important. Et si notre pauvre suicidaire n'était pas si sympa que ça, à la fin, et qu'il emportait d'autres personnes avec lui ?

— Tu ne ferais jamais ça.

— J'ai pensé à abattre Jeannette avant moi. J'ai imaginé l'endroit exact où je tirerais, dans le nichon gauche alors qu'elle serait nue ou qu'elle porterait de la lingerie, debout près du lit.

— Putain de merde, Jim, pourquoi tu ne t'arrêtes jamais ? Pourquoi tu n'arrêtes pas de penser à ces conneries ? Souviens-toi qu'on t'aime tous et pense aux petites choses agréables. Va faire une randonnée dans le coin, le matin, et on pourra faire des parties de pinochle, ou regarder la télé. N'importe quoi, tant que ça t'évite d'aller là où te mènent tes pensées. Et je ne peux plus gérer tout ça ce soir. J'ai eu ma dose de trucs tarés, aujourd'hui.

— Désolé. Je vais essayer d'arrêter.

— Merci.

Doug ouvre la porte à l'arrière de la maison et ils laissent leurs chaussures boueuses dehors. Il n'ajoute rien, il se contente de monter à l'étage. Jim sait qu'il ne le reverra pas ce soir.

Il a donc le rez-de-chaussée pour lui seul. Une vaste pièce ouverte, un plafond de huit mètres, une grande cheminée en pierre qui grimpe jusqu'aux poutres apparentes de la charpente pentue. Une sensation si majestueuse, et c'est incroyable qu'elle soit la propriété d'un professeur. Une épaisse moquette douce et une baie vitrée donnant sur la vallée, mais qui joue actuellement le rôle de miroir.

Jim s'allonge au milieu de la pièce, il contemple le plafond si haut et si lointain. Il agite les bras et les jambes, comme pour faire un ange dans la neige. Il voudrait que tout soit aussi doux que cette moquette.

Pareil à un *meadhall*, vaste salle commune des Vikings. Sans la moquette au sol, ce pourrait être un *meadhall*, s'il n'y avait qu'un simple plancher. Et une isolation plus mauvaise, davantage de vent à travers les fissures des murs. Jim pourrait être un Viking, prêt à mourir au combat. Ça ne poserait aucun problème. Manier la hache et tuer, en espérant être tué en retour.

Il doit bien y avoir une hache ici, sans aucun doute, et Jim se lève pour la trouver. Il entre dans la chambre d'amis et inspecte les placards, y trouve des vêtements et un fusil à pompe, calibre 12. Des boîtes de munitions au-dessus, une gamme de choix entre la petite grenaille et les plus grosses balles destinées aux oies. Assez pour arracher une tête sans aucun souci. Il charge trois munitions dans le magasin, en prend trois autres qu'il fourre dans ses poches. Puis il retourne dans le couloir, inspecte un autre placard.

Des vêtements de pluie et des bottes, des cannes à pêche cassées, des petites épuisettes et un autre fusil, semi-automatique. Jim ne les a jamais appréciés car ils ont tendance à s'enrayer. On essaie de tirer un deuxième coup pour abattre une oie, mais le deuxième coup ne part jamais. Les fusils à pompe sont plus fiables.

Il le prend quand même, il le charge aussi, se demande où peut bien être rangée la hache. Dehors, dans une remise ? Mais il ne se souvient pas d'avoir vu de remise.

Jim dispose les fusils sur la table, canons braqués vers lui. Il faudrait allonger le bras jusqu'à la détente, mais il y arriverait. Sauf que le timing n'est pas bon, il ignore pourquoi, quelque chose cloche. Toute la douleur est là, ses enfants lui manquent, Jeannette lui manque, sa vie lui manque, ainsi que tous les souvenirs de ce qu'elle avait été sans la douleur, mais ça ne suffit pas. Il manque la catalyse pour que cela se produise.

Doug apparaît à l'étage, sur une sorte de balcon qui surplombe la salle.

— Qu'est-ce que tu fais avec tous ces fusils, Jim ?

— Ô belle Raiponce, déroule ta blonde chevelure.

— Qu'est-ce que tu comptes faire ?

— Rien, admet-il. Je crois que je ne peux pas le faire chez toi. Un truc sur les dégâts que tu serais obligé de voir, et puis le fait que ce soit ta maison. Je ne sais pas. J'ai du mal à définir ce qui me retient, ce qui ne me retient pas, ce qui me pousse en avant. Tout est dissimulé, ces choses inconnues jusqu'à ce qu'elles se produisent. Mais rien ne se produit ici. Ça, au moins, je le sais. Ce n'est que pour le spectacle.

— Allons ranger les fusils, alors.

— Non, j'aime bien les avoir ici.

Doug descend l'escalier. Jim a le temps. S'il voulait appuyer sur la détente, il pourrait. Mais apparemment, il n'en a pas envie.

Doug prend les deux fusils, dirige les canons vers le sol.

— Ce truc qu'a dit Brown, de ne pas te laisser passer la nuit seul dans ta chambre, je commence à comprendre pourquoi il disait ça.

— Mais tu peux rester éveillé toute la nuit ?

— Non.

— Alors ça servirait à quoi ? Il faudrait que je sois dans une cellule capitonnée, la porte verrouillée. C'est le seul moyen d'être en sécurité.

— Ou alors, tu peux simplement décider.

— Décider de quoi ?

— Faire preuve de volonté. Décider d'être fort. Décider de rester pour tes enfants, de refaire ta vie. Tu peux le faire ?

— C'est comme la météo. Tu peux décider de la météo ?

— Et si on commençait par ce soir ? Je suis crevé. J'ai besoin de dormir. Tu peux juste me promettre qu'on prendra le petit-déjeuner ensemble, que tu resteras en vie jusque-là ?

Jim réfléchit. Doug reste debout, les fusils à la main.

— D'accord, dit Jim. Si tu prends aussi mon revolver, et que tu dors avec les trois flingues dans ton lit pour que je n'y aie pas accès. Et ta carabine, aussi.

— Je ne vais pas dormir avec toutes mes armes.

— Si tu veux que je promette, alors si. Le revolver sous ton oreiller, que ça te réveille si j'essaie de le bouger, et les fusils et la carabine enroulés dans les draps à côté de toi pour que je ne puisse pas les attraper non plus. Sans ça, je ne promets rien. Je sais que je n'utiliserai pas de couteau, et que je ne chercherai pas de médocs. Quand je le ferai, ce sera avec un flingue.

— Les flingues n'ont aucun pouvoir particulier.

— Mais si. Et tu le sais, tu es allé à la chasse. L'attraction qu'ils exercent est irrésistible. La détente ne demande qu'à être actionnée. Tu n'as pas envie d'appuyer sur la détente ?

— Non.

— Si, tu en as envie. Tu as tiré quatre fois sur ton dernier cerf. Pas qu'une seule balle.

— J'essayais juste de le faire tomber.

— C'est tout ?

— Ouais.

— Tu as déjà pris ton fusil le soir, avant de te coucher, pour l'épauler et viser un nœud dans le bois, quelque part sur le mur, ou même ton reflet dans le miroir ?

— Je ne vois pas quel rapport ça peut avoir avec la situation, mais ouais, je l'ai épaulé plein de fois.

— Et tu oses encore dire qu'il n'exerce aucun pouvoir particulier ?

— Exactement.

— C'est quel genre de rêve, quand tu tiens ton fusil ?

— Je suis réveillé. Ce n'est pas un rêve.

— Un rêve se déroule à ce moment-là, et il est encore plus puissant du fait que tu es éveillé.

— Bon, écoute, je vais dormir. Je dormirai avec les flingues. Mais arrête ton charabia. Toi, tu es habitué aux psys maintenant, mais moi ce n'est pas mon langage.

— Je parle de ce que tu fais, et de ce que je fais. De choses réelles.

— Ce n'est pas réel.

— C'est tellement réel que je ne peux pas te dire tout ce que c'est. Je suis plusieurs Jim possibles et différents quand j'ai un fusil entre les mains, et qui sait celui qui sortira vainqueur ? Les sensations sont différentes avec un fusil ou une carabine. Chacun possède son pouvoir propre, et chacun me donne envie de tuer. Chacun exige d'être utilisé. Chacun offre une porte de sortie.

— Tu viens de dire qu'ils étaient différents.

— Ouais. Ils tuent tous, mais le revolver veut juste ma tête. Le Magnum .300 veut mon voisin ou quelqu'un dans une voiture très loin, ou quelqu'un qui traverse un parking, et un fusil à pompe veut une foule à bout portant. Ça n'a jamais été une question de canards ou d'oies ou de cerfs. Tu sens le poids de ces deux fusils dans tes mains ?

Doug ferme les yeux. Ce qui surprend Jim.

— Je sens quelque chose, oui, répond Doug.

— Je te l'avais bien dit.

— Mais ce n'est pas comme tu le décris. Je sens une obligation, celle d'être prudent, et je sens une responsabilité.

— Ce n'est pas la première chose que tu ressens. Ce n'est pas la plus forte, non plus.

— Mais si.

— Le fait qu'elle gagne ne signifie pas qu'elle soit la plus forte.

— Écoute, je ne vois même pas de quoi tu parles.

— C'est parce que tu n'as pas besoin d'une cellule capitonnée. Moi, si.

— Donne-moi ton revolver, maintenant. On arrête les conneries.

Jim sent qu'il affiche un sourire.

— On est si proches de connaître la vérité, petit frère. J'ai eu des conversations incroyables avec toi, aujourd'hui, tu sais ? On est si proches de quelque chose, mais dans ces moments-là, tu dis aussitôt que ce n'est rien.

— Le revolver.

— Très bien.

Jim attrape sa valise, le cuir marron et usé qui lui a toujours donné l'impression qu'on aurait pu l'appeler Doc dans un western. Arracher les dents dans un saloon, administrer du whiskey en guise d'antalgique. Tout était réel, à cette époque. Des sacs en cuir, des sols en plancher épais. Il ouvre la fermeture éclair de sa valise, il déteste le fait qu'elle ait une fermeture éclair, un élément qui gâche son aspect global, il plonge la main à l'intérieur, il ressent cet instant précis qui ne peut être décrit avec précision. La densité parfaitement lisse du métal, son poids surprenant, la concentration de cette énorme arme de poing au long canon, une sorte de soleil noir pourvu d'une gravité trop importante. Il le tient par la crosse, le doigt sur la détente.

— Comment peux-tu nier la sensation qu'il suscite ?

— Donne-moi le flingue, Jim.

Mais Jim sourit, il porte le canon à sa tempe et appuie sur la détente, il entend la lourde rotation et le cliquetis.

Doug lâche les fusils et lance son bras, et c'est la première fois de sa vie que Jim reçoit un coup de poing au visage, le craquement, qui provient soit de sa joue soit de la main de Doug, et il tombe à la renverse, il éprouve une joie étrange, un instant d'immersion. Une chute qui se prolonge, un impact qui lui coupe le souffle, et sa tête devient un tunnel de sons. Il ferme les yeux, il veut savourer ce moment aussi longtemps que possible.

— Tu arrêtes ça tout de suite, putain!

Doug rugit quelque part au-dessus de lui, il intime aux nuages l'ordre de s'immobiliser, il demande au vent de se calmer, à la lune de ne plus bouger. La moquette est si douce, la douleur, rassurante, propre, localisable et identifiable, avec une cause, une raison, et une fin envisageable, pas destinée à durer indéfiniment.

— Merci, dit Jim. C'est agréable. Je me sens un peu mieux.

Il s'est cogné la cuisse, une sensation sourde qui n'est pas tout à fait douloureuse.

— Tu fais chier, lui dit Doug.

— Ouais, dit Jim. Je crois que ça fait un moment que je suis dans la merde.

Mais il n'a pas envie de parler, il n'a pas envie de gâcher cet instant. Il a envie de le savourer.

— Chuuut, dit-il. J'ai envie de ressentir tout ça.

Les yeux fermés, l'arrière du crâne qui roule doucement de gauche à droite sur la moquette, le réconfort d'un mouvement répétitif, presque aussi agréable que d'être bercé avant de dormir.

Mais ses sinus sont bloqués et il n'arrive plus à respirer. Ce qui arrive chaque fois qu'il s'allonge, qu'il change de position. Il doit s'asseoir, il lui faut un Kleenex ou du papier toilette pour se moucher, et Doug est déjà parti, les fusils ont disparu, son revolver. Tout est pourtant encore à portée de main, dans la chambre à l'étage, et son frère trop fatigué pour veiller toute la nuit, et Jim réveillé, lui, toujours réveillé.

Il va aux toilettes, il tire le rouleau de papier et se mouche et arrive à faire sortir un peu de morve mais pas tout. Quatre-vingt-dix pour cent est encore coincé à l'intérieur, exerce une pression comme un cric contre son front qu'on actionnerait lentement. Il regarde son reflet dans le miroir, un élément malsain au milieu de tout ce bois blond, de ces murs innocents.

— Désolé, dit-il à la salle de bains.

Il devrait essayer de dormir, maintenant, il entre dans la fraîcheur de la chambre d'amis éclairée par une unique ampoule nue au plafond, avec un matelas où s'entassent de vieux sacs de couchage utilisés à la chasse, ni draps ni couvertures. Des duvets fins, une doublure à carreaux rouges ou bleus, et un énorme sac de couchage militaire, vert foncé. Il se recroqueville dans celui-là, son poids rassurant et l'odeur de truite arc-en-ciel et de grouse, de cerfs et d'oies et de saumons et de divers bateaux, une odeur de fond de cale. Il va essayer de se reposer, essayer de respirer et de sombrer.

CETTE nuit-là, Jim erre, incapable de trouver le sommeil, ne trouvant jamais le sommeil. Épuisé, une sensation de lourdeur après toutes ces heures passées dans le lit, mais un interrupteur en lui refuse de s'éteindre. Il est dehors dans l'air nocturne frais et humide, il n'arrive pourtant pas à s'éveiller totalement, perdu dans un demi-territoire, un goût de ce que sera le purgatoire, sombre et glacial et pentu, sans le moindre sentier, la lune presque entièrement effacée, des ombres au-dessus. Il descend car c'est le plus facile, c'est vers le bas que nous sommes invariablement attirés, et il aimerait s'étendre, mais il sait que quantité de scorpions vivent là, tapis dans les branches mortes. Le purgatoire, vaste, sans limites, pas de hordes d'âmes en peine mais chaque âme seule et craignant de se reposer par peur des petits démons qui la guettent. Et quel est donc le but du purgatoire ou de cette nuit ? Est-il censé devenir un autre que lui-même ?

Toutes surfaces, détachées. Il peut y asséner des coups de pied et les envoyer voltiger. Rien n'est solide. Le bruit de sa descente, atténué par le couvert des arbres. L'air est froid, de plus en plus froid, à mesure qu'il se rapproche de Satan, de sa gueule figée dans la glace, le purgatoire n'est peut-être qu'un lieu que l'on pense avoir atteint alors qu'on descend simplement vers l'enfer, votre esprit vous joue encore des tours, refuse encore.

Aucune limite à l'obscurité en nous, absolument aucune limite. Vaste et méconnue, inexplorée. Mais il va l'explorer maintenant, du moins va-t-il essayer. Il tend les bras et tourne sur lui-même, il glisse et descend, il essaie de tout ingérer.

— Satan, dit-il en s'adressant à lui-même. Montre-toi, où que tu sois.

L'air plus lourd, épaissi par cette fraîcheur, et tout est humide, les arbres et le sol et l'air, dans l'attente de geler, plongeant vers la bête qui attend, piégée dans la glace jusqu'au ventre. Elle jaillissait de l'eau, une explosion vers l'avant et la glace s'est figée tout autour d'elle, des pics et des arcs et la fine courbe des montagnes dont l'existence semble improbable ailleurs qu'ici, leur échelle gigantesque et inconcevable. Nous pourrions gravir Satan, marcher sur un cil et il serait pourtant encore trop petit par rapport à ce qui attend à l'intérieur.

Jim décide de ne plus respecter les règles. Il court dans la pente mais ne se penche pas en arrière pour compenser la force de gravité. Une sorte de chute, sans poids, il agite les jambes pour garder le rythme, il s'élève et ignore quand surviendra l'impact, et le monde tombe autour de Satan en permanence, une chute interminable, et c'est là que Jim pourrait se trouver nez à nez avec lui-même, tomber dans son propre reflet, celui qu'il sent l'attirer nuit et jour, qui l'empêche d'être heureux.

L'impact trop atténué par les feuilles mortes tombées des arbres au-dessus de lui, son visage amorti et son corps fait un saut périlleux, tournoie dans l'obscurité, mais c'est trop bref, et il est recroquevillé sur le ventre, et il halète et il aimerait que les scorpions viennent. Une piqûre pour se réveiller.

Rien ne se produit, et c'est toujours le problème. Il ne se reconnaîtrait pas dans cette pénombre, il ne trouverait pas son propre reflet, la source de ce tiraillement, ni cette grande silhouette gelée. L'enfer est inaccessible. C'est ça, le plus cruel. Si nous pouvions l'atteindre enfin, nous pourrions en finir et nous serions rassurés.

Au matin, son corps est endolori d'avoir tourné dans son lit sans trouver le sommeil, et peut-être aussi à cause de la chute et du coup de poing de Doug. Bizarrement, son visage n'a pas l'air si mal en point dans le miroir. Il est peut-être fait pour une vie à la dure. Son esprit, engourdi d'avoir erré sur ces mêmes sentiers stériles, encore et encore, à penser à Jeannette et à tout ce qui était arrivé. Des pensées fatiguées qui ne mènent nulle part. Il va devoir faire face à ses parents, aujourd'hui, l'inquiétude de sa mère, qui le jugera et dira "Eh bien" tandis qu'elle approche au pied du mur qu'il forme devant elle. Le silence de son père dans la pièce voisine.

Doug se réveille tôt, ils s'asseyent tous les deux dans le *meadhall*, dans la lumière éclatante du matin, la vue sur les crêtes boisées, tout si incroyablement clair après la pluie.

— C'est tellement beau que c'en est ridicule, dit Jim.

— Tu as l'air fatigué.

— Je suis toujours fatigué. Je ne dors pas.

— Tu devrais dormir.

— Ouais, je vais travailler là-dessus. C'était comment, de dormir avec les flingues ?

— Douillet.

Ils mangent des céréales dans de grands bols artisanaux qui ont dû lui être offerts par Mary. De la céramique avec des petites aspérités qui font riper la cuillère. Franchement chiant.

— Putains de bols à la con, dit Jim.
— Tu me parais bien plus équilibré, aujourd'hui. Totalement guéri.
— Ouais. Papa et Maman seront ravis.
— Ils ont peur de te voir. On a tous peur de te voir. Tout ça n'a aucun sens. Tu as un bon boulot et beaucoup d'argent, tu es intelligent, tu avais une femme gentille, des enfants.
— C'est une liste assez partiale, ça n'englobe pas la totalité d'une vie.
— Seules quelques choses particulières sont importantes.
— Tout et rien.
— Pour un jour, au moins, fais l'effort d'être simple.
— La météo, encore. Il suffit que je claque des doigts et le soleil s'éteint.
— N'importe quoi.
— Ouais.
Ils retournent à leur mastication. Les séquoias, touffus et raides, semblant avoir conclu un pacte pour se partager l'espace, n'étirant pas leurs ramures trop loin. Quelques oiseaux en visite, une chute vertigineuse s'ils oublient comment voler.
— Peut-être que je ferais mieux de ne pas aller les voir, dit Jim. Ça épargnerait un malaise à tout le monde.
— Il faut que tu ailles voir Maman et Papa.
— Mais pourquoi ? Pourquoi s'encombre-t-on d'obligations ? Quelqu'un en a-t-il déjà apprécié les effets ou en a-t-il tiré le moindre bénéfice ?
— On est une famille.
— C'est bien ce que je dis. Pourquoi se torturer ?
— La famille, ce n'est pas de la torture.

Jim rit, un vrai rire, un sentiment de joie qui jaillit soudain du plus profond de lui-même, qui dépasse les céréales dans sa poitrine et sa gorge.

— Arrête, dit Doug, mais Jim aime trop cette sensation, qui s'élève en lui et s'envole.

— C'est ton côté hystérique, dit Doug. Il faut que tu le refuses.

L'idée de refuser, de dire non, fait augmenter sa joie. Jim n'arrive presque plus à respirer.

— C'est aussi important de stopper les périodes d'euphorie que de stopper la dépression, dit Doug. Il faut trouver l'équilibre.

Jim s'imagine comme une forme indistincte et rugueuse qu'on scierait des deux côtés. Il se sent beaucoup mieux, plus léger, ce soulagement est complètement fou, et la manière dont il peut être si absolu. Jim parvient à entrevoir une vie sans plus aucune souffrance.

— Tu me tues, dit-il, ce qui fait redoubler son rire.

Ces paroles, les plus étranges d'entre toutes.

— S'il te plaît, dit Doug, et Jim éprouve une culpabilité instantanée malgré sa joie, puis de la rage, si rapidement.

— Je t'emmerde, dit Jim. C'est exactement ce que je cherche à dire. Je ne peux même pas rire sans que ça devienne un truc négatif que j'inflige à ma famille, et il faut que je culpabilise. Pour deux foutues secondes de rire. Parce qu'on n'y a pas droit, pas même à ça. C'est ça, la famille.

— Putain de dieu.

— J'en ai ma claque, de dieu. Mary lui suce la bite toute la journée et toi, tu la laisses faire.

Doug lance son poing au-dessus de la table mais cette fois, Jim lève le bras et pare le coup, lui jette son bol de céréales au visage, l'impact, du lait et des céréales partout, les deux hommes qui se lèvent et s'apprêtent à faire ce qu'on fait dans les *meadhalls* depuis que les *meadhalls* existent, entremêlés dans une bagarre, Doug le plaque brutalement, mais Jim parvient à se dégager sans savoir comment, et il se redresse, il voit l'immense paroi de verre qui donne sur la vallée, il s'y précipite dans l'idée de la traverser et de s'envoler à dix mètres de hauteur, mais tout lui est refusé, le verre si foutument solide qu'il n'arrive qu'à le faire ployer, douloureux, quelque chose se met à clocher dans son épaule et son genou, et Jim rebondit, il retombe au sol et ne veut plus jamais bouger. Il ferme les yeux et refuse d'être là, trop d'humiliations à la fois.

— Putain de malade mental, dit Doug.

La route est longue jusqu'à Lakeport, plus de deux heures. Des terres viticoles, les vignes étalées le long de l'autoroute au nord de Santa Rosa. Petites villes de ploucs devenant peu à peu de beaux écrins. Une mutation encore incomplète, les vieilles cabanes et leurs bagnoles survivent près des demeures et des Porsche, mais tout ce que connaît Jim est lentement effacé, les vergers de poiriers et de pommiers, les pick-up vétustes et les râteliers de fusils et les bowlings et les restaurants.

Cloverdale tient le coup, par contre. Une poignée de magasins et de maisons merdiques coupent l'autoroute, les véhicules contraints de rouler au pas. La sensation rassurante que rien ne se produit, des vies insignifiantes qui rampent encore ici, minables et prévisibles, la scierie toujours debout, et les entrepôts de matériel, pas le moindre signe de progrès.

Ils s'arrêtent au Fosters Freeze, comme ils l'ont toujours fait. C'est là que Lorraine lui larguait les enfants chaque week-end quand il habitait à Lakeport. La rencontre à mi-chemin. Il a commandé un million de fois ce milk-shake aux pépites de chocolat, rien qu'une couche de chocolat mélangée à de la glace à la vanille et un peu de lait, de gros éclats de chocolat toujours bloqués au fond. Et des corn dogs, deux beignets de saucisse chacun.

— Ils découvrirent une source d'abondance intarissable, dit Jim. Des mets de vastes contrées. Les plus exotiques des épices.

— Ouais, c'est exactement ce que je pense quand je vois un corn dog.

— On est sur la même longueur d'onde, ces temps-ci, frérot. On n'a jamais été aussi proches.

— Ouais. Et comment va ton épaule, après ton choc dans la baie vitrée ?

— La fêlure restera pendant longtemps.

— J'arrive même pas à concevoir les conneries que tu es capable de faire. Foncer dans la baie vitrée. Putain, mais ça rimait à quoi ?

— J'allais m'envoler.

— Comme quoi, ça marche pas du tout.

— C'est bon à savoir.

— On ne devrait pas manger ici. Maman a préparé du gibier pour le déjeuner.

— Je voulais voir cet endroit une dernière fois. Là où je récupérais mes enfants tous les week-ends, un des indices qui illustrent la direction qu'a prise ma vie.

— Rien n'a disparu, tout est encore là.

— J'ai déjà l'impression de regarder en arrière. C'est peut-être ça, la vie après la mort, rien qu'une nostalgie pure, ni bien ni mal. Ni paradis ni enfer, rien que les tiraillements de ce qui a été et qui n'est plus.

— Ça suffit.

— Tu n'es pas curieux de savoir ?

— Non.

Jim scrute son corn dog, les strates de viande hachée et comprimée. On pourrait le peler comme un oignon ou le briser comme un glacier. Et la saucisse s'est détachée dans son enveloppe de pâte, il ignore comment, un interstice s'est créé à l'intérieur, et les parois lisses et luisantes du maïs sont à nu, souterraines.

— Regarde ce que le corn dog fait à la lumière, dit-il. Une aventure spéléologique. On pourrait vendre des billets d'entrée.
— Putain, dit Doug.
— Quoi ?
Mais Doug hoche simplement la tête et regarde le parking.
Chaque moment avait été intolérable. Le mariage et le divorce, avoir une famille, être séparé de ses gamins, travailler ou ne pas travailler, ses parents et son frère proches ou lointains. Et chaque décision, limitée aux options disponibles. Quand a-t-il jamais eu le choix ?
Il a presque terminé son milk-shake, son estomac déborde jusqu'à la nausée dans cette overdose de sucre. Les éclats de chocolat promis, tout au fond comme des croûtes aux étranges formes rugueuses, comme de la lave refroidie. Des contours dentelés festonnés par les lames du mixeur.
— Je regarde déjà en arrière, en fait. Je sais que je ne reverrai plus ce milk-shake. C'est la dernière fois. Ce n'est pas une supposition. Je suis déjà parti.
— Tiens encore le coup pour une petite visite chez les parents. Deux nuits à Lakeport, et puis on retourne voir le psy.
— Tu n'as pas idée de la longueur de deux nuits.
— Ouais, c'est ça, parce que je n'ai jamais vécu un jour et une nuit pour le savoir. Y a que toi qui l'as fait.
— Exactement. Une nuit sans être en immersion. Une nuit en dehors de ta vie. Tu n'as pas encore connu ça.
— Toi non plus. Personne ne peut.
— Les mystères du désespoir. Des contrées entières qui se dévoilent, comme la caverne dans ce corn dog. Tu pourras peut-être visiter ces contrées un jour, toi aussi.

— Non, je n'irai pas.

— Comment tu le sais ?

— Tout comme je sais que les choses tombent vers le bas, et non vers le haut. Ou qu'on trouve la terre sous nos pieds.

— Je suis jaloux.

— Non, c'est faux. Tu m'as toujours regardé de haut. Je n'étais pas bon élève comme toi.

— Si, je le pense vraiment. Je suis jaloux de tout, autant qu'il est possible de l'être.

— Bon, allez, on reprend la route, dit Doug, et sur ces mots, ils se lèvent, jettent leurs déchets à la poubelle et remontent en voiture.

Tandis qu'ils s'engagent sur la route, Jim songe encore à la poubelle avec toutes ses traînées de crème glacée et de chocolat, tous les clients commandent exactement ce qu'il a commandé, la glace solidifiée et jaunie par les soleils passés.

Ils sortent vite de la ville, longent la scierie et ses tas de copeaux et ses convoyeurs inclinés, et ils gravissent des collines si vertes en cette saison, les pins à sucre sur l'herbe nouvelle et même les chênes bourgeonnent, déjà le printemps à peine en mars. L'hiver trouvant tout juste ses marques à Fairbanks.

De vieilles voies ferrées presque désaffectées, l'autoroute qui longe la rivière, Jim tend le cou pour regarder l'eau et en jauger le niveau, mais la gorge est profonde sur presque toute la distance, si bien qu'il n'a que quelques aperçus. Lover's Leap, une falaise aux amoureux parmi tant d'autres, un lieu où les Indiens d'antan se précipitaient dans les flots en contrebas chaque fois qu'une histoire d'amour déraillait.

— Ils avaient une bonne tradition, dit Jim.

— Comment ça ?
— De se jeter d'une falaise. Ça permet de prouver ce qu'on ressent.
— C'est juste une légende. Personne n'a jamais dû sauter.
— Je parie que des centaines l'ont fait, pile ici. C'est si haut, avec des affleurements de rochers dans l'eau, c'est très beau. On a envie que ça soit là.
— Alors tu vois dans le passé, maintenant ?
— Ouais. C'est notre sang cherokee. Ça me permet de voir mes ancêtres dans des visions. Et ça remonte à si loin, imagine. Peut-être dix mille ans.
— Ne va pas sortir ces conneries à Papa et Maman, s'il te plaît. Ils sont inquiets. Ils risquent de croire que tu as vraiment des visions. Ils ont toujours cru le moindre de tes mots, je ne sais pas pourquoi.
— Ah oui ?
— Ouais, et jamais rien de ce que je dis, moi. Je déteste ça.
— Wouah. Je ne savais pas du tout.
— Ouais. Le monde en dehors de ta tête, quoi. Surprise, surprise.
— Je suis désolé, dit Jim. Je suis vraiment désolé d'être aussi sourd à ce qui m'entoure. Mais bien sûr, on ne peut rien y faire quand on ne remarque pas les choses. Ils n'ont pas remarqué non plus.
— Ce n'est pas grave. Ça ne me dérange pas. Je veux que tu te rétablisses.
— Merci.

Ils empruntent la bretelle de sortie qui mène vers Hopland, juste avant le pont. Une route étroite, la sensation d'être soulevé dans les descentes. Des petits vignobles, puis un village d'une cinquantaine d'habitants où il y a toujours eu un radar. Ils se traînent à quarante kilomètres/heure, et même à cette vitesse, il ne faut qu'une minute pour traverser la ville.

— Des villages, dit Jim. Aucun de nous n'a essayé de vivre dans une grande ville. Je me demande comment c'est.

— Horrible. Trop de monde. On n'arrive même pas à garer sa voiture.

— Mais pense aux hommes qu'on est devenus. On a soutenu Nixon. Sans même y réfléchir, juste parce que tout le monde votait pour lui, dans notre ville. Et tu as réprimé des "soulèvements", comme tu disais, tu as tabassé les Indiens de notre école avant d'apprendre qu'on avait du sang cherokee, et Papa n'avait rien dit, à l'époque.

— Ça n'a rien à voir avec une grande ville ou un village.

— Mais si. On a des flingues, et les seules vacances qu'on prenait en famille, c'était pour aller chasser ou pêcher. On passait tout notre temps libre à tuer. Les gens qui vivent en ville ne font pas ça.

— Qu'est-ce qu'on en a à foutre ?

— Tout a de l'importance. Tout ça joue un rôle dans mon suicide.

— Il n'y aura pas de suicide.

— Mais si, et très bientôt, et je veux juste comprendre. Je veux savoir pourquoi j'appuie sur la détente.

— Putain de merde.

— Ouais, c'est ça. Pourquoi me laisser parler... Et pourquoi réfléchir... Mieux vaut rouler à toute vitesse pendant un moment.

Ils grimpent à présent une route sinueuse dans les collines, des virages en lacets, et Doug roule trop vite, il accélère tellement qu'il doit freiner à chaque courbe de la route, alors même qu'ils montent. Le grondement rauque du moteur.

— Enfonce l'accélérateur, dit Jim. Autant que tu peux. Voyons si on arrive à s'envoler depuis une des falaises. Ce serait plus simple pour les parents, même s'ils perdraient deux fils au lieu d'un. Mais le suicide est trop honteux.

Doug est à nouveau silencieux, il empoigne le volant sans ralentir. Certaines falaises sont à pic, elles donnent sur des rochers et feraient bien l'affaire. Avec d'autres, ils resteraient coincés entre les arbres.

— Je pense que notre meilleure chance serait une collision frontale, dit Jim. Quelqu'un en face qui descendrait la colline. Sinon, nos chances sont assez maigres.

C'est comme s'ils avançaient vers quelque chose d'autre, pas seulement vers Lakeport en gravissant une montagne. Doug, un passeur qui lui fait traverser la rivière jusqu'aux enfers, mais même ça, ce serait trop simple. Doug veut qu'il se rétablisse, il pense que ces visites et ces kilomètres parcourus pourraient l'aider, que le fossé dans l'esprit de Jim pourrait être franchi de façon externe. Mais pour Jim, c'est plutôt comme d'être assis dans une salle d'attente.

— On n'est pas pressés, dit-il à Doug. On ne va nulle part, et on ne s'éloigne pas pour autant de mon avenir.

D'étroits canyons boisés, mais les collines plus larges et plus sèches sont couvertes de petits buissons bleutés dans la lumière du ciel couvert. Il est à l'affût de cervidés, une vieille habitude. La route s'élargit vers le sommet et Doug accélère encore jusqu'à ce qu'ils arrivent tout en haut et qu'ils voient l'autre versant, Clearlake qui s'étire devant eux, lové au pied des collines. Le plus grand lac naturel de Californie.

— On s'arrête pour admirer le paysage ? demande Jim, mais Doug est concentré, il doit freiner fort dans les virages en lacets, et il continue pourtant à appuyer sur l'accélérateur.

— C'est bien, je n'aurai pas besoin de me tuer moi-même, ajoute Jim. Merci d'être d'accord pour m'accompagner. Ça ne sera pas si mal que ça, de l'autre côté. Je te le promets. Plus rien, et puis encore davantage de rien, ce qui est toujours mieux que le négatif qu'on a actuellement.

Le lac donne toujours l'impression d'être trop bas, les montagnes sur la rive opposée trop hautes et penchées vers l'eau, créant une sorte de pli qui creuse le paysage, la vallée tout entière sous pression. Mais la vue ne dure pas longtemps, surtout à la vitesse où ils roulent. Ils descendent dans le plus joli des vallons, rien que des pins de Californie vert pâle, épars et laissant entre eux de larges espaces. Des flancs de collines idylliques qui vous donnent envie de tenir un fusil ou une carabine à la main et de marcher des heures durant, de traverser un terrain facile. Le sol strié de petits escarpements de roche noire friable ou de pierre grise plus lisse. Des éclats rouges et verts partout, et à l'occasion un diamant du Lake County ou une pointe de flèche, mais tout si facile que vos bottes ne laissent presque aucune trace, et vous n'êtes pas obligé de crapahuter à travers la broussaille. De petits torrents qu'on peut enjamber d'un saut. Des écureuils gris qui s'enfuient, leurs queues dessinant un arc de cercle, et le chant rauque des geais. Jim pourrait marcher ainsi pour l'éternité.

Puis les plateaux, et Doug accélère, il s'élance dans les côtes, le pick-up paraît trop lourd, comme traîné par un moteur asthmatique.

— Ton pick-up ne va pas tenir le coup, dit Jim. On va devoir finir la dernière portion à pied.

Mais Doug ne dit rien, bien sûr.

— Bouddha Doug, dit Jim. Insondable. Tant de mondes dans son esprit.

Une longue ligne droite avant l'autoroute, quelques maisons isolées, et Doug défonce l'accélérateur, l'aiguille dépasse les cent soixante kilomètres/heure. Jim ressent un frisson d'excitation, il baisse la vitre pour laisser entrer une explosion d'air frais. Il sort le bras et martèle sa portière comme quand ils repéraient un cerf à la chasse, il adresse un cri à la colline et aux inconnus cachés dans leurs maisons douillettes.

Mais Doug doit ralentir avant un virage et s'arrêter au feu de circulation après l'autoroute, la vitesse et le frisson si vite disparus, puis ils traversent la ville au ralenti, de nouvelles entreprises dans ce quartier-là, et soudain, tout redevient familier.

— Si petit, dit Jim. Si foutument petit. Franchement, une ville à une seule rue, qu'on a appelée Main Street dans un éclair fulgurant d'imagination. Les autres rues perpendiculaires sont seulement résidentielles et ne mènent nulle part.

Dans le centre-ville, le lac qu'on aperçoit par moments, le parc, un tournant à gauche sur la portion la plus familière, avec son ancien cabinet de dentiste juste en face du Safeway où il a travaillé pendant ses années de lycée. Une plaisanterie, en quelque sorte, de l'avoir fait travailler toute sa vie dans un rayon de cent mètres. Des prisons que nous ne percevons même pas.

La volonté de dieu, chacun de nous comprimé au sol par un pouce invisible.

— Les pouces divins, dit Jim. J'ai eu une vision. Laisse-moi te dire ce qu'est dieu, petit frère.

— On est presque arrivés, dit Doug. Ferme-la, maintenant. Tu peux jouer les cinglés avec moi mais ne le fais pas avec Papa et Maman.

— Oui, chef.

Des maisons en bordure de rivière, et la leur apparaît soudain dans leur champ de vision, une parcelle longue et étroite entourée d'une haie, une pelouse devant, la petite bâtisse blanche et râblée avec sa baie vitrée pour le petit-déjeuner, où son père est toujours assis, où il doit être assis en ce moment, son gros visage impassible tourné vers le lac, immobile.

Ils roulent dans l'allée, longent les pensées et les pétunias que sa mère ne cesse de planter, et le grenadier. Une entrée latérale en haut de marches rouges. Un grand garage à un étage où sont stockés une centaine de bois de cerfs, suspendus à des poutres. La maison et le garage, des lieux qui refusent d'être cantonnés à ce simple rôle, renfermant trop de temps et trop de souvenirs.

— J'ai l'impression que mon cerveau va exploser, avec tous ces souvenirs, dit Jim.

— Pas de truc comme ça, lâche Doug. Ne leur dis pas des trucs comme ça. Je suis sérieux.

— Qu'est-ce que je vais dire, alors ?

— Je ne sais pas. Dis-leur que c'était agréable de voir tes enfants. Décris-leur Fairbanks à cette époque de l'année. Faites une partie de pinochle et balance juste les banalités habituelles.

— Eh ben, en voilà, du concret. Ça devrait me permettre de passer quelques minutes.

— Le temps, ce n'est pas une épreuve à traverser. Ce n'est rien du tout. Contente-toi de vivre ta vie.
— Mais c'est justement ça. Là.
— Ferme-la. Sérieusement.
— Ouais, tu devrais devenir psy.
— Non, merci.
— Quelle perte immense pour le monde de la psychanalyse.
Doug est déjà en haut des marches, il ouvre la porte moustiquaire grinçante. Personne n'a jamais pris la peine d'en huiler les gonds en quarante ans. Elle émet le même bruit depuis que Jim est gamin.
Le revêtement inégal sous ses pieds, des fissures, et les marches menacent de s'effriter. Des fourmis partout, même en hiver. Il ne se souvient pourtant de leur présence qu'en été.
La petite entrée, comme un garde-manger adjacent à la cuisine, sa peinture jaune, sans jamais la moindre utilité particulière. Et les haricots verts dans une casserole sur la gazinière, où ils doivent être en train de cuire depuis des heures ou des jours. Rien que des haricots et de l'eau, aucun effort pour y ajouter une saveur, une bouillie liquide qu'on pourrait avaler sans même mâcher. Une nutrition directe. Les mêmes casseroles en inox que dans son enfance, la même gazinière, rien ne change jamais ici. Le même lino vert foncé, tout est oppressant. La longue cuisine étroite, son père assis à l'autre bout près de la baie vitrée, et sa mère fidèle à son poste devant l'évier, les mains dans un torchon.
— Salut, Maman, dit Jim, car le silence règne et ils semblent tous attendre.
— Eh bien... dit-elle.
— Ouais, dit-il. C'est un bon résumé de la situation.

Les lèvres de sa mère pincées, l'inquiétude, et tant de rides sur son visage, à présent. Sa propre mère qui vieillit. Alors il est là depuis bien assez longtemps. Ce n'est pas trop tôt, franchement. Trente-neuf ans, c'était un âge avancé, dans l'ancien temps.

— Comment tu vas, Maman ? demande-t-il en faisant un effort.

Les lèvres de sa mère s'entrouvrent, elle incline la tête sur le côté en signe d'inquiétude et d'amour.

— Oh, on va bien, dit-elle. On est occupés avec l'église. Pour Pâques.

Il ne sait pas quoi répondre à cela. Que doit-on répondre à rien du tout ?

— Wouah, dit-il enfin. Vous vous y prenez tôt.

Elle porte un vêtement bleu à motif fleuri, quelque chose qu'elle a depuis plusieurs décennies. On pourrait appeler ça une chemise sauf qu'elle est trop épaisse et qu'elle descend trop bas, et qu'elle est agrémentée d'une sorte de col à volants, presque comme à l'époque de Shakespeare.

— Comment on appelle ce genre de vêtement ? demande-t-il.

D'une main, elle empoigne le tissu entre ses seins et semble inquiète.

— Juste un chemisier, je pense, dit-elle.

— Tu l'as depuis tellement longtemps.

— Oui.

— Je crois que mon crâne va se fendre en deux, tellement rien n'a changé ici. Je pourrais avoir quinze ans, tout est exactement pareil. Tu es vieille, maintenant, et plus grosse, et la peau de ton cou est flasque, mais sinon, tu es presque identique. Tu as la même coiffure qu'à l'époque. Sérieusement, la même coiffure qu'en 1955.

— Jim !

Elle le dit d'un ton sec et ferme, un ton de réprimande. Elle se penche légèrement en arrière, comme pour essayer de voir son fils de loin.

— Pardon, dit Jim, et il se demande pourquoi Doug n'a rien dit, qu'il n'est pas intervenu pour le plaquer au sol ou le faire taire.

Son père se contente de regarder, ses joues grasses de bouledogue et son crâne chauve, quelques petites touffes blanches sur les côtés, des taches brunes sur une peau d'un marron rougeâtre. Mains ballantes, une posée sur le dossier d'une chaise, l'autre sur le bord de la table, des doigts épais comme des quartiers de pommes de terre restés trop longtemps en vitrine.

— Alors ? lâche Jim. Tu as quelque chose à dire, Papa ?

— Ne parle pas comme ça, dit son père.

— Ouais, fait Jim. Ouais. Et ça sert à quoi de dire ça, au juste ?

— On s'est arrêtés à Cloverdale sur la route, intervient Doug. On a mangé un corn dog, mais on devrait avoir encore faim pour le déjeuner. On a fait la pause il y a un petit moment, déjà.

— Bien, tant mieux, dit sa mère. Allez vous mettre à table, je vais apporter les plats.

— Et Papa, tu portes le même vêtement.

Un fin pull vert à fermeture éclair, tricoté assez serré. Un habit de chasse, pour un léger camouflage.

— Je ne sais pas comment ça s'appelle, ça non plus, continue Jim. Ce n'est pas un pull, ni une veste, ni un sweat. Comment tu appelles ça ?

— Ça suffit, dit son père.

— Ça fait si longtemps que tu es gros ? Ça a commencé quand ? Parce que dans mes souvenirs d'enfance, tu as toujours étiré ce machin au niveau du ventre. Est-ce que c'est le même qu'avant, ou alors tu achètes un modèle identique, encore et encore ?

Doug lui a posé la main sur le bras. Un autre combat se profile, nécessaire, ici même dans la cuisine, au milieu des haricots trop cuits, au milieu des réserves dissimulées d'une centaine de pulls de chasse verts usés et d'une centaine de chemisiers bleus à motif fleuri qui les enfouiraient totalement dans le gouffre qui s'ouvre sous eux en cet instant. Jim se voit tomber pour l'éternité, engoncé dans les vêtements de ses parents, une vision de naissance, en quelque sorte, agitant les bras et les jambes.

Mais Doug ne fait rien de plus. Il lui tient juste le bras et, étrangement, ce geste suffit à interrompre Jim, du moins temporairement, à cause de la vision.

— Du camouflage dans la cuisine, dit Jim. Parce qu'il ne faudrait pas que quelqu'un risque de te voir ici. Il faut que tu restes invisible.

Et son père fait exactement ça, comme sur commande. Il ne prononce pas le moindre mot, il ne change pas d'expression, une expression qui n'affiche rien, un air bovin.

— Des paroles à ruminer, dit Jim. Toujours des mots à ruminer, rien que des mots. Cette maison, cette vie et cette famille, et toutes ces années. J'ai envie de vous tirer dessus, juste pour provoquer une réaction de votre part.

— Jim ! lance sa mère.

— Pardon, dit-il. Tu as raison. Tout va bien. Tout était bien, vraiment. Vide, mais ce n'est pas grave. Je ne sais pas pourquoi ça a cessé d'aller.

— C'est juste tes maux de tête, dit sa mère.

— Ouais. Et d'autres choses aussi.

— C'est juste tes maux de tête, dit-elle. Il faut que tu ailles te faire opérer des sinus ou prendre un traitement plus efficace, ou des médicaments pour tes humeurs, quelque chose. Ce n'est qu'un déséquilibre chimique.

Un air de sincérité totale sur le visage de sa mère, elle y croit dur comme fer, elle veut aider. N'est-ce pas notre mère, la dernière personne qui occupera notre esprit, juste à la fin, quelle que soit la fin ? Pourquoi n'est-il pas en son pouvoir de faire davantage ? Pourquoi une famille ne peut-elle pas arrêter le cours des événements ou atteindre quoi que ce soit ?

— Je regrette que tu ne puisses pas faire davantage, dit Jim. J'aimerais que tu puisses m'aider. J'ai besoin d'aide. Vraiment besoin. Je ne trouve plus le chemin du retour, et je ne sais pas ce qui s'est passé.

— On est là pour t'aider, dit Doug.

— Comme les arbres.

— Quoi ?

— Les arbres veulent m'aider, eux aussi. Ils font de leur mieux. Ils ne peuvent pas parler, ils n'ont pas de bras et ne peuvent pas se déplacer parce qu'ils n'ont pas de jambes. Mais ils font ce qu'ils peuvent.

— C'est les maux de tête, rien d'autre, dit sa mère. Ils ne peuvent pas te prescrire quelque chose pour ça ?

— Je prends un traitement pour la dépression ou je ne sais pas quoi. Les montagnes russes. Essayer de tout remettre à plat. Un manège qui tourne et tourne encore, mais pas besoin de barre de protection car il ne fera jamais de looping ni de rouleau, il ne prendra jamais de hauteur.

— Comment le docteur peut-il te dire des choses pareilles ?

— Il ne m'a pas dit ça. Il a juste dit que les médocs allaient faire tout empirer pendant deux semaines, et bonne chance à vous mon vieux.

— Il n'y a aucune logique dans tout ça, dit-elle.

— C'est vrai.

— Tu as toujours été si intelligent, et si heureux.

— Je n'étais pas heureux.

— Si, tu l'étais.

— D'accord. J'étais heureux en permanence.

— Ne fais pas ça.

— Faire quoi ?

— Parler comme ça.

— Tu veux dire, être d'accord avec toi ?

— Ce n'est pas toi.

— C'est tout ce qui reste de moi, peu importe ce que c'est. Qu'ai-je d'autre à appeler "moi" ?

Elle baisse les yeux, retourne à son évier, plie un petit torchon qu'elle lisse, encore et encore, avec la paume de la main, puis avec l'autre. Un motif fleuri, là aussi, des fleurs roses, petites et imaginaires, plus parfaites que les vraies, mais fanées par trop de lessives. Elle entrouvre les lèvres.

— Tu as l'air tellement inquiète, dit-il.

— Eh bien, je le suis.

La respiration de sa mère est lente et laborieuse, son corps tout entier se raidit. Son menton, une sorte de bulbe qui pendouille et qui lui paraît tendu lui aussi.

— Je suis désolé, dit-il. Rien de tout ça n'est volontaire, je ne cherche pas à vous infliger ça.

— Bien, allons déjeuner, dit-elle. Avant que le gibier ne refroidisse. Tu peux l'apporter sur la table.

Jim soulève le plat en céramique jaunie, avec son monceau de viande frit dans la chapelure, quelques éclats de croûte sombre. Une nourriture simple mais bonne, et il est prêt à goûter. S'asseoir simplement, et manger, et discuter, et dire des banalités, et ne penser à rien.

La salle à manger si petite et le sol recouvert de moquette, sombre avec ses plafonds bas, une fenêtre derrière ses rideaux donnant sur le lac. Un buffet, des assiettes et des couverts brillants, un plateau de photos et de bibelots devant la fenêtre, trop de choses qui encombrent cet endroit. Un guéridon où reposent un épais annuaire jaune et le vieux téléphone vert. Une marche pour descendre au salon en passant sous une arche. Une architecture californienne, une petite maison mais avec des arches comme chez les stars.

— Ça a l'air bon, Maman, dit Doug, et Jim s'est déjà assis, il a un morceau de gibier dans son assiette.

Il a manqué quelques éléments de transition, sans trop savoir ce qui s'est passé. Il voudrait confirmer, mais il ne peut rien dire, il ne peut que hocher la tête.

Les haricots verts, détrempés et mous à côté de la viande, et le gratin de pommes de terre recouvert d'une épaisse couche de fromage.

— Seigneur, dit sa mère, les mains jointes en prière. Nous te remercions pour ce repas, pour notre famille à nouveau réunie. Aide mon fils Jim, s'il te plaît. Aide-le, guide-le, et rassure-le, et que ton amour soit pour lui une évidence. Aide-nous à traverser ces moments difficiles. Je t'en prie, Seigneur, et merci. Amen.

— Amen, dit Doug.

Jim et son père gardent le silence. Jim n'a même pas pensé à joindre les mains.

— Tu es croyant, Papa ? demande Jim. As-tu jamais cru ?

— Ce n'est pas une question à poser, rétorque sa mère.

— Je veux savoir, Papa.

— Mangeons, dit son père.

— Est-ce que tu crois en dieu ? Est-ce que tu as jamais cru en dieu ? Voilà ce que je te demande.

— Je sais très bien ce que tu demandes.

— Alors ?

— Le fait que tu aies un problème ne veut pas dire que j'en ai un, moi aussi.

— Mais c'est toi qui m'as fait.

— Il y a bien longtemps.

— Tu m'as créé. Et je veux savoir ce qui m'a fait. D'où me vient ce sentiment que je ne suis qu'une merde ? Ça vient de toi, ou de Maman ?

— Jim, dit sa mère. Tu as été à l'église toute ta vie.

— C'est bien ce que je cherche à dire.

— Eh bien, à t'entendre, on pourrait penser que c'est une mauvaise chose, comme si on t'avait fait du mal.

— C'est bien ce que je dis.

— Il faut que tu assumes un peu, dit Doug. Tu as fait tes propres choix. Tromper ta femme. Divorcer. Jeannette. Vivre seul. Sans voir ta famille. Et même arrêter d'aller à l'église. Tes choix, c'est ce que je te disais hier. Je ne vais pas à l'église, moi, et je ne culpabilise pas.

Ils continuent de couper des morceaux de gibier et de manger. Le repas ne s'est pas interrompu, il ignore comment c'est possible, les couteaux et les fourchettes s'activent. Il sent le goût du beurre. Frit dans le beurre, tout ce qu'ils mangent, avec la même chapelure. Le poisson-chat, le crapet calicot, le crapet arlequin, la truite arc-en-ciel, le gibier. Seuls les oiseaux sont cuisinés différemment, plus ou moins placés tels quels dans le four.

Jim mâche et mâche, un goût de gibier, caoutchouteux, du sang dans le beurre, et il déglutit enfin.

— Tu as raison, dit-il. C'est de ma faute. Je pense que c'est bien ça, le problème. Le fait que j'aie bousillé ma propre vie me pousse à m'apitoyer sur mon sort, et c'est encore plus dangereux, l'auto-apitoiement. Je ne sais pas comment ça fonctionne, ni comment y mettre un terme. Je voudrais que ce soit la faute de quelqu'un d'autre parce que là, au moins, je pourrais me battre en m'ayant moi-même pour allié, et j'avancerais peut-être enfin quelque part.

— Comment peux-tu parler comme ça ? demande sa mère. Ça n'a absolument aucun sens.

— Mais si. Si je ne peux pas me battre pour moi-même, il n'y a pas d'issue possible. Et je ne sais pas pourquoi, mais ça fait très longtemps que je n'y arrive pas.

— Il te suffit d'arrêter.

— C'est ce que dit Doug.

— Eh bien, il a raison.

— Ferme-la une seconde. Je réfléchis. J'ai l'impression de tenir quelque chose.

— Tu dis à ta mère de la fermer ? lâche son père. Va-t'en tout de suite.

— Arrêtez d'être mesquins, rien qu'une minute. Fermez-la et laissez-moi réfléchir.

Jim frôle une idée familière, un élément de vérité qui lui donnerait les moyens de se battre pour lui-même, une notion spatiale de ce chemin à effectuer à côté de sa propre personne actuelle, juste à portée de main, quelque chose qu'il peut presque toucher.

— Va-t'en ! hurle son père, et c'est si rare, si incroyablement rare de l'entendre élever la voix, de le voir réagir ou se préoccuper de quoi que ce soit, qu'ils le dévisagent simplement, tous les trois.

— C'est toi, Papa, dit Jim. Te voilà enfin. Bienvenue dans la famille. La dernière fois qu'on t'a vu, ça remonte à trente ans.

Son père se redresse et contourne la table plus vite que Jim ne l'aurait imaginé possible, plus leste, son poing attrape Jim par le col, ses articulations contre sa colonne vertébrale, le soulève. Il ne résiste pas, il prend conscience de ses jambes sous lui, et on lui fait franchir la cuisine, puis la porte moustiquaire et les marches en ciment lézardé, et toujours ce poing qui le pousse en avant sur l'allée en direction de la route. Si brûlante en été, comme un four, tant d'années de souvenirs sur ce ciment, à présent froid et trempé, et son père s'arrête à l'instant où les bottes de Jim heurtent la portion de terre et de gravillons.

Son père le lâche alors et se rend au portail, il le ferme d'un geste ample, un portail aussi large que l'allée entière, jamais utilisé, et Jim en avait même oublié l'existence. Mais le voilà de l'autre côté. Le portail le coupe de l'allée, et la haie le coupe de la pelouse. Un petit no-man's land avant la route. Il ne s'était jamais rendu compte jusqu'à aujourd'hui que cette parcelle de manœuvre ne faisait pas partie de leur maison. Chaque fois qu'il y jouait, enfant, il était en territoire étranger sans même le savoir, et il aurait pu s'y perdre.

Son père ne s'est pas arrêté pour lui parler, il est déjà rentré. Aucune surprise sur ce point.

Jim traverse le no-man's land puis la route, sans regarder si une voiture arrive, sans s'en préoccuper, mais évidemment, il n'est pas renversé, et quand il atteint l'autre côté, il a envie de continuer jusqu'au lac, la petite plage et les joncs, mais une clôture métallique vient d'être installée par le syndic de copropriété, pour des raisons d'assurance. Quelqu'un pourrait tomber ou se noyer et intenter un procès aux propriétaires des environs, parce que tout ça est logique. Il escalade donc la clôture, il se sent comme un prisonnier le jour de son évasion, il se démène en haut car le bout de ses bottes est trop large et trop rond pour prendre appui sur les mailles du grillage. Et le métal est fin et coupant sous ses mains. Mais il parvient à passer la jambe et à sauter de l'autre côté. Sa main reste un instant coincée et il imagine un doigt déboîté, mais elle est toujours intacte.

Des morceaux d'asphalte proéminents devant la plage, et c'était peut-être ça la source d'inquiétude. À cause d'eux, son fils garde une longue cicatrice au tibia.

Tant de détritus en bordure d'eau, des canettes de soda bleues et rouges, et du polystyrène blanc qui dessine une sorte de drapeau sur les joncs, et les relents de décomposition des algues vertes, des cadavres gonflés de carpes. Les berges du lac depuis toujours putrides, mais l'eau limpide. D'immenses tapis d'algues l'envahissent à présent, la verdissent même en hiver.

Il creuse des trous dans le sable rugueux, ce qu'il en reste du moins, il se souvient d'une plage, d'avoir nagé là, mais comment pouvait-il concevoir cet endroit comme une plage ? Il a tiré sur des canards ici même, quand il y avait encore des canards et que c'était légal. Il se souvient des insecticides contre les moustiques, aussi, de tout le poison répandu dans l'eau. Il se souvient des vagues, très rares, et des inondations sur la route et la pelouse, jusqu'aux deux premières marches en ciment de la maison. Il se souvient comme l'eau était brune, alors. Il se souvient d'avoir embrassé Jane Williams ici, debout pile à cet endroit tant d'années avant, par une soirée estivale, essayant de glisser la main dans son soutien-gorge, parce que la chair prime sur tout.

L'eau plus lointaine, reflétant la lumière, l'air froid, une nuance de gris parmi ce millier d'autres que peuvent prendre l'eau et le ciel. Ce jour, différent d'un autre, résistant. Qui refuse d'être sculpté par ses souvenirs. Et Jim ne sait absolument pas quoi faire. Rester planté là ou retourner à la maison, ou marcher quelque part, ou partir. Comment est-il censé décider ?

Il ne pense qu'à Jeannette. Chaque fois qu'un instant n'est pas rempli par quelque chose, elle vient l'inonder, impossible à arrêter. La douleur du besoin. Elle est quelque part à Lakeport. Elle a fait exprès de ne pas lui dire où, exactement, mais il pourra la trouver. Il sait où habitent ses sœurs et son frère, leur maison à chacun, il connaît le restaurant qu'ils possèdent, l'entreprise de piscines, il sait où ils mangent et où ils boivent. Personne ne peut se cacher, dans cette ville.

Il escalade la clôture dans l'autre sens, le métal s'enfonce dans l'arrière de sa jambe quand il chevauche le sommet, et il saute du côté sûr. Les horreurs et les périls du rivage évités, les propriétaires laissant échapper un soupir collectif. Il aimerait glisser un couteau à beurre géant sous la ville, juste au bord de l'eau, puis la retourner d'un coup sec dans le lac.

Le portail n'est pas verrouillé, il l'ouvre en grand et il écrase les pensées de sa mère. Toute résistance est inutile. Il est Jim l'Incoercible, Jim le Géant, il chevauche une nouvelle euphorie améliorée, une euphorie dotée d'un but précis.

Il monte dans le pick-up, Doug a laissé les clés sur le contact, comme d'habitude, un autre indice qu'on a grandi dans une petite ville, il fait marche arrière dans l'allée avec prudence, lentement, afin de n'alarmer personne. Ils devraient sortir en courant de la maison et l'en empêcher, mais évidemment, rien de tout ça ne se produit. Son père, assis à nouveau près de la fenêtre, scrutant le paysage d'un air absent, le passage de Jim à peine différent de celui des nuages dans le ciel.

Il recule sur la route sans regarder, rêvant d'une fin rapide, déçu comme à l'accoutumée, et il s'éloigne vers le centre-ville. Le restaurant de la sœur de Jeannette et de son beau-frère, un bon endroit pour commencer. Sauf qu'elle risque d'être alertée, du coup. Il emprunte le virage vers le Safeway et son cabinet dentaire, et il se gare dans le parking. Il lui faut un plan. C'est là que Jeannette travaillait pour lui, qu'ils se sont rencontrés la première fois, qu'ils ont baisé pour la première fois. Le lieu sacré des origines, capable de montrer la voie. Un petit bâtiment brun et déprimant, une femme en sort à l'instant avec son fils, après une petite séance de torture. Faire mal, chaque jour. C'est soi-disant la raison pour laquelle les dentistes ont le taux de suicide le plus important, alternant d'une année sur l'autre avec les psychiatres, qui sont de foutus tarés, de toute évidence. Sinon, pourquoi se seraient-ils lancés dans cette profession ? Mais les suicides de dentistes sont peut-être auréolés d'un peu plus de mystère.

— Que faire ? dit Jim à voix haute. Que faire ?

Le plus évident serait d'aller chez sa sœur Donna, une grande maison avec plusieurs chambres d'amis. Donna, la plus proche de Jeannette. Mais Jeannette loue peut-être son propre logement, à présent, auquel cas ses chances de la retrouver sont maigres.

— Il faut bien commencer quelque part, dit-il.

Il ressort du parking, s'éloigne de l'eau. Donna et son mari, Jim, vivent dans les collines aux abords de la ville. Ils possèdent un petit restaurant et ils ont hypothéqué tout ce qu'ils ont pu afin de se faire passer pour des rois. Et pourquoi pas ? Ils veulent quelque chose, au moins. Jim aimerait avoir envie d'une chose aussi simple qu'une maison. Il en a une flambant neuve à Fairbanks, même pas encore de meubles, et honnêtement, il n'en a rien à foutre. Deux niveaux remplis de rien du tout, il a fait construire une cheminée, devant laquelle aucune famille ne s'installera jamais, un immense âtre vide, une coquille extérieure qu'il a bâtie pour se rappeler à quel point il est seul. Il préférerait vivre n'importe où ailleurs. Perdue au milieu des bouleaux à papier, aucun voisin en vue. Même les arbres sont maigres.

Une voie sans trottoir, des maisons sans pelouses, rien que de l'herbe mal tondue et du chiendent envahissant, tout semble venir échouer là comme des étrons, à mesure qu'on s'éloigne de l'eau. Puis deux sorties d'autoroute, emprunter une nouvelle route tracée à flanc de colline et qui n'a pas été stabilisée, qui s'écroulera bientôt. De petits chênes noirs tordus, et des manzanita, les collines basses typiques qui entourent Lakeport, et des maisons largement espacées.

Il s'engage dans leur allée gravillonnée. Une maison neuve, grise, un étage, environ quatre cents ou quatre cent cinquante mètres carrés, ridicule, avec une terrasse et un jacuzzi, et une tonnelle à l'arrière. Trois voitures, il n'en reconnaît aucune. Il ignore le genre de voiture qu'elle conduit, ces temps-ci.

Le moteur du pick-up se tait dans un grincement soudain et il attend un peu, il baisse la vitre. Des geais buissonniers laissent entendre leur chant, rauque et implacable. Le vol de l'un d'eux, une longue courbe vers le ciel avant l'atterrissage.

Il tend le bras derrière la banquette, cherche sa valise et son Magnum, il le soulève, lourd et froid, et il le contemple sur ses cuisses, il réfléchit. Il le fait tourner plusieurs fois. Puis il cherche les munitions, si rondes et larges. Leur extrémité grise prête à l'emploi, le plomb lourd. Il ouvre le cylindre et les glisse là, l'une après l'autre.

Il descend du pick-up et range le revolver sous sa veste, à l'arrière de son jean. Un canon long et si lourd. Il pourrait se tirer accidentellement dans le cul, ce qui serait assez drôle. Il avait toujours eu un petit cul, mais il est possible de perdre encore davantage. Il se sent sourire.

— Bouffon, dit-il. Jim-au-cul-plat. Jim-Sans-Cul. En voilà, une reconnaissance. Je veux récupérer mon cul.

Jim-Sans-Cul avance d'un pas nonchalant vers la maison comme vers n'importe quel corral. J'ai entendu dire que vous cachiez ma femme ici. Il devrait dire quelque chose comme ça. Laissez-la sortir avant que je réduise cette maison en cendres.

Les marches devant la porte d'entrée sont en terre cuite, elles doivent être foutument glissantes par temps de pluie. Il les gravit avec prudence. Partout, le sol encore trempé.

Le heurtoir est en forme de groin de cochon, ce qui semble coller avec la gloutonnerie d'une aussi grande maisonnée. Des goinfres à l'intérieur qui terminent une pâtée quelconque sans savoir qu'ils sont sur le point de prendre part à un western. Mauvaise scène, mauvais moment.

Jim arrive à la porte. Deux Jim.

— Salut Jim, dit Jim.

Et Jim lui répond :

— Salut Jim.

Il ressemble à Elvis, une épaisse chevelure noire, pas dégarnie, et de longs favoris. Un peu épais, mais bel homme. Un des décideurs en ville, bourgeois, chef d'entreprise, le genre de personne qui a quelque chose à perdre quand l'étranger débarque en ville, le genre de personne que les lois sont censées protéger. Alors que Jim-Sans-Cul a plutôt le rôle du desperado, actuellement.

— Je veux récupérer mon cul, dit-il.

— Quoi ?

— J'estime avoir un cul plat, voire même pas de cul du tout, alors je veux le récupérer.

Jim sourit.

— Eh bien, jetons-y un coup d'œil et voyons si on peut y faire quelque chose. Peut-être qu'une cure régulière de pancakes au restaurant pourrait aider. Pour moi, ça a été assez efficace.

Jim se frotte la panse. Il porte un polo à rayures horizontales, qui ne convient pas du tout à un western.

— Je ne peux pas le montrer, dit Jim-Sans-Cul. Je cache un truc à cet endroit.

Jim sourit à nouveau.

— On cache tous quelque chose là, non ?

— Bon, est-ce que Jeannette est là ? Je ne causerai aucun problème. Elle m'a beaucoup soutenu, elle m'a parlé au téléphone pour m'aider à passer la journée, et je pourrais simplement l'appeler, mais je ne suis jamais seul, et je n'ai pas envie de lui parler en présence de mon frère ou de mes parents. J'aimerais juste la voir, face à face.

— Elle n'est pas ici, Jim. Je suis désolé.

On dirait qu'il ment. Sans-Cul songe à sortir son flingue pour se montrer un peu plus insistant, mais si elle n'est pas là, cela risquerait de tourner court. On appellerait la police et Sans-Cul ne serait plus libre d'attacher son cheval à tous les poteaux de la ville.

— D'accord. Mais je ne suis pas sûr de te croire.

— Eh bien, tu peux venir voir par toi-même. Entre et vérifie chaque pièce. Fais comme chez toi. Elle n'est pas avec nous.

L'autre Jim, celui qui semble être à l'aise partout, écarte les bras pour l'inviter dans son royaume. S'il ment, c'est un bon subterfuge. Plutôt convaincant.

— OK. Je vais aller chercher mon cul ailleurs, alors.

— OK.

— OK. Joyeuses Pâques. Elle est où ? Où est-ce que je peux la trouver ?

— Je ne suis pas censé te le dire, tu le sais.

— Ouais. Et tu vas l'appeler pour l'avertir de ma venue, pas vrai ?

— Ouais, bien sûr. Je suis obligé.

— OK. À bientôt.

— Au revoir, Jim. Et bonne chance. J'espère que tu te rétabliras.

Sans-Cul tourne les talons et marche à grandes enjambées jusqu'au pick-up, las d'être celui qui fait pitié. Ce n'est jamais bon que les gens vous prennent en pitié. Et qui est cet autre Jim, d'ailleurs ? Sans-Cul était premier de la classe. Que s'est-il passé ?

Il recule calmement, puis braque le volant et fonce, fait un tête-à-queue au bout de la rue, garde le pied enfoncé sur l'accélérateur, le moteur étouffe et les arbres vont plus vite. Il appuie soudain brusquement sur le frein et il dérape à nouveau en tête-à-queue, le plateau du pick-up tellement à l'oblique qu'il fait presque un tonneau. La sensation de cet instant imminent. Mais il glisse sur la fine couche de graviers mystérieusement laissée sur l'asphalte et il s'arrête en travers de la route. Personne d'autre dans les parages. Une odeur de pneus. Il baisse la vitre et sent l'air frais, les effluves du moteur. La vieille huile mêlée au caoutchouc brûlé. Le ciel, si gris et vide.

Il ne sait tout simplement pas quoi faire. Laisser le pick-up là et monter la colline à pied ? Continuer à rouler et trouver les autres endroits où elle pourrait être ? Retourner à la maison de ses parents ? Aller revoir ses enfants à Santa Rosa ? Partir au Mexique ?

Il descend du pick-up pour respirer l'air frais et se remettre les idées au clair. Il le laisse en travers de la route, portière ouverte, comme un accident ou une scène de crime. Si des gens arrivent, qu'ils se posent des questions. Jim se pose des questions, lui aussi.

L'herbe est humide et longue, ici, jamais broutée par du bétail. Les chênes noirs rabougris ne cachent pas le soleil et autour d'eux, tout a follement poussé. De larges bosquets de sumac vénéneux, brillant. Tellement de branches mortes au sol, ses bottes en écrasent à chaque pas. Des pommes de chêne brun foncé et gluantes, en décomposition. Des toiles d'araignées partout. Il doit constamment les écarter devant lui.

Tant de lichen qui recouvre chaque élément, arbres et roches, en dentelle noire et blanche. Aucune surface n'est propre. Et le rêve de marcher indéfiniment est impossible car parcourir trois mètres est déjà si compliqué, jamais de ligne droite, toujours obligé de contourner un buisson quelconque ou un tronc mort. Une tâche presque pire qu'un emploi rémunéré.

Jim fait demi-tour, retraverse les branches qui craquent, il écarte les toiles d'araignées, il s'efforce de ne pas glisser dans la pourriture au sol, et il se retrouve une fois encore près du pick-up. Au moins, ses options se sont réduites à une seule et unique.

Il va essayer d'aller chez Sandra. C'est le mouton noir de la famille, un bon endroit où se cacher. Et pas très loin d'ici.

De retour sur l'autoroute, quelques sorties, puis il s'enfonce dans l'arrière-train de la ville, des rues calmes jonchées de détritus et de chiendent indomptable, mais plutôt jolies, paisibles. Une maisonnette juchée sur un tertre qui s'élève à environ trois mètres au-dessus de la rue, une mini colline pour un mini royaume. Deux fines bandes de goudron en guise d'allée, juste assez larges pour les pneus, l'herbe dans l'interstice a poussé si haut qu'elle frotte le châssis.

Le capot du pick-up pointe vers le haut lorsque Jim s'arrête. Il glisse à nouveau le Magnum dans son dos et se dirige vers le porche en bois fin qui ploie, sa peinture grise écaillée. Il frappe à la porte et recule.

Il doit attendre, puis la porte s'ouvre lentement. Sandra, avec ses longs cheveux bruns, encore une enfant, environ vingt ou vingt et un ans, car Jeannette a dix ans de moins que lui, et Sandra encore une dizaine de moins.

— Comment tu as pu acheter une maison ? demande-t-il. Tu es si jeune. Je viens juste de m'en rendre compte.

— Avec les bénéfices de l'empire des piscines, dit-elle.

— Je pense que l'empire est en train de décliner.

— Ouais. Le fait que Maman ait tué Papa risque d'y contribuer.

— Désolé.

— C'est pas de ta faute. Pas qu'on le sache, du moins. Tu avais une relation extraconjugale avec Papa aussi ?

— Non. Pas à ma connaissance. À moins qu'il m'ait pris une nuit où je dormais là-bas.

— Ça ne l'aurait pas gêné.

— Wouah.

— Ouais. Alors, pourquoi tu es venu, Jim ?

— Franche et directe, exactement comme ta sœur.

— Comme notre mère.

— Bon, OK. Eh bien, je veux voir Jeannette.

— Pas moyen.

— Mais pourquoi ?

— Parce que t'es suicidaire et dingue et désespéré, et que t'es un sac à merde de l'avoir trompée ? Ça t'évoque quelque chose, tout ça ?

— Je crois, oui. Mais on peut envisager la situation autrement.

— Par exemple ?

— Peut-être que j'ai aimé aussi bien que j'ai pu. Peut-être que j'offre la meilleure version de moi-même, et qu'on ne peut pas faire mieux que ça.

— C'est pas assez bien.
— Tu es jeune, mais tu es méchante.
— Et ce n'est qu'un échauffement.
— Bon. Elle est ici ?
— Non.
— Tu me le dirais si elle était ici ?
— Non.
— Alors elle est peut-être ici.
— Non. Elle n'est pas ici, vraiment.

Jim a l'impression de parler à Jeannette. La même franchise brute qu'il aime, et elle est plus mince, comme l'était Jeannette avant, la même chevelure sombre et le visage fin. Pas belle, selon les critères des autres, mais une sorte d'aspect farouche qu'il aime. Et son haut, un simple bandeau noir coupé court qui révèle son décolleté. L'endroit qu'il scrute en cet instant.

— Tu devrais peut-être partir, dit-elle.
— Ou rester. Je pourrais rester.
— Rester pour quoi faire ?
— Prendre un nouveau départ. Toi et moi, peut-être, au lieu de Jeannette et moi. Une nouvelle version de nous, en mieux, propre, sans aucun passif.
— T'as envie que je gerbe sur tes pompes maintenant, ou tu me laisses le temps d'aller jusqu'à l'évier ?
— Ne sois pas méchante.
— Franchement, j'en vomirais.
— Ce n'est pas sympa.
— Tu déraílles complètement, Jim. Il faut que tu te calmes, là. Arrête de toujours regarder ailleurs. Et laisse ma sœur tranquille. Elle a déjà bien assez de ses propres problèmes. Y a eu nos parents, hein. Et puis la bataille pour l'héritage. Et puis elle tente le coup avec Rich. Laisse-lui une chance, tu veux ?

— En théorie, ça paraît bien.
— Alors essaie.
— Encore cette histoire de climat.
— Hein ?
— Claquer des doigts et éteindre le soleil.
— Tu veux dire que tu n'arrives pas à contrôler tes sentiments ?
— Bingo.
Elle appuie sa joue contre le chambranle de la porte.
— Je vois bien que t'es pas un mauvais type. T'es juste pitoyable. Mais laisse-la tranquille, d'accord ? N'essaie plus jamais de la voir, ni de lui parler. Tu as eu plusieurs chances et tu les as loupées.
— Il nous faut plus que ça. Tout le monde a besoin de plus que ça.
Il songe au Magnum. Une fois encore, il pourrait lui être utile. Et son esprit fonctionne de façon différente, à présent. Ce qui lui semblait être un crime avant ne l'est plus. Il pourrait l'obliger à coucher avec lui, serait-ce vraiment si mal que ça ? Il tend le bras derrière lui, sa main se referme autour de la crosse, si assurée, le revolver comme un législateur, celui qui redéfinit le bien et le mal. Mais il ne l'utilisera qu'une seule fois. Il le sait. Parce que personne n'approuvera cette nouvelle loi. Alors il ne faut pas qu'il l'utilise maintenant, pas avant d'avoir retrouvé Jeannette.
— Et contre de l'argent ? demande-t-il. Si je te donnais mille dollars pour que tu couches avec moi tout de suite ?
Elle affiche un air dégoûté, comme si elle était réellement sur le point de vomir, et elle referme la porte. Il frappe, mais il sait qu'elle ne viendra pas ouvrir. Il pourrait la défoncer, mais une fois encore, il n'est pas

prêt à en finir. Et qu'a-t-il raté ? Elle est intelligente et elle connaît bien Jeannette. Il aurait pu en apprendre davantage de cette conversation, s'il avait réussi à laisser le sexe en dehors de tout ça. Mais il n'a jamais réussi. Le sexe et le désespoir, une seule et même chose, tous deux définissant les limites de ce que doit être le monde, tous deux irrésistibles.

Il tente ensuite sa chance au restaurant. Pas franchement affamé après le corn dog et le gibier, mais il commande une assiette de pancakes avec du bacon.

Donna est la plus douce de la famille, avec des airs de matrone bien en chair, toujours gentille.

— Comment ça va, Jim ? demande-t-elle, et elle lui laisse l'occasion de répondre.

— Tu me poses vraiment la question, dit-il.

— Oui.

— Ça me plaît. Pourquoi la famille de Jeannette est-elle bien mieux que la mienne ?

Elle émet un petit rire, doux et amical.

— Ça se voit que tu n'as assisté à aucun rendez-vous chez le notaire. On est la pire famille que tu puisses imaginer.

— Mais même quand tu dis ça, tu parais tellement gentille, c'est difficile à croire.

— Je fais partie de ceux qui veulent rayer Jeannette du testament. Ma propre sœur, si proche. Parce qu'on a besoin d'argent pour notre nouvelle maison. On a poussé trop loin. Notre emprunt est trop élevé.

— Comment vous pouvez lui faire une chose pareille ?

— Maman a toujours détesté Jeannette parce qu'elle lui ressemblait trop. Alors je ne fais que suivre ses souhaits. Je ne fais aucun effort pour résoudre la situation ou la rendre plus juste. Si j'étais quelqu'un de bien, je voudrais que tout soit juste, mais ce n'est pas le cas. Je vois maintenant que je suis comme tout le monde.

— Jeannette n'est pas comme ça.

— C'est vrai. Elle est généreuse et l'argent ne l'intéresse pas fondamentalement. Je sais qu'elle m'aimera encore et qu'elle continuera à me parler, alors même que je l'ai arnaquée avec la succession.

— Wouah.

— Ouais. Mais je reviens à ma question. Comment vas-tu ?

Jim observe les lieux, un restaurant ordinaire, rien de très chic, de grandes assiettes d'œufs et de patates et de pancakes, un petit-déjeuner servi toute la journée, à côté de plats de dinde pour le dîner, de minestrones pour un déjeuner tardif ou un casse-croûte d'après-midi, des clients presque tous obèses, engoncés dans des vestes merdiques par-dessus leurs T-shirts, la plupart des hommes coiffés de casquettes. Il n'a jamais eu sa place ici.

— Moi, dit-il. Je vais peut-être me suicider bientôt. Très bientôt. Qui sait ? Je ne sais pas quand ça a commencé ni quand ça finira. Mais j'ai besoin de revoir Jeannette. Tu dois m'aider à la revoir.

Donna pose les assiettes qu'elle tenait dans les mains, les restes d'un déjeuner quelconque. Elle semble beaucoup plus fatiguée, tout à coup.

— Ne lui fais pas ça, Jim, dit-elle. Tu ne sais pas ce que c'est après un suicide, quand ça arrive à quelqu'un de proche. Tu pourrais la briser. Même Jeannette. La personne la plus forte que je connaisse, mais si tu lui ajoutes ça juste après l'épreuve qu'on vient de traverser, moins d'un an après, je pense que ce sera trop pour elle. Tu ne peux pas faire ça.

— Cette décision n'est pas vraiment de mon ressort. Je te dresse juste un état des lieux, je ne dis pas que j'ai envie que ça se passe comme ça.

— Tu sais bien que c'est faux. Tu es en train de prendre une décision, en ce moment même. À l'instant où mon père s'est enfui, ma mère n'était pas obligée de lever le fusil et de tirer. Elle aurait pu le laisser partir. Elle lui avait même écrit une lettre quand elle avait décidé de se suicider.

— Je pense qu'elle a appuyé sur la détente sans y penser. Sans y penser du tout.

— C'était un choix.

— Et si elle ne se contentait plus que d'observer, à ce moment-là ? Qu'elle ne vivait plus franchement sa vie, mais qu'elle la regardait se dérouler ? Un élan. Tout en mouvement.

— Ne crois pas ça. C'est dangereux de croire ça.

— Mais songe à ce qui se passait dans la vie de ta mère. La fin de leur mariage, contre son gré, aucun choix là-dedans, et il venait juste de lui dire qu'il avait eu une liaison avec quelqu'un d'autre pendant seize ans, c'est ça ?

— Oui.

— Et il lui a dit que toutes ces années n'étaient qu'un mensonge, comme si elle ne les avait jamais vécues. Seize années effacées, et la totalité de leurs années de mariage avant ça. C'est peut-être trop de choses à perdre d'un seul coup.

— C'est vrai. Mais elle n'était tout de même pas obligée de le tuer.

— Je pense que si, pour la simple raison qu'il avait une grande collection d'armes à feu. C'est simple. Les armes se trouvaient là, et plus rien n'était possible dans sa vie à elle, c'est dans ces instants qu'un fusil peut combler le fossé qui s'est creusé. Le fusil permet de recoller toutes les pièces. Il a le pouvoir de faire ployer le temps et les événements, c'est la seule chose qui peut contrer cet élan. Le monde retrouve sa logique. Et plus encore, ta mère peut redevenir réelle à cet instant. Après avoir appuyé sur la détente, elle réintègre sa vie. Elle est à nouveau présente, et c'est exactement ce qu'elle avait perdu.

— Tu es dangereux, Jim. Ne va pas voir ma sœur.

— Mais il faut que je la voie.

— Ne t'avise pas de le faire. Ne me l'enlève pas, espèce de connard.

Donna lui a empoigné le biceps, elle le secoue, et il se rend compte qu'elle est immense, que ses bras sont aussi puissants que les siens.

— Tu as un fusil ? demande-t-elle.

— Non, dit-il, et il tente de dégager son bras, mais elle le tient fermement et ils restent tous les deux plantés là, et les gens les regardent. Je ne l'ai pas avec moi. Je consulte un psy et il m'a conseillé de garder mes distances.

— Eh bien, garde tes distances. C'est vrai. Garde tes distances et ne t'approche pas de nous. Retourne en Alaska et fais ce que tu veux là-bas.

Elle le tire vers la porte, la deuxième fois de la journée qu'on l'oblige à partir. Il ne s'entend avec personne, apparemment.

— Mes pancakes, dit-il.

— Laisse-la tranquille, Jim, dit-elle, et il la sent trembler tandis qu'elle le pousse dehors, la clochette tinte au-dessus de la porte et Donna ferme vite derrière lui avant de tirer le verrou.

Une simple paroi en verre et il a son revolver, il pourrait l'abattre sur-le-champ à travers la vitre, abattre aussi une partie des bonnes gens assis là à manger leurs pancakes, mais il se sent trop fatigué. Tellement fatigué et tellement déprimé, il s'écroule à toute vitesse, il s'assoit sur le bord d'un énorme pot de fleurs en céramique. Un petit rayon de soleil fend les nuages, un temps couvert mais lumineux, et parmi les gens qui roulent ou marchent dans cette rue, aucun ne sait la moindre chose à son sujet, ni à propos de ce qui vient d'être dit, les compteurs sont à zéro, dans l'attente que le nouveau Jim se reforme.

Il retourne chez ses parents. Il appellera Jeannette parce qu'il n'arrivera pas à la trouver. On l'a cachée. Ils l'ont vu arriver, la ville tout entière a cloué des planches aux fenêtres, rien que la poussière et le soleil, le shérif qui attend dans son rocking-chair sur un porche en bois, ou peut-être que lui aussi s'est barricadé quelque part. Les portes battantes du saloon peuvent s'ouvrir à la volée, mais personne à l'intérieur, rien que le barman planqué derrière le comptoir avec son fusil. Jim, contraint de passer ses journées en solitaire. Chaque bruit de sabots de son cheval, une sorte de tremblement de terre ressenti à deux cents kilomètres de là, un avertissement pour tout le monde. Le créateur des villes fantômes.

Il repasse devant son ancien cabinet, il commence à avoir l'impression de traquer son ancien lui-même. Main Street, d'un bout à l'autre de la ville, aller et retour, désormais asphaltée mais sinon le genre de rue qu'on pourrait trouver dans un roman de Louis L'Amour. Il les a tous lus, la plupart plusieurs fois, même.

Il roule comme un citoyen respectable, il passe devant le vieux ponton vert qui contient presque tous ses souvenirs du lac, il tourne dans l'allée, gravit les marches, pénètre à nouveau sur les terres sacrées dont on l'a banni. Aucune loi ne résiste très longtemps.

Sa mère à son poste habituel devant l'évier. Comme si la petite maison était un fort, son père en sentinelle à la fenêtre de devant, sa mère surveillant les flancs, s'assurant que les voisins ne franchissent pas la clôture pour les envahir et piétiner ses massifs de pensées.

— Il faut que je l'appelle, annonce-t-il. J'ai essayé de la retrouver, mais on la cache quelque part.

— Jim, dit sa mère.

— Ouais.

— On peut t'aider. Tu n'as pas besoin d'elle.

— J'ai eu beaucoup d'aide, jusqu'à présent. Un véritable progrès. Mais je vais peut-être juste l'appeler.

Son père ne s'est pas retourné pour le regarder. L'arrière de son crâne, il porte sa casquette même en ce moment, comme s'il était dehors. De grandes oreilles rouges.

Jim s'engage dans l'étroit couloir. Deux petites chambres séparées par une longue salle de bains exiguë et sa moquette rose. Le vieux chauffe-eau électrique, présent aussi loin que remontent ses souvenirs, le panier de linge sale où il était assis quand il a joui pour la première fois et qu'il a vu le sperme, si surpris, le plus incroyable des soulagements. La salle de bains lui paraissait plus grande à l'époque, et une sorte de territoire sacré car c'était la seule pièce privée et intime, puisqu'il partageait sa chambre avec sa sœur aînée et Doug.

Il se poste devant les toilettes et pisse, et il sent l'odeur d'urine sur la moquette. Qui met donc de la moquette dans une salle de bains ? Des sachets de pot-pourri à l'arrière de la cuvette, des roses et des clous de girofle écrasés, n'importe quoi pourvu qu'on arrive à contrebalancer la pisse. La petite fenêtre haut perchée, toujours ouverte, vue sur le garage et la chambre à l'étage, où ils ont emménagé tour à tour quand ils ont été assez âgés, bien que Doug ait été le premier à y avoir des relations sexuelles. Ce privilège d'intimité manqué par Ginny et

Jim, deux parias asociaux qui avaient passé trop de temps au travail, et à l'église, et à faire leurs devoirs. Combien Doug en avait-il eu, là-haut ?

Il tire la chasse puis se poste devant la baignoire installée dans une alcôve ornée de papier-peint aux roses rouges clair et foncé, si claustrophobique. Même la baignoire est rose. Cette pièce étriquée, et tant d'heures, des centaines d'heures au fil des ans, le seul endroit où pleurer après une peine de cœur, le seul endroit où regarder ses magazines illicites, le seul endroit où penser sans être interrompu.

Il s'approche de la fenêtre, il aperçoit la treille et les étranges cosses vertes des pois, comme celles des petits pois mais grossies plus que de raison, courbées et longues et aiguisées comme des cimeterres, brunes et tellement rugueuses et toxiques, une version des petits pois de l'enfer, ce que pourrait devenir le jardin. Et à quoi a bien pu leur servir le jardin à l'arrière de la maison, ou l'ombre prodiguée par la treille ? Il a dû tondre cette petite parcelle de pelouse des centaines de fois, mais personne ne s'y est jamais assis, trop confinée et minuscule. Les endroits où nous vivons, si étranges, ce qu'ils peuvent dire de nous-mêmes, ou ce qu'ils peuvent éluder.

Cette salle de bains remplit son rôle, même en cet instant. Personne ne s'y engouffre, personne ne l'appelle. On lui autorise autant de temps qu'il veut, et les autres ignoreront méthodiquement ce temps qui passe, trop gênés pour tenir le compte. S'il pouvait apporter un sac de couchage et s'installer ici, il pourrait peut-être survivre aux nuits chez ses parents.

Il ressort pourtant dans le couloir, le temps reprend son cours, et l'élan, et la lutte contre sa famille qui avait dû commencer avant même que naissent les souvenirs. Il n'a pas encore touché le combiné du téléphone qu'on l'admoneste déjà.

— Laisse-la tranquille, Jim, dit Doug. Ne regarde pas en arrière.

Jim compose le numéro qu'il connaît si bien, et elle répond aussitôt, sa voix plus familière que tout dans cette maison.

— C'est moi, dit-il.

— Tu fiches la trouille à ma famille.

— Désolé.

— Donna pense que tu vas me tuer. Est-ce que tu vas me tuer avant de te suicider ?

— Non.

— Et comment je peux te faire confiance ?

— On peut avoir une conversation normale ?

— Ça n'existe pas, ça. Surtout maintenant que tu es ici.

— Ouais.

— Tes parents t'entendent ? Et Doug ?

— Ouais.

— Et tu crois vraiment qu'il peut y avoir quelque chose de normal ?

— Non. Tu as raison.

— Ils pensent encore que le problème vient de moi ?

— Ouais.

— Bon, comment tu te sens, aujourd'hui ? Ça va ?

— Non. Pas vraiment.

— Qu'est-ce que tu ressens ?

— Euh… C'est difficile à dire comme ça, ici. Je n'arrive pas à réfléchir.

— Il va falloir que tu les ignores. Je ne veux pas te voir en personne.

— Ouais, dit Jim.

Il regarde la moquette, une épaisse matière brune angora ponctuée de mèches blondes. Presque comme une chevelure de femme, debout sur la tête d'une géante. La présence de Jim inaperçue, inconséquente. Bazardé au prochain shampoing.

— Je me sens trahi, dit-il. Un rebut à jeter.

— Tu penses que je t'ai jeté ?

— Oui.

— Je fais de mon mieux, Jim. J'essaie de t'aider parce que je me rends compte que tous les gens que tu connais autour de toi en sont incapables. Mais j'ai besoin que tu sois juste avec moi.

— Les sentiments ne connaissent pas de justice.

— Je le sais bien.

— OK. Et ouais, je comprends bien que c'était de ma faute, je t'ai trompée.

— Deux fois. Ou deux séries de fois. Qui sait avec combien de femmes, à chaque fois.

— Ouais.

— Ne fais pas ça, dit Doug. Ne te torture pas.

Il a posé la main dans le dos de Jim et, de l'autre, il essaie de lui arracher le combiné.

— Arrête. Il faut que je lui parle.

— Tu ne vois pas qu'elle ne t'aide pas ? Elle ne fait qu'empirer la situation. Elle est la source de tous tes problèmes. Je t'en supplie, maintenant. Tu es mon frère. Arrête, s'il te plaît.

Jim lutte pour maintenir le combiné contre son oreille tandis que Doug tire dessus.

— Tu n'es pas obligé de discuter avec moi si tu n'as pas envie, dit Jeannette. Tu peux suivre les conseils de ta famille. Ça me convient.

— Non. J'ai besoin de te parler. Et j'ai besoin de te voir. Il faut que tu acceptes de me voir.

Doug ne tire plus sur le combiné. Il se tient juste derrière Jim, et Jim ignore ce qu'il va faire ensuite. Cette salle à manger, si foutument petite, le plafond à quelques centimètres de leurs têtes, tout se resserre autour de lui.

— J'ai besoin de te voir, répète Jim.

— Concentre-toi sur toi-même, Jim. Prends une profonde inspiration et laisse-la sortir lentement, ferme les yeux. Fais-le tout de suite.

Jim suit son conseil, il sent les secousses et les raclements de l'expiration, il se rend compte qu'il panique.

— Bien, une autre inspiration profonde, concentre-toi sur ce qu'il y a à l'intérieur, dans ta poitrine, dans tes poumons. Place toute ton attention là. Concentre-toi sur ton souffle. Tu es fatigué ?

— Oui. Tellement fatigué.

— Alors respire et repose-toi.

— OK.

— Et trouvons des choses que tu pourras faire aujourd'hui pour te détendre. Après qu'on aura raccroché, tu pourras faire des pompes et des abdos, et peut-être aller faire un footing ?

— Oui.

— Ça va t'aider à te détendre, ça va t'aider à calmer tes pensées. Et ensuite, tu pourras prendre une douche.

— Oui.

— OK. Voilà, tu as un plan. Et quand tu auras pris ta douche, tu pourras me rappeler, d'accord ?

— Oui. Merci.

Jim tient le combiné contre sa joue comme s'il s'agissait de la main de Jeannette. Les yeux fermés, il tangue et se concentre sur sa respiration, il se sent plus calme, il se sent un peu mieux.

— Je n'arrive pas à croire que tu aies dix ans de moins que moi, dit-il.

— Ça n'a pas d'importance, dit-elle. Concentre-toi simplement sur ta respiration, fais tes pompes et tes abdos, va courir, prends une bonne douche chaude, et puis on reparlera. Je serai là pour toi.

— Tu es trop gentille.

— Non, tu le sais bien. Mais qui je suis, ça n'a plus d'importance. Tu as un plan, et appelle-moi après ta douche.

— Tu pourrais me parler. Peut-être qu'on pourrait un peu varier, plutôt que ce putain de plan.

— J'essaie de t'aider, Jim.

— Ouais, désolé. OK. Je vais faire mes devoirs.

Il raccroche, se met en position de faire des pompes, il commence sa routine. À nouveau en sécurité ? Il ne se sent pas en sécurité. Il éprouve des envies de meurtre, il se sent soudain tellement furieux, aussi pousse-t-il sur ses bras et ne s'arrête-t-il pas, il dépasse ses trente-cinq pompes habituelles, quarante et cinquante, son torse et ses bras vidés, ils tremblent, privés de toute leur force, mais Jim est mû par autre chose que ses muscles, il pousse jusqu'à soixante avant de s'effondrer.

— Ça fait combien, tout ça ? demande Doug.

Jim est hors d'haleine, sa gorge et sa poitrine brûlent. Il se sent désarticulé, comme si ses bras étaient des ailes, reliés de façon trop étrange aux omoplates dans le haut de son dos.

— Soixante, parvient-il à dire.

— Tu en fais autant, d'habitude ?

— À ton avis ?

— Elle te pousse à l'autodestruction, même quand elle prétend t'aider.

— Pas le temps de discuter. Je dois faire mes devoirs. Faites comme si je n'étais pas là.

— On est ta famille.

— On en a déjà discuté, non ?

Jim entame sa série d'abdos, mains croisées derrière la tête, il remonte tout en haut, entre ses genoux, et redescend, ses vertèbres entravent ses efforts, elles heurtent le sol trop brutalement, même sur la moquette. Son corps, mal conçu, à moitié efficace.

Il en fait cent, contracte son ventre en un nœud, il s'allonge et inspire la poussière.

— La seule chose que je respire maintenant, c'est de la peau, de l'épiderme, dit-il. Les mues de toutes ces années. Ta peau et la mienne et celles de Ginny et de Maman et de Papa. Je me demande quelles années je suis en train de respirer, maintenant. Est-ce que je peux respirer l'époque de notre enfance ?

Un léger bourdonnement dans son nez à cause de la poussière, une allergie. Il sent les fosses de son front, les sinus frontaux qui s'étirent et se contractent, ce curieux tiraillement métallique, rendu métallique par le sang, peut-être, le fer. Il a des problèmes de sinus depuis si longtemps.

Une poussière épaisse flotte au-dessus de la moquette, partout dans la maison, presque jusqu'à ses genoux dans sa plus grosse concentration, puis se dissipe au-dessus, une atmosphère en différentes strates. D'abord la nostalgisphère, la plus dense de toutes, où il est étendu en cet instant, une région au poids immense dans laquelle le temps peut ralentir voire même s'immobiliser, où l'écho des sons, les odeurs et les sentiments peuvent se déplacer à l'infini. Les poissons-chats et leurs larges bouches vrillées qui patrouillent ici, pareils à des léviathans, des oiseaux tombés et l'odeur de fumée de fusil et de sang, et tout paraît agrandi. Un endroit déterminé à faire suffoquer, un lieu d'histoires bibliques où les enfants sont coupés en deux, où les tours s'effondrent, les langues se lient et ne parlent plus, les sauterelles fondent sur nous. La mer ouverte, maintenue par une seule main humaine, le poids de tout ceci prêt à déferler, des montagnes d'eau suspendue faisant onduler la lumière, et même l'eau dégage une odeur de sang et peut se transformer, tout est capable de mutation ici, rien n'est indépendant ou sécurisant.

Au-dessus de cette strate, le début de l'amnésie, la perte de mémoire et la perte de soi, les premiers signes de raréfaction, un enterrement sans terre, rien que la dissipation, la déconnexion de tout ce qu'on a éprouvé ou connu, si bien qu'on ne peut pas le nommer. La nature de cette sphère est d'anéantir le nom et tout ce qui se trouve derrière ce nom, jusqu'à ce qu'on atteigne la strate supérieure où l'on vit et respire normalement, nos vies adultes, dans lesquelles l'on se demande si quelque chose a été oublié en route. Toutes nos décisions, arbitraires, nos sentiments, plus qu'un vestige. Un millier de noms, mais aucun n'a d'importance. La confusiosphère ou la foutusphère, tout ce qu'on peut savoir à partir de maintenant, avec pour seul antidote, la mort.

— Tu n'imagines pas à quel point ta religion m'a niqué le cerveau, Maman, dit Jim. Je viens de penser aux plaies d'Égypte et à la mer Rouge qui s'ouvre et à ce bébé coupé en deux, et même maintenant, à mesure que je parle, j'en ai d'autres qui me viennent à l'esprit, le panier en osier qui flotte, et les serpents, et le couteau levé d'Abraham, et qui sait quoi d'autre encore. Quel putain de cauchemar tu m'as transmis.

La pierre de David qui fend l'air en bourdonnant, le front de Goliath qui attend. Quelle chaleur il devait régner alors dans le désert sans fin, le désert à perte de vue. Le sable qui soulevait et recouvrait tout, qui surgissait de toutes parts, les parois de l'arche brisées, incompatible avec ce genre d'océan, tous les animaux deux par deux, le sable qui leur emplit la bouche tandis qu'ils essaient de respirer.

Il faut qu'il sorte. Étrange, de faire un footing en jean, en bottes et en chemise à carreaux, mais ce sont les vêtements qu'il porte.

— Je vais courir un peu, dit-il, et il franchit une fois encore cette porte métallique grinçante.

Au moins, il ne fait pas trop chaud. Une brise s'est levée, des vaguelettes sombres à la surface de l'eau.

Le problème vient du chiffre deux. Ça a toujours été un problème. Sans le sexe et tout ce qui s'y rapporte, sa vie aurait été agréable. Il a toujours travaillé dur, il n'a jamais commis de crime, il était intelligent, et tout aurait été simple sans le sexe. Ou alors si le désir sexuel avait fonctionné en terme de deux, de couple, le désir pour une seule et unique femme. Dans ce cas-là, il n'aurait pas eu de soucis non plus. Mais le désir ne concerne jamais une seule personne. Il y a toujours quelqu'un d'autre, et toujours ce dégoût, et cette honte, et cette culpabilité qui accompagnent ce besoin inassouvissable.

Le lourd martèlement de ses bottes sur l'asphalte. Il va se détruire les chevilles. Il a couru tant de fois en forêt et sur les plateaux, pour tirer sur un cerf ou en pourchasser un autre qu'il venait de blesser. Mais l'asphalte, par contre, l'impact.

Depuis le début, même au collège, il éprouvait un sentiment funeste à l'idée de choisir quelqu'un ou d'être choisi. Toutes les règles humaines, toutes les choses qui nous lient, fondées sur ce mensonge du deux par deux, la base de toute organisation sociale et législative, et donc tout est destiné à être enfreint. S'il pouvait tout détruire, chaque église et chaque tribunal, et chaque groupe investi d'une autorité particulière, des associations de parents d'élèves jusqu'au Sénat, il le ferait. Chaque élément brûlé et réduit en cendres parce qu'il repose sur un postulat irréalisable et mensonger.

— Putain ! hurle-t-il, et il s'assène un coup de poing dans la tête.

C'est plus douloureux qu'il ne l'aurait imaginé, il ne le refera plus. Il continue à courir, passe devant l'école élémentaire, vers l'intérieur des terres et loin du lac, il sent les pulsations dans son crâne, les crispations de ses poumons et de ses jambes. Son corps fonctionne encore. Il ne se maintient en forme que pour pouvoir baiser. Sinon, il resterait assis dans l'obscurité à manger de la crème glacée toute la journée.

Il n'aime même pas Jeannette. Sa condescendance, alors qu'elle est plus jeune que lui. Ses lèvres trop fines quand elle l'embrasse. Ou ce qu'elle sait de lui, tout ce qu'elle sait. Il n'a jamais pu lui cacher quoi que ce soit. Mais il a besoin d'elle, désespérément, il la veut tout de suite. Le dégoût et la haine de soi et le besoin, pareil à un enfant. Il l'a eue, et ça n'a pas suffi. Alors comment peut-il avoir encore envie d'elle ? Comment peut-on être aussi imbécile ? Qu'y a-t-il en nous qui s'obstine à tout comprendre de travers ?

Il sent ses rotules, l'os qui grince, et ses chevilles semblent fines comme des aiguilles prêtes à se briser. Il s'arrête, se penche en avant, haletant, pris de vertige, il s'assied au milieu de la route.

— Écrasez-moi, dit-il. Mon dieu, ce serait tellement plus simple.

Le problème, c'est que son existence continue. Il ne suffit pas qu'il prononce ces mots pour disparaître soudain, ou être projeté dans une autre époque, dans l'avenir, où qu'autre chose se produise. Il est toujours assis au milieu de la route, obligé d'attendre et de subir chaque instant, sans jamais pouvoir appuyer sur avance rapide.

Il s'allonge pour qu'un conducteur ait plus de mal à le voir. Cette voie mène à l'autoroute, et par conséquent à toutes les artères asphaltées des quarante-huit États continentaux. Il pourrait marcher sans toucher autre chose que du goudron jusqu'en Floride ou jusque dans le Maine. Seul le chemin jusqu'en Alaska est interrompu par des chemins de terre ou de graviers, c'est peut-être la raison pour laquelle il s'est installé là-bas, pour s'échapper. Mais la seule différence réside dans l'utilisation des quatre roues motrices. Toujours cette vénération totale pour les voitures.

Il se tourne sur le ventre, il sent la chaleur relative de l'asphalte, même par cette journée couverte, puis il roule plusieurs fois, place les bras le long de son corps, pareil à un lombric.

Mais ce n'est que du désespoir, il essaie de trouver un peu de temps hors de son esprit, et son esprit ne se laisse pas berner. Le temps s'écoule encore trop lentement, il s'est passé à peine une minute, peut-être deux.

Il se relève et se remet à courir, il attend que l'activité physique fasse son œuvre et bloque le cours de ses pensées. Chaque existence réduite au nombre d'enjambées effectuées pour essayer de lui échapper. Comme ça avait dû être incroyable d'appuyer sur la détente et de lui tirer dans le dos, et de tout changer. Et de refuser les conséquences, refuser de rester pour ce qui allait se produire ensuite, porter le pistolet à sa tempe. Si vite. Elle avait vécu en meurtrière l'espace de deux minutes, mais comme personne n'était au courant, elle n'avait pas vécu en meurtrière. Nous ne devenons quelque chose qu'à l'instant seulement où quelqu'un d'autre est au courant, et pas seulement une personne - il faut que ce soit un groupe. C'est alors que nous devenons ce quelque chose. Son acte n'était pas différent d'un rêve, avant que le groupe ne soit au courant.

Il regrette de ne pas lui avoir prêté davantage attention, de ne pas réussir à se souvenir mieux d'elle. Tant de moments passés ensemble, mais il ne l'avait regardée qu'à moitié, comme nous le faisons la plupart du temps. Il songe aux signes avant-coureurs, à la responsabilité. Sa famille était-elle censée la sauver ? Sa famille à lui est-elle censée le sauver ? C'est le but même de son voyage ici, rendre visite à sa famille et être sauvé. Et Doug essaie, lui, même si cela n'aboutit à rien.

Elle était méchante. Aucun doute là-dessus. Même son petit chien était méchant. Prune. Sacré nom pour un chien.

Ce qui importe désormais, c'est que Jim trouve le moyen de n'être que suicidaire, et pas tueur de masse. C'est le but ultime auquel il peut prétendre, le fruit d'une vie de dur labeur. Félicitations. Alors qu'il se roulait sur l'asphalte, le Magnum dans son dos lui avait paru gargantuesque, et tellement intransigeant. Et si lourd, à présent qu'il court. Il aura son jour de gloire.

Le ciel se contracte, le prend pour cible et se met à pisser une sorte de petite bruine pour accompagner son footing. Rien de romantique, pas de tempête pour l'aider à découvrir quelque chose, juste assez pour l'agacer.

Mais le footing s'avère efficace. Un antalgique naturel pour le corps et l'âme, un apaisement tandis que ses poumons et ses jambes peinent à la tâche. Il doit se pousser continuellement, et c'est sans doute cette concentration qui permet tout ça. Il décrit un immense carré et revient le long de l'eau, et dans ses titubements imprécis, il observe le ponton vert qui le somme d'escalader la grille, un éventail de piques métalliques de chaque côté censées dissuader les intrus. Jim ne peut pas être dissuadé. Il n'éprouve aucune peur, à ce stade, il se fiche de tomber, il s'accroche à une pique et au métal, et bientôt il se retrouve sur les planches en bois. La longue avancée étroite de son enfance au-dessus des joncs et de l'eau, avec au bout une portion couverte d'un toit, une table de pique-nique, verte elle aussi, et une passerelle inclinée vers la plate-forme flottante où il a nagé et pêché un million de fois, les quatre piliers à moitié rongés au fil des ans, malgré le contact doux des rouleaux. À ce stade, le ponton tout entier va devoir être remplacé.

Mais Jim ne descend pas, pas encore. Il reste debout sur la portion surélevée, près de la rambarde, et il contemple les quelque deux miles d'eau et les collines sur l'autre rive. Le lac, si grand, les notions de distance qui s'effacent avec la pluie, les collines qui disparaissent sous ses yeux, gommées, et l'étendue d'eau réduite, aucune goutte perceptible à la surface, rien qu'un assombrissement général, la couleur étain disparue, chaque surface grise vire au noir comme si l'eau pouvait être calcinée, une flamme invisible, mais provenant de quelle source ?

D'en haut, ou d'en bas ? Tant de choses sous nos yeux formées par la chaleur et pourtant jamais vues. Un monde brûlant passé inaperçu.

Jim grimpe sur la rambarde et demeure accroupi là, tête baissée contre le toit au-dessus de lui. L'eau semblait si loin, quand il était enfant, une chute infinie. Il saute à présent comme il le faisait à l'époque, il se jette en avant, loin de toute sécurité, mais la chute est trop brève, à peine une ébauche de suspension, puis il s'enfonce, attiré dans les profondeurs par le poids de ses bottes et de son jean. Plus froid que dans son souvenir, il pensait à l'été, oubliant qu'ils étaient en hiver. Le choc, partout, le souffle coupé, et il fait toujours plus froid, il bat des jambes et agite frénétiquement les bras, il fait son possible pour remonter. L'eau fraîche semble moins épaisse. Il chute avec tant de facilité, loin de l'air et de la lumière. Intéressant, de se sentir ainsi lutter pour vivre, comme si sa vie était précieuse, sa respiration suivante, vitale. Son corps a oublié que ce n'était plus aussi pressant.

Jim refait surface et respire, un réflexe, aucune discussion, puis il se détend et se laisse couler à nouveau, il exhale avec lenteur et régularité, se vide de son air, et son corps sombre, il essaye de rester détendu malgré le froid. Il sent la pression dans ses oreilles, et bien sûr, il ne peut pas la compenser à cause de ses sinus défectueux, et la douleur est si acérée qu'il bat des jambes une fois encore, qu'il oublie, et qu'il refait surface. Ce qu'il pourrait être, ce qu'il veut, si profondément caché dans ce qui suit son cours.

Il nage vers la plate-forme sans y penser, il le fait simplement, il observe, puis il gravit les barreaux en aluminium d'une nouvelle échelle, pas du tout la même que les échelles en bois et en acier de l'époque, condamnées à pourrir.

Jim se hisse malgré ses vêtements épais, si lourds, et il se souvient tout à coup du revolver, terrifié de l'avoir perdu, mais quand il tend le bras dans son dos, l'arme y est toujours, sans qu'il sache comment, déterminée à effectuer sa tâche, refusant d'être ignorée, coincée contre lui pour le meilleur et pour le pire, indifférente aux éléments. Il pourrait même tirer sous l'eau. Elle fonctionnerait quand même, la poudre protégée par sa coque, le percuteur scellé. Jim le Navy Seal, venu délivrer les joncs de la menace des carpes.

Il reste là un moment à dégouliner, pareil à un fantôme humide et invisible jusqu'à ce que les frissons s'installent, qu'il se mette à claquer des dents, ce qui lui paraît amusant. Il fait glisser sa mâchoire de gauche à droite pour obtenir des claquements différents, il ajoute un gémissement rauque, devient un fantôme bégayant, lève les bras pour effrayer les enfants. Il danse un instant sur la plate-forme qui plonge et tangue sous son poids, à la manière dont devrait toujours bouger le sol sous nos pieds, réactif. Le monde entier devrait vaciller pour nous répondre.

Les poteaux à chaque coin limitent cet effet, les vagues agitent la plate-forme d'à peine quelques centimètres de chaque côté. Il rêve d'une plate-forme libre, sans amarres, il rêve de se poster à un angle et de faire naître une montagne par la simple force de son poids. Il s'élance du bord, dans les joncs et l'eau puante, toute cette pourriture, surpris de plonger encore sous la surface, il se débat et tire les longues algues, rugueuses dans la paume de ses mains, de petits couteaux si l'on s'avise de les saisir trop vite. Une étendue de saleté jaunâtre, et d'écume, et de cadavres de poissons. Ses bottes touchent la vase glissante et la terre molle dans laquelle il s'enfonce jusqu'aux tibias, il se redresse cependant, incoercible, jusqu'à trouver le sable sous ses semelles, et il se dresse encore, aussi grand que les joncs, encore plus grand, il grimpe sur les blocs de ciment glissant où poussent des algues vertes pareilles à des cheveux, il marche à nouveau sur un cuir chevelu, intouchable et jamais abattu. Si leste, si attentif à ne pas se blesser.

Il retourne à la grille, agrippe les fils métalliques entre ses doigts tandis qu'une voiture passe et que le passager le dévisage. Une créature du lac, reconnue enfin mais trop tard, la ville mal préparée, pas en mesure d'installer des projecteurs et des barricades et des mines terrestres.

— J'arrive, dit Jim. Je suis déjà là.

Il escalade la barrière et regrette aussitôt sa décision, la façon dont le métal au sommet s'enfonce en lui, et le fait qu'il ne trouve aucun point d'appui sous ses bottes. Mais il est bientôt de l'autre côté, il fait face à toutes les maisons de la copropriété dissimulées derrière leurs haies. Un long rectangle pour chacune, la forme d'une vie, des angles bien définis. Et si rien de tout ceci n'avait existé ? Si chaque vie avait été imaginée différemment ? Il aurait eu une chance. Cette version ne lui convient pas.

Le temps. Le grand jeu. Il est assis là, une partie de pinochle, il vient de prendre sa douche, il s'est réchauffé, il porte encore des vêtements de Doug, une chemise à carreaux trop grande. Il fait équipe avec sa mère, qui s'interroge sur une mise à vingt-neuf.

— Bon sang, Maman, dit-il. Mais joue. Ta vie entière à sous-estimer les mises, tu as loupé tellement de mains gagnantes, et tout ça pour quoi ? Qu'est-ce qui aurait pu se passer ?

Personne ne lui répond. Un pacte secret passé entre eux pendant son absence.

Elle a l'air si inquiète, effrayée par les douze cartes en éventail dans sa main, mais les cartes doivent être bonnes. Elle ne mise jamais, à moins que ce ne soit le genre de main avec laquelle personne n'hésiterait à sa place. Elle soupire, elle pousse un vrai soupir et secoue la tête, comme si des choses terribles s'annonçaient, inévitables.

— Je mise une fois, dit Jim. Ce qui signifie que j'ai soit une main gagnante, soit une main complémentaire. Quoi qu'il en soit, tu ne risques rien à surenchérir. Tu dois avoir des bonnes cartes, sinon tu n'aurais jamais misé. Tu ne mises jamais avec une main complémentaire, alors je dois généralement prendre l'initiative sans aucune information. Et là, toutes les informations ont été déposées à tes pieds. Et ce n'est qu'une mise à vingt-neuf. Pas besoin de réfléchir avant d'avoir atteint trente-cinq.

Elle scrute encore ses cartes, lèvres pincées, inquiète, hochant la tête, dans l'attente d'une tragédie inéluctable.

— Sérieusement, qu'est-ce qui peut t'arriver d'horrible ? demande-t-il.

— Bon, alors je vais annoncer vingt-neuf, dit-elle d'une voix complètement défaite, comme si les chariots de son convoi de pionniers venaient d'être brûlés et qu'elle contemplait les montagnes dans le lointain, calculant les centaines de kilomètres de territoire inconnu encore à parcourir.

— Trente, dit Doug.

— Tu es sûr de ne pas vouloir évaluer le risque avant ? demande Jim. (Doug affiche une expression amère.) Et je passe, Maman, mais en soutien total à ta main gagnante, comme je l'ai déjà exprimé à travers ma mise initiale. Toute anxiété et toute incertitude brûlées en une seconde.

Son père replie l'éventail de ses cartes et les pose sur la table, signe silencieux qu'il passe, geste qu'il a développé au fil des ans pour s'accorder avec son style personnel. Il se frotte une oreille, l'autre bras plié sur un torse qui doit exister quelque part au-dessus de cette énorme montagne d'entrailles.

Au tour de sa mère, à nouveau, qui paraît encore plus inquiète.

— C'est assez simple, dit Jim. Vous annoncez tous les deux pour remporter la mise et tu ne peux pas le laisser l'emporter à trente, alors bien sûr tu vas annoncer trente et un, maintenant. Trente-trois, ce serait aussi automatique. Tu ne dois réfléchir qu'à partir de trente-cinq.

— Trente et un… dit-elle, mais pas comme une mise, plutôt comme une contemplation face à l'énormité de la situation, cette question de savoir si le but peut être atteint.

— Je me demande si c'est ce qui m'a eu, dit Jim. Cette inquiétude. C'est peut-être les fondations sur lesquelles tout le reste s'est construit.

— Contente-toi de jouer, dit Doug. Pas besoin de commenter. On joue depuis qu'on est gamins. Maman joue depuis plus longtemps encore.

— Mais elle est pétrifiée de peur. Regarde-moi ça. Pétrifiée à l'idée de faire une mauvaise annonce avec une bonne main et un partenaire qui l'aide. Ça ne te paraît pas bizarre, tout ça ?

— Laisse-la décider. C'est son jeu.

— Mais non. C'est un jeu de coopération avec un partenaire. Ce qu'elle fait ou ce qu'elle ne fait pas, ça influe sur mon score à moi aussi.

— Alors, sois un bon partenaire et ferme-la.

Sa mère scrute encore ses cartes comme si elles renfermaient des symboles secrets, les indices d'un univers plus vaste et sans doute malveillant, dont elle essaierait d'éviter la colère et la furie, mais qu'elle ne parvient pas à lire.

Il pose ses cartes et place ses bras sur la table de jeu en direction de sa mère.

— Ce ne sera pas la fin du monde, dit-il. Du moins, pas à cause de ça. Dis juste trente et un, s'il te plaît.

— Oh, dit-elle. Trente et un.

— Trente-deux, dit Doug.

— Allez, trente-trois, Maman. Dis juste trente-trois.

Elle entrouvre la bouche face à la terreur de tout ceci.

— Trente-trois… avance-t-elle d'une voix songeuse, cette voix qu'ils connaissent tous et qui n'annonce pas une mise mais seulement ses réflexions, elle soupèse ses options.

Une main sur la poitrine, pour se réconforter. La peine sur son visage, vulnérable. C'est dans ces moments-là qu'on peut la percevoir véritablement, les instants les plus naturels qu'il lui sera donné de voir.

— Je crois que je vais devoir passer, conclut-elle.

— Non, dit-il.

— Carreau, dit Doug, et son père reprend son jeu en main, émergeant de sa léthargie pour sortir les quatre cartes à abattre.

— J'avais des trèfles, lui dit sa mère, les yeux larmoyants.

Le début du tour de table. Ils s'interrogent pour savoir si les choses auraient pu se passer différemment. Ça rend fous les joueurs de pinochle plus aguerris.

— Non, dit-il. Je ne dirai pas ce que j'avais dans mon jeu. C'est terminé. Si tu veux savoir, il faudra miser.

— Jim, dit-elle.

— Non. J'en ai marre de cette vie de remise en question, de ces regrets s'il s'avère qu'on avait la double suite ou une double pinochle. Ça a tout empoisonné. Je me demande toujours ce qu'il se serait passé si j'étais allé voir Jeannette sans m'inquiéter du prix du billet d'avion, ou si je n'avais jamais répondu aux avances de Gloria, si j'avais encore ma famille, ou si je m'étais autorisé à boire et à me la couler douce au lycée, si j'avais décidé de ne pas suivre le chemin de Papa dans sa carrière dentaire. Ces milliers de foutus kilos de regrets que je trimballe en moi chaque jour. Alors tu ne sauras pas si j'avais des trèfles ou non.

— J'avais huit trèfles. Il me fallait juste un valet.

— Tu avais huit trèfles !

— Ne hausse pas le ton.

— Bon sang, Maman. (Il sort le valet de trèfle de son jeu et le jette au milieu de la table.) Voilà. T'es contente ?

Il ne s'est rien passé. Vautrons-nous dans tout ce qui aurait pu se passer. Ça fait des années que je me l'étale sur la tronche comme de la merde.

— Jim, dit Doug.

— Ouais, ouais.

— Récupère ta carte.

— À quoi bon ? Je vais appeler Jeannette. (Jim se lève et laisse sur la table son jeu face visible, une main fichue.) Ces milliers de parties qu'on a faites au fil des ans, quelle perte de temps monumentale. Et comme c'est pitoyable qu'on ne puisse interagir entre nous que par ce biais. En tuant ou en jouant aux cartes. Avec le ski nautique ou le bowling, parfois. On ne connaît rien d'autre.

Sa mère, l'air accablé, et il s'en veut de la blesser ainsi.

— Bon sang, Maman. Tu es sans arrêt blessée, mais c'est comme ça que tu as construit les choses. Ça te plaît, apparemment.

Elle entrouvre la bouche comme pour parler, mais elle n'en fait rien, évidemment, et il culpabilise tellement qu'il est obligé de se détourner, il s'élance vers le téléphone, une corde de sécurité. Jeannette a intérêt à être là.

Il fait tourner le cadran pour chaque chiffre, le code le plus important de sa vie, et heureusement, elle décroche.

— Je pète un plomb, dit-il. Maman vient de passer son tour à trente-deux avec huit trèfles en main. Et elle était terrifiée. Comme si les cartes risquaient de s'incarner et de nous tuer tous.

— Ça va aller, Jim, dit-elle. Ta famille aura toujours des problèmes et ce n'est pas à toi de les résoudre.

— Hmm, dit-il. Je crois que ça m'aide. Je n'ai pas à résoudre leurs problèmes.

— Non, tu n'as pas à le faire. Tu n'as rien à faire pour eux, rien du tout, aucune pression. Tu n'es même pas obligé de leur rendre visite. Tu es libre de partir maintenant. Tu es toujours libre, tu n'es pas enfermé. Ne l'oublie pas.

— OK. J'ai envie de te voir.

— Non.

— Pourquoi ?

— On en a déjà parlé.

— Viens me voir tout de suite. Et putain, j'ai bien dit tout de suite. J'ai besoin d'autre chose qu'une conversation au téléphone, besoin de plus. Et quand tu repenses à toutes nos années ensemble, tu pourrais au moins m'accorder ça. Rien qu'une demi-heure en personne, un truc comme ça. C'est vraiment trop demander ?

Aucune réponse de Jeannette, ce qui lui redonne espoir. Elle réfléchit. Il l'entend respirer et il se retient d'ajouter quoi que ce soit. Il sait que le moindre mot risque de tout gâcher. Doug s'approche de lui, Jim tend la paume vers lui pour lui signifier de reculer. Doug a intérêt à ne pas faire tout foirer.

— D'accord, Jim, dit-elle enfin. Rien qu'une fois. Je ne pense pas que ce soit une bonne idée, mais on va se voir et discuter. Rien qu'une seule fois.

— Merci.

— Non, dit Doug. N'y va pas. Ce n'est pas une bonne idée.

Jim se tourne vers le mur.

— Où ça ? demande-t-il.

— Au restaurant, répond-elle.

— Je ne veux pas voir Donna. On n'arrivera jamais à discuter si elle est là. Elle ne me laissera sûrement pas entrer.

— Je crois que tu as raison.

— Au petit motel où on se retrouvait. Discret. Personne pour écouter nos conversations. Je veux pouvoir parler librement. Je ne veux pas que des idiots nous écoutent.

— C'est une mauvaise idée, de se retrouver seuls dans une chambre de motel.

— Il faut que je sois libre de parler tranquillement. S'il te plaît.

Une longue pause, et il pense en avoir trop demandé, avoir poussé le bouchon trop loin.

— D'accord, dit-elle.

La fatalité. Difficile de savoir si elle existe vraiment, mais on la sent parfois au moment même où elle intervient. Quand trop de poids s'est amassé.

Le motel n'est pas en centre-ville mais au bord de l'eau, discret. Jim contemple l'eau en roulant, il roule doucement, ne veut pas attirer l'attention. Des foulques tout le long du rivage, leurs fins cous noirs oscillant d'avant en arrière tandis qu'elles nagent, fuyant toujours, l'équivalent aquatique des rats. Tout le monde leur tire dessus par ennui, et pourtant leur nombre augmente sans cesse. Leur poitrail blanc faisant d'elles des cibles faciles.

Il se demande comment elle sera habillée. De la lingerie en dessous, il espère. Un jean et un pull, sans doute. Sans doute pas de maquillage. Et vient-elle directement de chez Rich ?

Elle va le traiter comme un enfant, bien qu'il soit plus âgé, plus intelligent, qu'il ait toujours travaillé plus dur qu'elle, qu'il en sache plus qu'elle. Mais il doit jouer le jeu car c'est elle qui détient les clés du royaume.

— Qu'est-ce que je suis en train de faire ? demande-t-il à voix haute. Qu'est-ce que tu es en train de faire, Jim ? On est quel jour, aujourd'hui ?

Qu'y a-t-il d'autre à faire ? Il n'a pas vu ses amis. Gary Lampson, pas très loin d'ici, à Kelseyville, et Dave Kalfsbeck à Williams. Peut-être que l'un d'eux est la clé. Peut-être qu'il rendra visite à Gary pour une partie d'échecs et qu'il découvrira quelque chose d'inédit, un déferlement de sentiments soudains tandis qu'ils se pencheront tous les deux au-dessus du plateau et il se rendra compte qu'il est gay depuis le début, que c'est la cause de son désespoir, et après qu'ils se seront retrouvés, Jim sentira disparaître la maladie mentale, il comprendra qu'elle n'a jamais existé. C'est la version de l'histoire qu'il veut à présent, quelque chose d'exaltant afin de réaffirmer qu'il était un type bien depuis le début, quelque chose qui l'innocente.

Mais ce ne sont pas les amis qui nous construisent. Ils n'ont pas le même pouvoir que la famille. Et le sexe est synonyme de désespoir, et pour Jim, c'est avec les femmes, et avec une femme en particulier, et rien ne s'arrangera jamais avec elle.

Les faits. C'est important de s'en tenir aux faits. Le lac s'en fout, les parcelles de joncs aussi, et les canards et les foulques, et le ciel gris au-dessus de lui, et tout le monde autour. Les faits sont toujours solitaires.

Il s'engage dans le parking gravillonné. Rien que huit ou dix chambres, un style architectural de ranch, le même que dans son enfance, la façade actuelle bleu clair, mais tant de couleurs différentes au fil des ans. De petites fenêtres donnant sur la route et les maisons du rivage et l'eau derrière. Un endroit envisageable, un parmi tant d'autres.

Il se rend à la réception, ne reconnaît pas la femme au comptoir. Il s'est absenté trop longtemps. Il connaissait tout le monde en ville, avant.

Il paie en liquide, juste histoire de ralentir un peu la police. Ils ignoreront tout d'abord l'identité de celui qu'ils recherchent.

Il arpente la terrasse en bois qui longe les chambres, de vieilles planches, un trottoir du Far West, il apprécie le martèlement de ses bottes et regrette de ne pas porter d'éperons. À la fin de chaque western, un duel, et ce qu'il aime, alors, c'est le silence. La seule paix véritable. On lutte tout du long, mais juste avant l'ultime échange de tirs tout est calme, et il y a du temps pour respirer, et chacun peut afficher sa meilleure personnalité. Chacun peut aimer sa famille, être bon ami, chacun peut être prêt à mourir noblement, chacun peut tenir des propos lapidaires. Il y a enfin un peu d'humour. Sauf que là le reste des acteurs est absent. Personne avec qui échanger ces derniers dialogues émouvants, pas l'occasion de faire une remarque banale, du genre, s'il se mettait à pleuvoir, nous serions tous propres, ou encore, cette prairie n'a jamais été conçue pour être cultivée.

Ce qu'il aime, c'est la simplicité. Des six-coups sans rien pour les arrêter, rien que du cuir et du bois, nulle part où s'abriter, et la loi rien de plus qu'une étoile sur un veston, pas d'escouades d'intervention en équipements anti-émeutes. Le destin déterminé par les individus, sans attendre les décisions d'un gouvernement plus haut placé que dieu. De nos jours, impossible de s'en sortir, impossible de lancer son cheval au grand galop à travers le désert. De nos jours, on n'a plus beaucoup de temps, alors on parie tous les jetons d'un seul coup. Une fois que ça commence, ça finit très vite.

La chambre est petite et mal éclairée, pas de plafonnier, rien que les deux lampes de chevet. Un lit double étroit, le matelas fin. Il se demande s'ils ont déjà été dans cette chambre. C'était il y a trop longtemps, et à l'époque, la chambre lui importait peu. Ni commode, ni bureau. Un petit fauteuil près de la fenêtre, conçu pour attendre, alors il s'y installe, rideau ouvert, une luminosité de ciel couvert. Il se sent si triste, si implacablement triste et perdu, mais il essaie de vivre cette expérience, les derniers instants, et le silence et ce sentiment simple, un nouveau sentiment qu'il n'aura pas à subir pour toujours. Un apaisement.

C'est pire pour lui, que ce soit plus simple à la fin. Injuste. Après toutes les souffrances qu'il a endurées, ces nuits d'insomnie et la douleur terrible et le désespoir des luttes interminables pour se retenir d'appuyer sur la détente. Et puis appuyer sur la détente quand il ne se sent pas si mal, mais apparemment, c'est souvent à ce moment-là que ça arrive. Pendant une petite période d'accalmie, quand le suicidaire se sent un peu mieux et qu'il a enfin l'énergie de passer à l'acte. Jim connaît désormais sur le bout des doigts les statistiques des suicides et leurs schémas récurrents, si bien qu'il va s'observer et commenter jusqu'à la dernière seconde. Encore une insulte.

L'éducation chrétienne de sa mère, jamais disparue. Toujours ce désir d'être bon, même en ayant conscience de ce qu'il s'apprête à faire. L'échec principal de sa vie, son incapacité à empoigner cette pousse de chiendent et à l'arracher d'un coup sec. Enroulée autour de tout, en lui, et depuis si longtemps qu'elle est indifférenciable de sa chair, et de ses sentiments et de ses pensées, de tout ce qu'on peut appeler "lui". Il n'y a plus rien qu'il puisse identifier, isoler et s'attribuer.

L'étranger qui arrive en ville pourrait tout aussi bien être Jésus en personne, dans tous les westerns. Jamais reconnu par les habitants, toujours considéré avec suspicion, mais il est venu pour faire justice, vaincre le mal et apporter la rédemption. Dans ses actes, un modèle de bonté car il possède ce qu'aucun être humain ne possédera jamais, un cœur et un fond solide. L'étranger des westerns ne change jamais, ne peut jamais être brisé, il sait parfaitement différencier le bien du mal, et ce depuis le début, il est venu au monde d'une certaine manière et il en repartira intact. Jim ne pourrait jamais tenir ce rôle. Il peut porter un six-coups et des éperons, mais à l'intérieur, il ne sait pas quoi faire et n'importe quel élément le fait changer, et il ne peut déchiffrer les signes de lui-même qu'a posteriori et se demander qui il était, sans jamais savoir qui il est.

La bonté, le plus dangereux des concepts. L'idée qu'il aurait dû être bon, voilà ce qui le fera appuyer sur la détente.

Il se demande si Jeannette viendra. Un retard trop long. Il ne supporte pas cette dérive. Il a besoin qu'elle arrive tout de suite. Il se lève, pensant que ça l'aidera peut-être.

— T'as intérêt à venir, putain, dit-il. Tu me dois bien ça.

Le sol en parquet, de véritables lattes de bois. Pas de moquette dégueulasse ou de contreplaqué ou de ciment. Il leur est reconnaissant pour ça, au moins. Inégal et peint en bleu foncé, mais c'est un parquet massif. Bien trop déprimant que la fin se déroule sur une moquette.

— Ce sera très joli, dit-il, et il aime le son de sa voix, un léger accent chantant. Très joli.

Le sang de Jeannette maculant les murs, le sien sur le plafond. Des éclats d'os et de chair. Le sang qui coule sur le plancher et s'insinue entre les lattes, qui s'assombrit au fil du temps. Mais le Magnum si bruyant, pas beaucoup de temps. La porte se rouvrira au bout de quelques minutes après la détonation, à peine.

Il s'est trouvé si souvent dans le salon des parents de Jeannette, une vaste pièce revêtue de moquette, sur plusieurs niveaux, et une baie vitrée coulissante donnant sur la piscine. Il imagine que des chevrotines perdues ont dû faire exploser le verre. Elle avait dû surgir du couloir, un couloir si long et large que c'en était dingue, il menait à quatre chambres et au grand bureau où était stockée une centaine de fusils dans des vitrines. Un éclairage tamisé dans les couloirs, et la pièce aux fusils pleine de loupiotes pour mettre en valeur les armes antiques et les carabines à canon hexagonal. Des fusils classiques aux crosses en bois ornées de superbes gravures, et même des motifs intriqués dans l'acier des canons. Chacun d'eux valant plusieurs milliers de dollars, quelques-uns peut-être même davantage. Une fortune dans cette pièce. Du velours rouge dans les vitrines, somptueux. Et surtout, une sensation de poids. Toutes les armes si lourdes, les moulures si épaisses. Son .44 Magnum, le revolver le plus lourd qu'on puisse acheter de nos jours, mais fin et léger, comparé aux Colt Dragoon. Des dragons, c'était comme ça qu'on les appelait, lui semble-t-il. Des noms d'origine française, très chics pour certains fusils. Comme les vieux navires, tant de noms et d'appellations tombés en désuétude.

Il veut savoir quel pistolet elle a choisi, et pourquoi. Jeannette ne le lui a jamais dit. A-t-elle choisi avec soin, ou sans y penser ? Personne n'en saura jamais rien. Et le fusil, alors ? Une belle arme ? Un fusil auquel il tenait particulièrement ? Elle avait dû l'entendre discourir sans fin au sujet de ses fusils. On n'amasse pas une telle collection sans avoir cultivé une sorte d'obsession.

La vieille Datsun B210 vert foncé de Jeannette se range dans le parking près de la réception. Elle va demander le numéro de la chambre. Vêtue d'un pull jaune et d'un jean, et il se souvient de ce pull, sur une photo d'eux dans l'Oregon, pendant la construction de son bateau, ils se tenaient tous les deux devant leur logement. Il portait la barbe, à l'époque, les cheveux plus longs, il prenait des allures de pêcheur, rêvant d'un bateau en aluminium parfait qui fendrait les vagues d'Alaska, d'une vie de liberté absolue. Envoyer chier la terre ferme et les voitures et les gens, un indice précurseur de son euphorie. Rêvant de s'échapper, sans comprendre encore qu'on ne peut jamais s'échapper tant qu'on respire encore.

Pas le moindre bruit de pas. De simples baskets, pas de talons. Elle aurait dû s'habiller différemment pour l'occasion. Elle n'en a peut-être pas compris l'importance.

Il lui ouvre la porte.

— Merci, dit-il. Merci d'être venue.

— Tu n'as pas trop mauvaise mine, dit-elle en entrant. Je pensais que tu aurais l'air plus mal en point. Mais qu'est-ce qu'il t'est arrivé au visage ?

— Quelques accrochages avec Doug et une balade dans les bois.

Elle le serre dans ses bras, le choc est presque trop violent pour lui, sentir sa chaleur et son corps serré si près du sien, une si grande plénitude. Mais les mains de Jeannette touchent le revolver.

— C'est quoi ?

Il tend le bras derrière lui pour le dégainer. Solide, dans sa poigne. Chargé. Il pourrait l'appuyer maintenant contre son cou et la transpercer, et c'en serait fini d'elle, inerte et à terre en un instant.

— Je vais le mettre de côté, dit-il.

Il le pose sur la chaise près de la fenêtre. Le Magnum peut monter la garde tout seul. Tout peut se produire désormais. Elle pourrait s'en emparer et lui tirer dessus, la situation inversée.

— Tu ne devrais pas l'avoir sur toi, dit-elle, et elle l'enlace à nouveau.

Il se demande ce que cela signifie.

— Je sais. Mais je n'ai pas envie de le confier à quelqu'un d'autre. C'est ma police d'assurance. Parfois, la seule chose qui me permet de passer la nuit, c'est de savoir que j'ai une porte de sortie expéditive. Le simple fait de l'avoir à portée de main. J'en ai besoin. N'avoir aucune issue serait intolérable.

— Jim, dit-elle, la tête contre son torse.

Il ferme les yeux. Elle l'étreint si fort, et cela semble si parfait, il n'arrive pas à comprendre comment il a pu négliger ce fait.

— C'est parfait, dit-il.

— Jim.

— Vraiment. Tu sens ça ? On pourrait revenir en arrière. Tout oublier. Sens-le, et tu sauras ce que c'est la vérité.

Elle le lâche et il regrette d'en avoir trop dit, de la perdre.

— Désolé, fait-il, et il l'attire contre lui à nouveau, mais elle le repousse.

— Il faut qu'on parle, Jim. Il faut qu'on trouve un moyen de te faire comprendre que c'est terminé et que ce n'est pas grave. Discuter de comment tu peux avancer et tourner la page.

— Ce n'est pas le genre de conversation que j'attendais.

— Je sais.

Il se sent perdu, debout là et dissocié d'elle, il s'assied donc sur le lit et s'allonge sur le dos, ferme les yeux.

Elle s'assied à côté de lui.

— Je sais que tu m'as aimée, dit-elle. Mais ce n'était pas un amour véritable. Et c'est pour ça que tout ira bien pour toi. Souviens-toi comment c'était, quand on était mariés, quand tu m'avais inconditionnellement, pour toi seul, et que ce n'était pas ce que tu voulais, pas vraiment. Souviens-toi du poids qui pesait, à quel point tu te sentais pris au piège, quand les mois à venir te semblaient des épreuves à traverser. Souviens-toi quand on était sur le bateau, toutes ces heures, nuit et jour, et Doug qui était là aussi, rien que nous trois, comme tout paraissait minuscule parfois, et solitaire. Je sais que tu voudrais croire à une version idéalisée de nous, un rêve auquel te raccrocher quand tu te sens mal, mais ça t'aidera davantage de te souvenir qu'il n'y avait rien de bon dans tout ça. Tu retrouveras l'amour, quelque chose qui te surprendra, mais ce ne sera pas avec moi.

— Non, dit-il, mais il ne sait pas à quoi il dit non.

Au fait qu'il y aura une autre femme, ou qu'il se sentait seul avec Jeannette, ou bien juste à l'idée inconcevable d'être obligé de trouver son chemin et d'avancer. Il lutte depuis si longtemps qu'il est exténué. Il ne peut plus aller de l'avant.

— Il faut que j'en finisse.

— Ça n'arrive jamais. Tu le sais bien. On n'en finit jamais, même dans la plus stable des existences.

— Allonge-toi à côté de moi.

Elle le fait, à sa grande surprise, et elle pose même un bras sur lui, ce qui l'aide à se sentir mieux. Il essaie de se souvenir des sensations sur le bateau, comment tout avait pu être vide ou insuffisant. Une étroite couchette dans laquelle ils tenaient à peine à deux, juste derrière la cabine de pilotage. Sous le pont, l'espace entier était réservé au matériel de pêche, aux poissons et au moteur. La couchette de Doug et une autre supplémentaire dans la même pièce, aucune intimité, alors ils devaient attendre que Doug et le matelot, s'ils en avaient un, prennent leur quart, puis ils verrouillaient la porte, et il se souvient alors des meilleures relations sexuelles de sa vie. Quelque chose dans le remous des vagues, le mouvement constant, et le temps si court, comme dérobé. Il se souvient de ses jambes, si minces, d'avoir envie d'elle dans sa bouche, et il se souvient d'être obligé de s'accrocher à la couchette supérieure pour ne pas être projeté au sol.

Quand ils dormaient, là aussi, il se sentait si proche d'elle. Elle dormait toujours sur lui, à l'époque. Comme des somnambules, obligés de se lever toutes les deux heures pour leur quart, puis s'endormant rapidement ensuite, quatre ou cinq fois par jour. Une curieuse existence.

— Je ne me souviens pas que c'était insuffisant. Sur le bateau. Je ne me souviens pas que c'était minable ou solitaire.

— Il y avait des moments à la barre où tu voulais être seul. Tu ne voulais pas discuter avec moi.

Il essaie de s'en souvenir, les centaines d'heures passées à contempler la proue qui fendait la mer, il se rappelle avoir été concentré, et souvent maussade, et inquiet pour le bateau, la peur omniprésente de heurter un rondin de bois ou que le moteur ne lâche ou que la palangre ne s'accroche comme cela avait fini par arriver, entraînant le treuil dans sa chute et mettant fin à l'aventure, mais il ne se souvient pas d'avoir refusé de discuter avec elle.

— Ça s'est vraiment passé comme ça ? demande-t-il.

— Oui. Vraiment.

— Peut-être. Je n'étais pas là. J'ai loupé un truc, j'ignore comment. Ça ne figure pas dans mes souvenirs.

Elle passe la jambe par-dessus lui et se rapproche, la tête contre son épaule. Il a les deux bras autour d'elle, à présent, et c'est tout ce qu'il veut. Comment est-ce possible que cela ne lui ait pas suffi ?

Une petite chambre de motel merdique et pourtant il pourrait être heureux ici. Mettre cet instant sur pause et le sauvegarder.

L'odeur moite des cheveux de Jeannette, comme une odeur de cheval. Une version adulte d'acné sur son front, rien qu'une irrégularité. Elle n'est pas vraiment belle et il l'a toujours su, mais elle l'attire pourtant. Il lui embrasse le front et la serre plus près de lui.

Elle semble réagir favorablement. Il l'embrasse plus bas, étire le cou pour atteindre sa joue, elle incline le visage vers lui et lui offre sa bouche, exactement ce qu'il espérait. Cet instant d'ardeur, un instant dont rêve n'importe quel homme. Des lèvres fines, mais il s'en fiche, il n'éprouve que de la gratitude.

L'amour. Aussi proche qu'il en ait jamais été, alors ce doit être ça, l'amour. Une tendresse, une main à l'arrière de son crâne, sa tête blottie contre sa paume, et il gémit, il bande aussitôt. Et il ne peut pas l'attirer davantage contre son torse. Mais si ça n'avait jamais été de l'amour ? Et s'il avait raté une indication élémentaire ? Comment pourra-t-il jamais le savoir ? S'il n'a jamais aimé, il n'en saura jamais rien.

Ce qui lui fait penser qu'il ne s'agit pas d'amour, c'est qu'il observe, il réfléchit encore à ce qui est en train de se passer. Il a conscience, aussi, qu'il ne lui donnerait pas tout, aucun désir de sacrifice total, aucun altruisme idyllique. Il l'aime seulement parce qu'il la désire. Si elle ne couche pas avec lui maintenant, il sera mécontent, déçu, furieux, et il n'éprouvera aucun amour. Et si une belle femme vient à passer, ou rien qu'une femme disponible au bon moment, il ne sera pas fidèle.

Il y avait eu une époque avec elle, au début, pendant un an ou deux, où les autres femmes n'existaient plus et où il n'aurait jamais eu envie d'une autre. Ç'avait été le cas. Alors pourquoi cela ne pouvait-il pas durer ? Tout aurait été bien plus simple.

Ils s'attirent l'un contre l'autre. Le sexe pareil à un combat, une lutte contre une urgence imaginée, bien qu'aucun chronomètre n'ait été enclenché. Il pose la main sur son cul, elle porte la sienne à sa bite. Toutes les mécaniques en marche, en mouvement. Il n'aurait pas pensé qu'elle serait disposée. Il se sent perturbé et perdu, puis il s'inquiète que cela lui gâche sa trique, mais la main de Jeannette garde le rythme, puis sa bouche, et il ne sait pas pourquoi elle en fait autant, pourquoi elle a décidé de lui donner tout ça. Rien n'est logique. Elle est avec un autre homme, qu'elle veut épouser.

Jim sent sa bite ramollir dans la bouche de Jeannette. Il perd pied.

— Putains de pensées, dit-il. Pourquoi mon cerveau ne veut jamais la fermer ?

Elle s'arrête et remonte, elle l'embrasse sur la joue.

— Je suis désolée, Jim.

— J'en ai tellement envie, dit-il. J'avais envie d'être avec toi. Mais je n'arrive pas à interrompre mes pensées. Mon cerveau ne s'arrête jamais.

— Tout va bien.

Jim lâche une longue exhalation, une sorte de soupir, et il tremble, et soudain il pleure. Ses yeux changés en soupe, d'un seul coup, et le torse qui se soulève, et il a l'impression de couler, il doit se lever, et se moucher et racler les glaires de sa gorge aux toilettes. Quel foutu bordel.

Elle l'enlace par-derrière, pressée contre lui, le long de son dos, et il ferme les yeux et il reste planté là, bras ballants, Jeannette qui l'étreint, et tout semble possible. Des sanglots incontrôlables, à présent, sans qu'il sache pour quelle raison. À choisir parmi une douzaine. Qu'est-ce qu'on s'en fout ?

— Je ne vais pas m'en sortir, dit-il, ce qui le fait pleurer davantage, l'auto-apitoiement, et quand il essaie de se retenir, il émet une sorte de note trop aiguë, gênante. Je couine comme un putain de cochon.

— Non, Jim, dit-elle. Ça va aller. Je suis là et tout ira bien.

— Tu es là maintenant, mais pas demain. Demain, tu seras avec Rich.

— Chuuut.

Qu'elle l'enlace à nouveau ainsi, après si longtemps. Ses bras fins autour de lui, et tout le reste de son corps, hors de son champ de vision. Rien que son corps à lui dans le miroir, la façon dont il termine sa vie, sa peau rougie ici et là, mais surtout très pâle d'avoir vécu en Alaska, sans soleil, sans exercice physique, son ventre flasque, son torse avachi, presque des seins, ses bras trop maigres. Ses cheveux clairsemés et sa pomme d'Adam protubérante et des rides autour de ses yeux, presque quarante ans mais l'air d'en avoir cinquante. Le désespoir et la dépression le font vieillir plus vite. Il avait toujours paru plus jeune que son âge, mais ce n'est plus le cas. Un vieillard à trente-neuf ans.

Sa bite petite, et fine, et pitoyable, refusant de coopérer, rétrécissant elle aussi. Perdue au milieu des poils brun clair. Frisés, partout, sur tout son corps, tellement de poils sur ses avant-bras et son torse, tout son corps si répugnant. Il ne devrait pas être obligé de le regarder. Personne ne devrait y être obligé. Et pour être honnête, elle n'aurait pas l'air terrible dans le miroir, elle non plus. La lumière brutale du néon. Difficile de concevoir qu'on puisse éprouver du désir. Une impulsion aveugle, totalement inenvisageable.

Ce qui est bizarre, c'est qu'il pleure encore mais qu'il réfléchit aussi, et il observe en même temps, et il n'éprouve rien. Le corps d'un autre qui pleure, dans le lointain. Il y a deux Jim, et celui qui ne pleure pas, celui qui n'éprouve rien, c'est lui dont il faut se méfier, sauf qu'il est impossible à atteindre. Il n'est jamais là. Il se contente de tout contrôler et de donner à tout un aspect contrefait.

Il ne veut pas qu'elle s'en aille, mais elle part. Il reste debout à la fenêtre, nu, et il la regarde s'éloigner. Le revolver à côté de lui, ignoré. Il était si sûr de l'utiliser.

Lui tirer dans le sein gauche alors qu'elle serait à genoux sur le lit. Un truc dans ce genre-là. Et puis il aurait porté le canon à sa tempe, ou il serait sorti à la hâte jusqu'au pick-up, il serait allé chez ses parents pour les emporter avec lui, et peut-être pas seulement Doug et ses parents, mais aussi Lorraine et les enfants. C'était la décision qu'il avait à prendre. Mais il n'y a plus de commencement possible. Il est seul, à présent, et il ne la reverra jamais. Une fin mais pas de commencement.

Et il n'a pas baisé avec elle, non plus. Jim-la-bite-molle, son nouveau nom dans ce western. Venu en ville pour ne rien changer, pour ne baiser avec personne et pour ne tirer aucun coup de feu.

Il soulève le revolver, sent son poids glacial, puis il le lance sur le lit où il rebondit et atterrit à nouveau. Une sorte de comédie, ce revolver qui rebondit. Juste là pour s'amuser.

Le chauffage n'est pas allumé et Jim est nu, aussi se glisse-t-il entre les draps pour se réchauffer. L'éventualité de tirer sur Jeannette tandis qu'elle se tient sur ce lit existe encore. Quelque chose en lui n'arrive pas à enregistrer le fait que l'opportunité vient de lui passer sous le nez. C'est un classique, avec son esprit. Il est à la traîne, et c'est l'indice le plus tangible qu'il ne perçoit pas le monde comme réel. Dans son esprit, ce qui vient de se produire n'est qu'une version parmi d'autres.

Il éprouve ce sentiment constant que s'il pouvait dire *non* correctement, le monde s'arrêterait. Les oiseaux figés dans le ciel, l'eau qui ne coulerait plus. Refuser ce manque total de contrôle dans nos vies.

Il marcherait nu et serait la seule source de mouvement. Il s'élèverait dans l'air si l'envie lui prenait, pas à pas, ou il s'assiérait sur le lac, ou coulerait dans la terre solide. D'une seule pichenette, il redonnerait forme aux montagnes, et d'un seul souffle, il chasserait les étoiles du ciel nocturne. Il refuserait de retourner à Fairbanks et à sa petite table de jeu pliante, ronde et brune. Parce que c'est justement là qu'il se dirige. S'il ne peut pas tirer sur Jeannette, et par conséquent s'il ne peut tirer sur personne d'autre, alors il va rentrer en Alaska, où il n'y aura qu'un seul endroit où s'asseoir. Il ne s'est pas résolu à aller acheter des meubles et voilà le résultat.

Il sourit à cette idée. Quelle blague ridicule, sa vie.

Si épuisé. La sensation rugueuse des draps bon marché, l'odeur de moisi que dégage ce vieux motel, des oreillers trop fermes, mais il parvient quand même à dormir, heureusement, et quand il se réveille, il fait nuit dehors. La désorientation d'une sieste au milieu de l'après-midi, se réveiller à la fin d'un moment indistinct, le sentiment d'avoir perdu quelque chose. Mais calmé à présent, après son repos, plus autant de désespoir.

Il bande et il a besoin d'uriner. Il essaie de se branler mais n'arrive à penser à rien, et il n'a pas de porno à regarder, alors il abandonne. Il se demande s'il baisera encore avant de mourir. Sans doute que non. Mis sur le banc de touche.

Il allume le plafonnier, sa lumière brutale. Il pisse et se sent soudain si engourdi par la sieste qu'il se rallonge et se rendort. Il a froid à son réveil, sur les couvertures, et il va prendre une douche chaude, qui n'est pas chaude et presque sans aucune pression, il s'essuie avec un matériau presque aussi doux qu'un rasoir, et il se rallonge.

— C'est l'heure d'y aller, dit-il, mais il se sent comateux, il ne trouve pas la motivation, alors il se rendort, et ce doit être à présent le cœur de la nuit.

Il n'y a pas de réveil dans la chambre, il attrape sa montre dans son sac et voit qu'il est presque une heure du matin.

— Bien joué, dit-il.

Il n'arrivera plus à dormir. Il passera la nuit éveillé, et que fera-t-il ?

Il meurt de faim, alors il enfile la chemise trop large et le jean de Doug, comme un gamin qui se déguiserait en adulte. Les bottes de Doug, trop grandes aussi. Il sort et regrette de ne pas avoir de manteau. Il fait froid, à présent. Personne dans les parages, aucune lumière à l'exception de la réception où il dépose les clés de sa chambre dans le réceptacle.

Le pick-up démarre à contrecœur, revient à la vie dans un frisson, et Jim s'engage dans la rue, le seul à rouler. De longs virages en bordure du lac, l'eau noire, un noir plus profond que le ciel. Des parcelles de joncs qui semblent grandir dans le faisceau des phares, s'étirant vers le ciel et retombant sur les côtés, un vert morne. Une voiture passe en sens inverse, elle quitte la ville à cette heure tardive. Il doit y avoir une histoire à raconter, avec cette voiture. Dans un petit patelin, personne ne reste éveillé la nuit sans avoir une histoire à raconter.

Le son rauque du pick-up en sous-régime, une progression poussive. Des maisons en bordure du lac, toutes de plain-pied et anciennes. D'autres clôtures métalliques, neuves. Le catalogue d'un endroit qu'il devrait connaître parfaitement, mais qui n'équivaut à rien du tout. Seul le lac est concret, peut-être.

Il se demande si le restaurant sera ouvert. Ni Jim ni Donna n'assurerait le service de nuit. Il doit bien y avoir un McDonald's, aussi, quelque part en ville. Avant, c'était au A&W qu'ils allaient, le drive-in, mais il n'était pas ouvert vingt-quatre heures sur vingt-quatre. Rien n'était ouvert au milieu de la nuit, pas même une station-service. Si vous ne dormiez pas au même moment que les autres, pas de chance pour vous.

L'obscurité est impressionnante. La lune disparaît tôt à cette période, pas d'étoiles, la nuit noire et couverte, et le lac qui refuse de refléter quoi que ce soit, qui absorbe simplement le peu de lumière que prodiguent les lampadaires espacés. Des zones dissimulées entre les lampadaires, où l'on pourrait rester invisible. Et si peu de lumière dans les maisons, rien qu'une lampe occasionnelle sur un porche, et aucune entreprise ni magasin dans le coin.

Il baisse la vitre pour écouter, mais il n'y a que le bruit de ses pneus et une tonalité différente du moteur. Les pneus, une mélodie particulièrement solitaire, et il se demande pourquoi. Comment notre esprit peut-il produire ce genre de pensées ?

Et s'il pouvait relancer son esprit en cet instant, réintégrer le monde, simplement, et oublier ses problèmes, et se contenter d'une nuit et d'une journée normales ? Pourquoi est-ce si compliqué ? Tous les autres avaient l'air d'aller bien.

Il sent l'humidité de l'air que la proximité du lac a rafraîchi. Il tend le bras dehors, la main en coupe pour l'attraper. Il roule du mauvais côté de la route afin de s'approcher de l'eau. Il ferme les yeux sur les lignes droites pour sentir le mouvement produit par l'élan, pour être transporté.

Mais il a tellement faim qu'il n'arrive pas vraiment à penser à autre chose. Il a envie d'un milk-shake au chocolat. Et d'un gros burger sauce barbecue et bacon. Notre ultime réconfort, la nourriture. Quand plus rien d'autre n'est disponible. Jeannette, envolée.

Il ralentit et passe lentement devant la maison de ses parents. Aucune lumière. Tout le monde plongé dans un profond sommeil, semble-t-il, sans s'inquiéter pour Jim. Le chêne à l'avant du jardin donne l'impression d'être énorme et éclipse la maison. La haie trop petite, une barrière contre rien.

Il continue, ralentit à nouveau près du Safeway et de son ancien cabinet, son autre territoire. Quelques voitures abandonnées là, sur le parking. D'autres lumières et une voiture de sécurité privée, quelqu'un qui reste éveillé la nuit pour surveiller des produits d'épicerie. On doit se sentir vraiment inutile, un faux uniforme et pas de pistolet, et personne intéressé par les produits que vous surveillez. Au moins, Jim était utile quand il travaillait à la caisse.

Il tente de paraître suspect, il laisse tourner le moteur et dévisage le vigile mais, évidemment, dévisager quelqu'un à plusieurs centaines de mètres n'a pas grand effet. Jim pourrait être un touriste perdu, en route pour Konocti ou Lucerne ou une de ces destinations locales fascinantes.

Alors, Jim reprend la route, son estomac gronde, il songe à faire demi-tour et à voler le sandwich du vigile.

Il n'a pas de pistolet, Jim pourrait le tabasser et lui prendre son sandwich et même enfiler la casquette et la chemise de fonction de ce type.

Rien n'est ouvert. Il va devoir se résoudre à mourir de faim. Il passe devant le restaurant, inanimé. A&W est lui aussi plongé dans le noir. La station-service, fermée. Le centre-ville tout entier est vide, pas même un bar ouvert.

Mais alors qu'il s'engage dans le nouveau quartier en direction de l'autoroute, quelques lumières brillent, des voitures, des voitures qui errent dans la nuit profonde, et les deux arches dorées finissent effectivement par apparaître. Dégoûtant, même comparé aux endroits miteux comme A&W ou Fosters Freeze, et l'énorme burger au bacon qu'il imaginait ne peut pas exister dans cet endroit, mais au moins il ne mourra pas de faim. En Alaska, les burgers les plus improbables, juste pour coller à l'esprit de l'État. Aussi larges que des assiettes. À se demander où ils trouvent les pains. Et offrant toujours une viande exotique : du caribou ! De l'élan ! Du lynx ! Du lynx, c'est peu vraisemblable, évidemment, mais qui va aller vérifier ?

Il se gare à côté d'autres pick-up et se joint aux hommes tatoués et coiffés de casquettes, une apparence qui pourrait donner l'impression qu'ils sont là depuis toujours car Lakeport est vraiment devenu un coin merdique, mais c'est Jim qui est à sa place ici, il y a grandi. C'est un enfant du pays, il est né sur les rives de ce lac.

— Bien le bonjour, dit-il à la personne qui se propose de prendre sa commande.

Une expression démodée qui montre ce qu'il est. Le Magnum de nouveau rangé sous sa chemise. Il voudrait un prétexte pour l'utiliser, alors il ne garde pas le silence. Il parle fort. Qu'un de ces connards tatoués le remarque.

Mais évidemment, ils ne voient rien. Il commande deux Filet-O-Fish, comme s'ils allaient vraiment mettre un filet de poisson entier dans chaque burger, et non pas la chair hachée en cube et frite d'une vulgaire poiscaille. Il attend avec impatience la petite touche de sauce tartare et le carré de fromage américain posé sur le sommet, comme abandonné là.

Il patiente, debout au comptoir. Trois employés seulement, tous coiffés de résilles à cheveux, comme s'ils appartenaient à un gang, tous gros et mous et graisseux, sculptés par la nourriture qu'ils vendent. Le plateau chauffant, vide, chaque burger préparé à la demande, à cette heure tardive. Il devrait personnaliser le sien, il ignore comment, il songe à demander quelque chose, mais son esprit est vide.

— Commande 51, dit la femme en lui tendant son plateau, des fois qu'il risque d'y avoir confusion.

— Laissez-moi juste vérifier l'addition, dit-il. Je veux m'assurer que je suis bien le numéro 51.

Il tend le papier à la lumière, le scrute, voit un numéro 51. Pendant ce temps, la femme tient toujours le plateau au-dessus du comptoir.

— Ouaip, dit-il. Je vois le numéro 51. Deux burgers Filet-O-Fish et un milk-shake au chocolat. C'est bien ce que vous avez mis là ?

— Oui, monsieur, dit-elle, et elle ne paraît pas perturbée.

Son boulot est si pourri que cet échange fait office d'interaction normale. Les lèvres entrouvertes pour inspirer l'oxygène supplémentaire que nécessitent tant de kilos de graisse. Des joues luisantes.

— Je peux avoir un verre d'eau ? demande-t-il en prenant enfin le plateau.

— Oui, monsieur, dit-elle en prenant docilement un gobelet jetable. Des glaçons ?

— Non merci.

Elle remplit le gobelet au robinet d'où coule un petit filet d'eau parfait, le flux contrôlé avec maîtrise, et elle le lui tend en lançant un "Bon appétit, monsieur". Tout est si parfaitement effectué, comme il effectuait parfaitement, lui aussi, sa routine derrière la caisse enregistreuse. Pendant combien d'années, déjà? Peut-être sept? À souhaiter une bonne journée à tous les clients, même s'ils étaient injustes ou grossiers. À manipuler des milliers de conserves de soupe et de haricots, et de briques de lait. Une grande partie de sa vie, ainsi employée. Plus de temps passé à faire ça qu'autre chose, sauf peut-être à dispenser des soins dentaires. Le sommeil a dû occuper le plus d'heures dans sa vie, probablement, à l'époque où il arrivait encore à dormir, mais après le sommeil, il se voit debout à côté d'un patient, et debout à côté des articles d'épicerie. Des varices aux mollets, à présent.

Il s'installe près d'une fenêtre à l'avant, illuminée à l'intention des passants, et il se console avec son milkshake au chocolat qui tient davantage d'une bouillie argileuse à l'arrière-goût de chocolat Hershey. La perspective des maux de ventre, dès la première gorgée, une prémonition nauséeuse contenue dans l'arôme.

Et la nuit ne fait que commencer. Elle sera longue.

Jim est allongé face au ciel sur le ponton flottant au bout de la jetée verte. Les quatre poteaux se dressent autour de lui, des ombres noires dans l'obscurité plus noire encore, comme un rappel des quatre apôtres.

Il a escaladé une fois encore la clôture métallique et franchi la barrière de piques, il a évité chaque piège de sables mouvants, chaque arête de flèches empoisonnées et chaque pierre branlante, il a sauté par-dessus le feu, et par-dessus les serpents, il a semé les démons à la course. Les apôtres, pas si loin de tout cela. Il a vu des photos des quatre piliers à Éphèse en Turquie, qu'on leur a agitées sous le nez pour leur prouver que ces hommes étaient réels, qu'ils avaient marché parmi les anciens. Peut-être même quelques milliers d'années plus tôt, remontant jusqu'aux Égyptiens et aux pyramides. Il n'a jamais été très doué avec les dates. Le tout s'amalgame en une même journée antique et poussiéreuse, une journée au cours de laquelle les Égyptiens avaient prospéré et décliné, et les Grecs aussi, et les Romains et les Chinois et les Perses, et tous les autres. C'est exactement ainsi dans son esprit. Tout est rassemblé en une seule journée, un seul élément de la mémoire. Les anciens ne peuvent nous offrir que des mythes, et non l'histoire.

Même en voyant les photos des piliers, il n'a jamais cru que les apôtres avaient existé. Des écrits retraçant leurs voyages le long des côtes turques, des lettres envoyées, mais impossible à croire. Et si ennuyeux. J'apporte de bonnes nouvelles. De bonnes nouvelles de la Bible. Des nouvelles, mon frère, dans lesquelles il ne se passe rien. Ton âme est sauvée. Jean qui arrive sur une vaste plage et dit aux gamins qui jouent dans le sable, Hé, vous êtes lavés de vos péchés. Tout ce que vous avez à faire, c'est de me donner votre argent et de me laisser entrer dans votre cœur. Une levée de fonds pour l'Église primitive. Vous n'imaginez même pas ce qu'on a prévu. Nous allons trouver de nouveaux rivages, un nouveau monde aussi, peut-être, et y vendre Jésus contre de l'or. Nous fabriquerons des lustres suspendus par des chaînes en or, le tout payé par des gamins aussi pauvres que vous, vêtus de haillons, parce que vous serez des milliards sur terre.

Mais ce n'est pas vraiment son Église. Sa mère est luthérienne, et donc techniquement, il est luthérien, bien qu'il n'ait aucune idée de ce que cela signifie. De ces centaines de jours passés à l'église, pas une seule fois ils n'ont parlé de qui ils étaient. Pas une seule fois ils n'ont dit, voilà l'Église catholique et voilà ce qu'ils croient, et puis voilà l'Église luthérienne et ce que nous croyons, et voici les raisons de nos différences. Et l'Ancien Testament, et le Nouveau Testament. Ils suivent le nouveau, il le sait, mais que sont-ils censés faire de l'ancien ?

Jamais personne pour expliquer ses croyances ou la culture qui l'avait façonné. Les seules exigences étaient de chanter, de se lever au bon moment, de donner de l'argent à la quête et d'être poli.

L'important, c'est que la religion lui explique ce qu'il est maintenant, et comment il en est arrivé là. C'est le point qui nous met tous d'accord, sans même savoir de quoi il s'agit. Et l'origine du problème doit être là, car pourrait-on chercher ailleurs ?

La plate-forme flottante le berce à présent, et d'où viennent ces petites vagues ? Qui peut bien se trouver au milieu du lac en pleine nuit ? Pas de bruit de bateau. Les vagues ont forcément été créées par quelque chose, elles peuvent être expliquées, mais aucune de nos connaissances ne fait l'affaire. Trop petites et trop rapprochées pour être des remous de bateau. Trop soudaines et trop brèves pour être soufflées par le vent. Trop grandes et trop nombreuses pour venir d'un nageur. Il doit donc y avoir une entité plus grosse qui nage dans le lac, qui brise la surface l'espace d'un instant et s'enfonce à nouveau. Pas de saut ni d'éclaboussure, plus silencieux que ça, soulevant juste sa masse énorme au-dessus de la surface pour replonger aussitôt, provoquant un cercle de vaguelettes dans toutes les directions, et Jim est là pour les remarquer, peut-être la seule et unique personne à les avoir jamais vues. Sans lui, on n'aurait jamais connu Dieu. Jim, l'unique prêtre, et il va devoir retourner au McDonald's, un pèlerinage. Il lui faudrait perdre une chaussure en route pour être contraint de lutter davantage, un peu de tragédie. Il ouvrira les portes vitrées à la volée, d'un coup de son pied chaussé, hors d'haleine, et il hurlera enfin la preuve de l'existence de Dieu. Les vaguelettes qu'il a ressenties, son existence. D'après moi, il ressemble à une carpe mais d'une trentaine de mètres de longueur. Une odeur de pourriture, exactement comme les joncs. Il vit dans les profondeurs car les vagues étaient petites et lisses et régulières, donc elles avaient dû parcourir beaucoup de chemin. Si nous balancions une grenade sous-marine dans les tréfonds du lac, peut-être découvririons-nous enfin le visage de Dieu.

Des foules tatouées le suivraient, déposant des baisers sur leurs bras en signe de chance. Des talismans partout sur leur peau car ils avaient deviné que ce moment arriverait, ils savaient que les panthéons antiques se dresseraient et s'allieraient pour vaincre le dieu unique et plus grand. Des serpents et des ancres, des Ashley et des Maria et d'autres divinités plus mystérieuses connues par leurs seules initiales. Des cœurs et des crânes et d'autres parties du corps qui avaient transcendé la chair, des oiseaux chatoyants et des croix, des croix gammées, du sang, et même des poissons aux écailles dorées, les dieux qui se rapprochaient le plus de celui-ci, et les plus à même de former un filet sacré. La Navy n'arriverait jamais à temps. Il faudrait des journées entières aux cuirassiers les plus modernes pour s'enfoncer laborieusement dans les terres, Lakeport n'étant pas au bord de l'eau, alors ce cercle de dieux encrés formerait la première vague d'attaque.

Submergés, tous, nageant à travers la nuit sombre vers Dieu, sans peur, dans l'espoir de le toucher enfin. Sans se demander un seul instant s'ils auront la force de retourner au rivage, alors ils s'aventurent sur un kilomètre, ils abandonnent leurs chaussures, leurs jeans et leurs T-shirts pour ne pas couler, et la lumière disparaît à cette distance, à peine quelques éclats occasionnels dans les gerbes d'eau, et ils continuent à nager, plus lentement maintenant, deux kilomètres, leurs effectifs diminuent un peu mais ils n'en sont pas moins déterminés, ils lancent les bras en avant, vers la connaissance, ils battent des jambes, impatients que leurs corps suivent la cadence, le corps sans cesse un fardeau et une barrière dont il vaut mieux se débarrasser. Les derniers nageurs n'arrivent plus à lever les bras, ils remuent avec difficulté sous la surface, en silence, les fidèles attirés par l'espoir, scrutant la pénombre devant eux en quête d'un signe, attendant que quelque chose fasse surface jusqu'à ce qu'ils plongent, les membres engourdis, le souffle coupé, et alors même qu'ils descendent, ils attendent l'étreinte.

La rumeur s'est répandue au sujet de Dieu, des fidèles partis le trouver et le capturer, ou le détruire. Une autre foule s'est massée sur la rive, et quelqu'un a pensé à tous les feux d'artifice du 4-Juillet, à la barge de tir, alors ils y accrochent un jetsurf, un de ces moteurs suralimentés qui gronde comme une Harley et crache de la fumée. Des étincelles jaillissent même du gaz d'échappement et montent comme des flammes vers les cieux. Une peinture orange luisante et un 69 en décalcomanie sur le côté. L'idée est de lâcher une grenade sous-marine et de déloger Dieu avec cet arsenal qu'on balancera à pleine vitesse. Le pilote est déçu de ne pas pouvoir faire étalage des gerbes d'eau dans son sillage, car cela risquerait de tremper les feux d'artifice, mais il est tout de même ravi d'avoir été choisi.

D'autres personnes veulent être choisies, aussi, alors elles nagent jusqu'à la barge et tentent de grimper à bord, si bien que la structure s'abaisse dangereusement et ploie, et ceux qui ont déjà été choisis assènent des coups de pied dans la tête des autres pour les empêcher de monter. Les cris des fidèles dans la nuit réveillée, et tout Lakeport s'illumine, des lueurs partout sur la berge, d'autres bateaux arrivent, la plage est balayée de vagues entrecroisées.

Le groupe paroissial de sa mère est là, des sexagénaires ou septuagénaires, apportant des plats pour partager un repas. Son fameux gratin au thon qui contient un paquet entier de chips, afin de nourrir les fidèles.

Un enfant du coin vend des miettes de pain pour nourrir les canards, qui doivent penser que la nuit se termine et que le jour commence. Un homme propose ses jumelles pendant cinq minutes en échange de cinq dollars. Des prostituées offrent une dernière étreinte avant la fin. Un prêtre local est venu expliquer que rien de tout ceci n'est réel, mais on l'ignore.

Le pilote du jetsurf a tendu le câble de remorquage et il lance soudain le moteur à pleins gaz, il fend l'air, un crépitement. La barge contenant les feux d'artifice fait un bond en avant, la foule qui s'y masse s'incline à l'unisson vers la poupe, les gens se heurtent comme des dominos et tombent, ceux qui se trouvent à l'arrière passent par-dessus bord, une immense gerbe d'eau, puis des gémissements et des cris devant cette providence perdue.

La barge produit une énorme vague, et la proue du jetsurf pointe vers le ciel, le pilote ne voit plus où il va, mais il continue pourtant à foncer, et les fidèles cherchent désespérément des points d'accroche, les perdants tombent à l'eau.

Le pilote, guidé par la foi, sans visibilité dans la nuit trop noire, de toute façon, et sans panneau pour lui indiquer la position de Dieu. Ce propriétaire d'embarcation, ce pervers minable, transformé en grand prêtre, et il s'agrippe à la barre tandis que la gravité le tire en arrière, il enfonce la manette des gaz jusqu'à faire exploser le moteur, une ultime gerbe de feu dans le ciel, et la proue s'abaisse dans un claquement, la barge glisse en avant et ralentit jusqu'à venir cogner doucement la coque du bateau, amicalement.

De nouveaux leaders émergent à présent sur la barge, ils se disputent pour savoir ce qu'il faut faire des feux d'artifice : les fixer aux corps de plongeurs qui les emporteraient au plus profond, ou faire couler la barge en allumant une grosse fusée, ou diriger chaque fusée vers le fond et les lancer comme des torpilles. Le problème qui revient dans les débats, c'est que les feux d'artifice ne supportent pas l'humidité. Ils ne peuvent plus bouger ni exploser ni se déclencher, dès l'instant qu'ils touchent l'eau. Atteindre Dieu s'avère frustrant. Pourquoi ne remonte-t-il pas à la surface ?

Au final, il n'y a rien d'autre à faire que d'allumer les feux d'artifice depuis la barge et offrir un spectacle, un 4-Juillet en avance. Des constellations étincelantes dans le ciel, reflétées sur l'eau, et peut-être que Dieu sera impressionné et qu'il aura envie de venir regarder. Mais évidemment, il ne refait jamais surface, et le contact que Jim a eu avec lui sera le seul et unique, et on envoie Jim au bûcher, on le brûle vif et ses os sont sciés en petits morceaux que l'on conserve comme des reliques au domicile de chaque fidèle. Il ne peut pas imaginer meilleure utilité à sa vie.

L'AIR froid et humide, et nulle visite divine, pas de foule ni de kermesse. La vie de Jim, toujours insipide. Le problème, c'est cette lutte contre rien. Et la douleur dans sa tête.

Il ne peut pas rester étendu sur la plate-forme flottante à sentir chaque spirale de douleur, alors il se relève sans même en prendre la décision, et il escalade les piques de la grille, puis la clôture. Aucune voiture dans les parages pour le voir. Il traverse la route vers la maison de ses parents où il a garé le pick-up, et il continue en direction du garage, il allume la lumière et regarde les bois de cerfs, toutes ces bêtes qu'ils ont tuées au fil des ans.

Des touffes de poils encore attachées aux restes de peau tannée. La plupart des bois ont été décolorés par le temps mais quelques-uns sont encore sombres et arborent leur fine couche de velours. Il n'a jamais vraiment compris le rôle de ce velours. Une protection pendant la croissance des bois, son aspect de mousse, mais pourquoi cette irrégularité ? Pourquoi seulement sur quelques-uns, et en automne ?

Chacune de ces paires de bois censée constituer un souvenir, une archive, et il était là, chaque année depuis son enfance, mais les bois se ressemblent trop, il n'en reconnaît qu'une poignée. Tant d'entrailles vidées, le bruit du couteau qui déchire le pelage, impossible d'identifier chacun d'eux et de le rapporter à une paire de bois spécifique, impossible de se rappeler si c'était sur les clairières de basse altitude ou dans la vallée aux ours ou dans la parcelle brûlée, qui avait été présent, qui avait tiré. Même les siens, il serait bien incapable de les identifier.

La poussière rend ses sinus plus douloureux encore. Il fait trop froid, aussi. L'os du crâne si délicat, toutes les cavités, des cloisons innombrables, fines comme du papier, visibles sous chaque trophée accroché là, mais ce qu'il ne comprend pas, c'est d'où viennent la douleur et la pression, comment elles sont possibles. Chaque orifice s'emplit de mucus, et s'il est infecté et vert et épais, alors quoi ? Ce n'est que de la morve. Il n'y a pas de pompe à haute pression. Ce n'est pas comme le système hydraulique d'un bateau. C'est sans doute que les nerfs ont été créés trop sensibles, placés trop près des parois osseuses.

Les mystères de la douleur, il les a croisés dans ses années de dentiste, les patients qui ne sont pas anesthésiés après la première piqûre, ni la suivante, le placement irrégulier de certains nerfs, mal cartographiés et au mauvais endroit. Tout devrait être très simple, un nerf trijumeau de chaque côté du visage, en trois branches, la mâchoire inférieure, la mâchoire supérieure, le front. Mais ce n'est jamais aussi simple. Une piqûre pour bloquer la branche mandibulaire et la douleur disparaît dans la mâchoire inférieure. Il peut forer dans la dent et l'os, et rien que le bruit peut causer une véritable terreur. Mais un patient se présente un jour, et sa douleur n'est pas endormie, et Jim est réduit au rôle de chaman, la science disparaît, il frappe à l'aveugle.

Les douleurs fantômes, aussi, des dents qui font mal bien après, des semaines plus tard, sans raison particulière, ou même une fois la dent arrachée. Un désir de souffrance. Qu'est-il censé faire, alors ? La terminologie employée pour ce genre de mystères est Douleurs Faciales Atypiques, ce qui ne veut foutument rien dire. Qu'est-il censé faire pour lui-même, maintenant? Savoir que la douleur vient d'une autre branche de ce nerf qui court jusqu'à sa mâchoire inférieure ne l'aide aucunement. Les ganglions semi-lunaires, les plus belles demi-lunes qui soient, juste sous la peau de ses tempes, son visage une sphère divisée, mais les espaces sont si vastes. Quand il ferme les yeux, il n'arrive pas à croire que tout ceci se déroule à quelques millimètres de là. Des comètes de douleur lancées en arcs de cercle, brûlant et s'éteignant pour renaître encore, et tout ça à cause du poids ridicule d'un peu de morve. Ses patients n'arriveraient jamais à concevoir la taille minuscule de leurs fosses nasales. Personne ne peut y croire.

Il appuie sur les nerfs au niveau de ses sourcils, il enfonce ses pouces, mais le soulagement est si temporaire, et il ne fait qu'amplifier la chose, semble-t-il, la douleur s'en trouve renforcée. De la codéine pourrait résoudre ça, presque entièrement, elle lui donnerait la nausée et des vertiges, l'abrutirait, mais la douleur s'éternise. Il ne peut pas prendre de la codéine pendant un an. À ce stade, il en est réduit à souffrir.

Il tire sur la ficelle qui éteint la lampe, la centaine d'animaux disparaît, il gravit les marches, ouvre la porte de l'appartement à l'étage. Une lumière faible, jaunie, et tout paraît si petit.

Un lit et son matelas sans âge, épais et affaissé au milieu, à vous briser le dos. Et un lit simple. Un véritable défi, de coucher avec quelqu'un ici. Sans drap, désormais, rien qu'une couverture à motif de roses, exactement comme dans la salle de bains de la maison principale. Des fenêtres en hauteur, impossibles à ouvrir, une chaleur étouffante en été. La salle de bains petite comme un placard à balais, un contreplaqué peint en blanc, pas tout à fait terminée. Peut-être le seul endroit où il a éprouvé un sentiment de liberté. Assez jeune, à l'époque, et s'il n'avait pas eu la chance de Doug, il avait néanmoins une notion de tous les possibles, et ses parents semblaient à des kilomètres de lui, dans la maison.

Il devrait éprouver cette liberté en ce moment, mais le fisc à ses trousses, ça le tue vraiment. Savoir qu'ils ne s'arrêteront jamais, qu'ils ne pardonneront jamais, qu'ils ne comprendront jamais que ce qu'il faisait n'était pas censé être illégal. Une combine pour les docteurs et les dentistes en Alaska, un combinard était venu et leur avait parlé des avantages fiscaux d'une entreprise en Amérique du Sud. Et c'était légal, au début, puis ça avait changé et personne n'avait pris la peine d'en informer Jim. Ou alors il s'en était douté, pour être totalement honnête, mais alors pourquoi verser tout cet argent au fisc ? Quand avait-il donné son accord ? De quel droit faisaient-ils ça ?

S'il pouvait mettre les membres du gouvernement sur une barge de feux d'artifice et les pousser au milieu du lac avant d'allumer la mèche, il le ferait. Chaque fusée pointée vers le fond afin de pouvoir exploser sur place. Il veut juste qu'ils meurent, tous. Une rage si absolue qu'elle en est inexprimable. Même le Magnum ne suffit pas.

Jim s'allonge sur le lit. Une épaisse couche de poussière, terrible pour ses sinus, mais la douleur est déjà si présente, comment pourrait-elle empirer ? Il gémit car à ce stade, il ne peut plus que gémir, ses pensées n'ont aucune forme ni aucune ligne directrice, et le temps est la seule chose qui demeure.

L'ampoule nue bourdonne, une autre torture, des papillons de nuit se collent à la paroi. Trop de choses. Jeannette, le fisc, ses divorces, la douleur de ses sinus, son boulot, la nouvelle maison vide, l'hiver, ce voyage qui n'aura pas amélioré la situation. Jusqu'à ce voyage, il arrivait à franchir les semaines, une sorte de ligne d'arrivée, mais à présent, il envisage toutes ces semaines qui l'attendent, sans aucun changement, aucune amélioration. Le psy devait l'aider. Et Jeannette, et sa famille, voir ses enfants, fuir l'hiver et la solitude et l'insomnie et le travail, mais rien n'est plus simple ici. Il n'arrive pas à entrevoir de solution. Comment survivre assez longtemps pour atteindre ce moment où la vie redevient quelque chose de désirable ?

Ce qui est certain, c'est qu'il ne peut pas passer un jour de plus avec ses parents. Deux nuits terriblement longues. Il ne peut même pas passer celle-là.

Jim reste étendu des heures à attendre, le dos qui s'affaisse, son corps qui se crispe de cette mystérieuse façon qu'un lit peut nous faire souffrir seulement lorsqu'on ne dort pas, et pour finir, bien plus tard qu'il ne l'aurait voulu, le ciel à travers les fins rideaux vire au bleu foncé, puis au bleu clair, et Jim se lève, dépourvu de substance, changé en fantôme par le manque de sommeil, sentant les contours de son corps, et seulement les contours. Il descend l'escalier avec prudence, il entre dans la maison. Son père déjà assis à la baie vitrée, à son poste habituel, lumières éteintes, contemplant le lac pour y trouver le jour.

Jim s'assied à côté de lui. L'eau est placide, aucune vague ni ride n'en perturbe la surface, une vitre bleue.

— Magnifique, dit-il, mais évidemment, son père ne répond rien.

Le sommet des montagnes sur l'autre rive s'éclaircit, comme enflammé. Le soleil, un fer à souder qui unit la terre et le ciel, qui donne à tout une teinte jaune et blanche, trop aveuglante pour être observée. La surface du lac, un miroir qui reflète cette brûlure, l'eau disparaît et devient simple lumière.

Son père qui scrute encore droit devant lui, le visage éclairé, les yeux plissés, un scientifique qui observe une explosion nucléaire et refuse la moindre protection, attendant l'onde de choc et le vent brûlant.

— J'ai essayé, Papa, dit Jim. C'est ce que j'ai envie que tu saches, je crois. Je ne me suis pas simplement effondré. J'ai lutté pendant des centaines, peut-être des milliers d'heures.

— Ce n'est pas une lutte, dit son père. C'est la vie. On la vit, c'est tout.

— Ce n'est pas une raison suffisante.

— On n'a jamais eu besoin d'une raison.

Des rides dans la lumière, à présent, le miroir étincelant redevenu liquide, la chaleur soulevant le vent. Et un bateau passe dans le lointain, la ligne sombre de sa coque et son sillage, un pêcheur sorti en quête de poissons.

— Je ne me rappelle pas la première fois où j'ai eu besoin d'une raison, dit Jim. Je pense que c'est le problème, cet instant où j'ai commencé à avoir besoin d'une raison. Qui sait pourquoi cet instant est apparu.

— Tout ça, c'est un sacré ramassis de conneries. La vie tout entière. Rien n'est comme c'était censé être. Et pourtant, on ne peut pas y mettre un terme.

Jim n'arrive pas à croire que son père soit en train de parler.

— Comment ça, un ramassis de conneries ? Ta vie ?

— Je me pique à l'insuline tous les jours. Je mange des crèmes glacées pour diabétiques. Il ne me reste aucun ami digne de ce nom. Je suis assis là à contempler le lac, gras comme un crapaud. Je n'ai pas fait l'amour depuis plusieurs décennies. Je ne suis pas croyant, mais je suis obligé d'aller à l'église. Je connais trop de monde en ville, et si je croise quelqu'un au supermarché ou à la station-service, je dois me souvenir du prénom de ses enfants. J'aurais dû être un meilleur père, un meilleur époux, un meilleur chrétien, un meilleur dentiste, un homme meilleur. Dans mon enfance, je posais des collets, et pour être totalement honnête, j'aurais aimé passer ma vie dans la forêt, loin des gens, mais j'ai été obligé de discuter avec eux tous les jours, et je dois encore parler. Je suis censé sourire, aussi, mais je ne crois pas que ça me soit arrivé depuis une décennie ou deux. Chaque nouvelle année n'est qu'une période à traverser, du temps à passer, rien à désirer. Ça te suffit ?

— Wouah. Ouais.

— Et je ne parle pourtant pas de porter un flingue à ma tempe. Je serai là jusqu'à mon dernier soupir parce que ce que tu évoques, ce n'est pas une option pour moi.

Jim pose la main sur le bras de son père.

— Merci, Papa.

— Je déteste tout le monde, dit son père. C'est ça, la vérité. Je ne l'ai jamais avoué à personne. Je n'avais même jamais formulé cette phrase dans mon esprit. Mais je déteste toute l'Amérique et ce qu'elle représente. Je me suis engagé dans la Navy, toi aussi, mais mon père était cherokee, on descend de chefs indiens qui ont essayé de s'adapter, qui ont essayé d'instaurer la paix, et ils ont tout perdu. Tout leur a été volé. Ils ont signé le traité qui a mené à la tragique Piste des Larmes. J'ai passé des années à soigner les dents des gens, à échanger des conversations aimables, et je ne pouvais jamais dire qui j'étais vraiment. Alors tout le monde peut cramer. Le coin tout entier. Le pays tout entier.

— Je ne savais pas tout ça.

— Ouais. C'était le but. Personne ne devait savoir ce que je pensais. Ils n'en savent rien, encore aujourd'hui. Je te le dis juste pour que tu te réveilles. Peu importe que tu souffres ou que ta vie ne soit pas comme tu l'avais imaginée. Tu continues, c'est tout.

— Mais pourquoi ?

— Ce n'est pas une question à poser.

— Et pourquoi on ne peut pas la poser ?

— Regarde où ça t'a mené. C'est vraiment super, de se poser des questions.

— Mais la question est toujours là, pourtant.

— Non.

— Je dois bien admettre que je suis bluffé. Je ne t'avais jamais entendu parler autant.

— Et j'en ai assez dit, je crois.

— D'accord.

Le lac enflammé, bien trop éblouissant, mais son père le scrute pourtant, un désir d'immolation. Un choix terrible, le pire de tous, de haïr chaque jour mais de continuer ainsi plusieurs décennies. Jim ne fera pas ça. Il s'épargnera cette peine.

Jim essaie de contempler le lac, mais il est si éclatant qu'il pourrait être en aluminium. Jim se rappelle les piles de plaques d'alu neuves pour le bateau stockées dans l'Oregon, des miroirs huilés, aveuglants, brûlants même à travers les gants.

La chaleur qui irradie à travers la vitre, et son père porte encore sa veste de chasse. Il refuse le monde, il refuse de ciller ou de se détourner ou de retirer sa veste ou de faire autre chose que de souffrir, le regard fixe.

— Je ne crois pas que ça ait de l'importance, dit Jim. Je suis venu ici pour qu'on m'aide, pour voir ma famille, et tu viens de m'aider. Tu m'as dit la vérité. Tu n'étais pas absent comme tu l'as toujours été, avant, et ce que tu m'as dit correspond exactement à ce que j'endure, la même colère, le même désir de voir tout brûler, la même sensation de ne pas être à ma place, la conception du temps comme un truc qu'on subit et qu'il faut traverser. Et pourtant, ça ne m'aide pas. Ça ne m'aide pas du tout. Je comprends maintenant que ce voyage était inutile. Même si tu me donnes exactement ce que je cherche, ça ne fait rien du tout.

— Tu n'as pas besoin d'aide. Contente-toi de vivre ta vie. Rien d'autre.

— Ouais. C'est là qu'on n'est pas pareils. J'ai besoin d'une raison valable. Je ne tiens pas à souffrir chaque jour, juste pour continuer à souffrir.

— Comment tu imaginais la vie ? Où es-tu allé pêcher cette idée que tu allais être heureux ?

— Eh bien, de tout le monde, partout. On nous a toujours dit ça.

— Non, c'est faux. Personne ne dit ça. Je ne te l'ai jamais dit, en tout cas.

— C'est vrai.

— Arrête de faire le bébé. Et arrête d'en parler sans arrêt. Fais ce que tu as à faire.

— Merci. C'est super utile de me dire ça.

— C'est le truc le plus utile que je t'ai jamais dit. Imagine qu'on soit à la chasse. Tu es au fond d'une parcelle brûlée ou plus bas, dans le trou d'un ours, et tu décrètes que tu ne veux plus marcher. Tu n'as pas envie de remonter la colline. Comment tu fais ?

— Je ne crois pas que ce soit la même chose.
— Comment ça, pas la même chose ?
— Eh bien, si je continue à marcher, je sais que j'arriverai au campement, où je trouverai un lit et de la nourriture et tout le reste, mais dans la vraie vie, il n'y a pas de campement. On doit juste remonter la pente et la colline recule toujours, et on découvre qu'il y a encore d'autres collines derrière.
— Tu cogites trop. Tu oublies que si tu ne continues pas à marcher, tu restes coincé dans les broussailles, le soleil brille et il n'y a pas franchement d'ombre et tu n'as plus d'eau, et il n'y a personne dans les parages, à part peut-être un ou deux crotales.
— C'est bien mieux que ma situation actuelle.
— L'auto-apitoiement. Il faut que tu arrêtes.
— Je sais. C'est plus dangereux qu'autre chose. Mais comment met-on un terme à l'auto-apitoiement ?
— Comme pour le reste. On le fait, point barre.
— C'est ça qu'il me manque, justement.
— Alors fais en sorte que ça ne te manque plus.
— C'est la même chose.
Son père soupire et enlève sa casquette. Il ferme les yeux, les frotte, puis il gratte son crâne chauve.
— Je ne sais pas. Je ne sais pas quoi dire d'autre.
— Merci d'avoir essayé. Sincèrement. J'apprécie le fait que tu aies essayé.
— Ouais.
Il remet sa casquette, lève les yeux vers l'incandescence, et Jim sait qu'il n'aura rien d'autre, la conversation est terminée. Pourrait-il arrêter, d'une manière ou d'une autre ? Y a-t-il un interrupteur quelque part en lui, quelque chose qui puisse être activé par sa simple volonté ? Peut-il écouter ce que lui a dit son père et le mettre en œuvre ?

Un hors-bord passe en tractant un skieur, un immense arc d'eau soulevé chaque fois qu'il prend un virage. Jim avait toujours aimé skier. Et s'il faisait ça chaque jour ? Il pourrait acheter un bateau et l'amarrer au ponton vert. Se réveiller le matin, discuter avec son père, puis sortir sur l'eau.

Son père se racle la gorge.

— Je sais que je ne l'ai jamais dit, et que j'aurais dû le dire, mais je t'aime, fiston, et je ne veux pas que tu t'en ailles. Je n'ajouterai plus rien.

Jim est abasourdi. Il n'a jamais entendu une chose pareille, pas une seule fois dans sa vie. Comme son père, il contemple l'éclat du lac et il ne sait pas quoi répondre. Voilà qu'on lui a tout offert. Son père l'aime, ses enfants l'aiment, Doug fait de son mieux. Jeannette a été gentille avec lui. S'il pouvait faire en sorte de s'en imprégner, peut-être que cela aurait un effet sur lui.

— Merci, Papa, dit-il enfin. Moi aussi, je t'aime.

Ce matin-là, Jim se sent un peu mieux. Cela dure quelques heures. Quand sa mère entre dans la cuisine, il parvient à lui dire bonjour et à lui demander comment elle va.

— Oh, ça va bien, dit-elle, enveloppée dans son peignoir car il fait froid dans sa chambre.

D'aussi loin que remontent ses souvenirs, ses parents dorment dans deux lits séparés, deux matelas simples et étroits, des rideaux occultants qu'ils n'ouvrent jamais pendant la journée, la chambre comme une grotte, sans chauffage et sans lumière. Son peignoir, bleu clair et sans âge.

Elle allume la cuisinière et met la bouilloire à chauffer. Elle met du Pero dans une tasse et attend. De la chicorée, un ersatz de café. L'eau bout et lance presque aussitôt un nuage de vapeur, déjà réchauffée deux fois par son père, elle la verse avant d'ajouter du sucre et du lait. Elle mélange avec une cuillère, debout à son poste devant l'évier, et elle contemple le grenadier et les pétunias et la clôture.

— Tu peux venir ici, Maman, dit Jim. Viens regarder le lac.

— Oh, non, ça va, dit-elle.

— Mais vraiment, comment ça se fait que tu ne regardes jamais le lac ? Combien de milliers d'heures as-tu passées à regarder la clôture ?

— Jim, dit-elle. Tu donnes toujours l'impression que nos vies sont minables. Je suis heureuse d'admirer mon jardin le matin.

— Pardon, dit-il. En plus, tu as raison de ne pas le regarder, il est un peu éblouissant aujourd'hui.

— Oui. Et je le vois bien assez chaque jour.

— D'accord, pardon.

— Ce n'est rien.

— Mais à quoi penses-tu, quand tu restes plantée là ?

— Oh, à rien d'important.

— Tu dois bien avoir des idées récurrentes. À quoi as-tu pensé le plus, toutes les fois où tu étais là ?

— Oh, je ne pense pas que ça intéresse qui que ce soit.

— Moi, si.

Sa mère soupire et contemple la clôture, ou les pétunias, ou autre chose. Elle lève son mug et boit une gorgée.

— Je pars aujourd'hui, dit Jim.

— Aujourd'hui ? répète-t-elle.

— Ce matin. Je vais voir Gary Lampson et puis j'ai mon rendez-vous avec le psy à Santa Rosa en fin de journée, et je vais échanger mon billet d'avion pour rentrer plus tôt en Alaska.

— Tu n'es pas obligé. Tu peux rester ici.

— Non, je ne peux pas. Je n'ai pas dormi la nuit dernière. Je suis resté étendu sur le ponton, et puis dans l'appartement au-dessus du garage, et je ne peux pas passer une autre nuit comme ça. C'est trop long.

— C'est parce que tu as vu Jeannette. Arrête de la voir et tout ira bien.

— Tu le crois vraiment ?

Sa mère ne répond pas, elle ne l'a même pas encore regardé.

— Bon, dernière chance, dit-il. À quoi penses-tu ? Qu'est-ce qui se passe dans ton esprit, quand tu es debout là ?

— Je pense à beaucoup de choses. Aux dames de l'église, et où on va aller déjeuner ensemble.

— Pas l'emploi du temps de la journée. Je parle d'autres pensées, des souvenirs.

Elle soupire, sa tête tremble. Elle n'apprécie pas ça du tout, c'est évident, mais il n'a pas envie d'arrêter. Il veut savoir.

— C'est ta dernière chance, dit-il encore. Je serai là-bas, en Alaska, et je ne reviendrai peut-être pas.

— Tu as intérêt à revenir, dit-elle à voix basse, le regard baissé vers l'évier, ou peut-être sur ses mains.

— Dis-moi.

— Ça ne me plaît pas. Mais d'accord. Je me souviens quand l'eau est montée et a inondé l'allée, tellement d'eau, et je m'inquiète parfois. Je pense à mon diplôme en histoire. Il me manquait juste une matière à valider. Rien qu'une seule matière. Ma vie aurait-elle été différente ? Et je m'inquiète pour vous, les enfants, pour vous trois. Ginny avec ses problèmes de couple, et j'ai peur que Doug ne se marie jamais, et de tout ce qui t'arrive, à toi, toi qui es si intelligent, rien ne s'est déroulé comme prévu, et je ne comprends pas pourquoi. Tout ce que tu avais à faire, c'était de ne pas tout détruire. Si tu avais juste laissé la vie suivre son cours, ça aurait été. Il te suffisait juste de faire ça, ne rien faire, en réalité, ne pas te mettre en travers du chemin.

— Merci, Maman. C'est bon de savoir à quoi tu penses.

— Ça te suffit ?

— Oui. Ça me suffit. Merci.

— Parce que je pourrais te parler d'un millier de choses encore, des souvenirs et des pensées, tout ce qui est censé être à moi. On est censé pouvoir avoir ses propres pensées, rien qu'à soi. On a droit à ça, normalement, sans être harcelé.

— Je suis désolé.

— Ta famille n'est pas là pour ton divertissement personnel. Tout ça, c'est réel.

— Je suis désolé, Maman. C'est vrai que j'ai envie de poser des questions indiscrètes, puisque rien n'a d'importance. Et peu importe ce que tu dis. Papa a beaucoup parlé, ce matin. Tu aurais eu du mal à le croire. Mais ça n'avait pas d'importance, ça non plus. J'ai atteint une nouvelle étape où il est trop tard pour tout. Je me poserai des questions à moi-même quand je lèverai le revolver vers ma tête. Alors, à quoi penses-tu, Jim ?

— Arrête ! hurle-t-elle.

Elle se penche au-dessus de l'évier, les poings serrés contre sa poitrine, puis elle sort à la hâte, retourne dans la caverne de sa chambre.

— Je ne sais pas quoi te dire, là, fait son père. Tu sais très bien ce que tu fais. Mais tu le fais quand même.

Doug entre.

— Qu'est-ce qui s'est passé ?

— Je suis une merde, c'est tout, dit Jim. J'ai fait de la peine à Maman. J'ai poussé le bouchon trop loin. C'est l'heure de partir. On va chez Gary, puis à Santa Rosa, je vais voir le psy aujourd'hui. Et je prends mon avion demain. Je ne peux pas rester plus longtemps.

— On ne part pas aujourd'hui.

— Eh bien moi, si. Avec ou sans toi. Je passe trois coups de fil et je me barre.

Jim se rend dans la salle à manger et attrape le téléphone vert. Il déteste cette couleur. Il compose le numéro du psy et la sonnerie n'en finit pas. Ce connard de paresseux est en retard au boulot. Il demande à l'opératrice le numéro d'Alaska Airlines, puis il patiente, debout au milieu de cette maison désormais pareille à un radeau, une embarcation à la dérive qui pourrait chavirer. Il faut qu'il parte d'ici.

Quelqu'un finit par répondre et il parvient à changer son billet pour décoller le lendemain matin, avec une correspondance à Seattle et une à Anchorage.

Puis il appelle Gary.

— Je passe te voir tout de suite, dit-il. Je quitte Lakeport d'ici dix minutes.

— Tu n'as pas l'air bien, dit Gary.

— J'aurai l'air encore pire en vrai.

— Bon, alors j'ai hâte de te voir. À tout à l'heure.

— Oui, c'est ça, dit Jim, et il raccroche, car qu'est-il censé ajouter ?

Il termine ses coups de fil. Il rappelle le psy et cette fois, il tombe sur sa secrétaire.

— Dites à ce merdeux minable qu'il doit me voir cet après-midi. Je me contrefous qu'il ait déjà des rendez-vous. Je repars en Alaska demain matin et j'ai besoin de le revoir une dernière fois avant de me faire exploser la tête.

— Tout va bien, Jim, dit-elle. Tout va bien.

Elle a clairement reçu une formation pour gérer pareilles situations. Il s'en fiche vraiment. Il obtient son rendez-vous, c'est ce qu'il voulait, puis il raccroche le téléphone vert pour la dernière fois. Il n'aura plus jamais besoin de l'utiliser.

Il va dire au revoir à son père à la cuisine, il lui pose la main sur l'épaule.

— Merci, Papa. Tu n'aurais pas pu me faire un meilleur cadeau.

— Ce n'est pas trop tard, répond son père. Tu peux te ressaisir. Ne pense jamais que c'est trop tard.

Doug entre avec son sac en toile.

— OK, dit-il. Ça ne me plaît pas, mais depuis quand on se préoccupe de ce que je pense ?

— Exactement, dit Jim, puis il pousse la porte métallique, la franchit et descend les marches étroites une dernière fois.

Le monde se consume derrière lui, se dissout. La maison aura disparu quand il partira, et cette route, et cette ville, et ce lac, et ces montagnes, tous disparus.

Gary a une jolie maison à Kelseyville. Une grande bâtisse à l'écart de la route, de vieux arbres et beaucoup d'ombre. Il est propriétaire d'une pharmacie et il a bien réussi. Et il n'a jamais craqué au cours de sa vie. Sa femme Carol le rejoint sur le porche pour saluer Jim. Elle porte une robe blanche à pois bleus et une étole bleue, et elle pourrait figurer sur leurs photos de lycée.

— Tu nous fais remonter dans le passé, lui dit Jim. Tu ressembles à nos rêves de lycée.

Gary lâche un rire.

— C'est à ma femme que tu parles. Mais ouais, t'as raison. Elle ressemble aux filles de l'époque.

— Et elle n'est pas bien plus âgée qu'elles.

— Jim, dit-elle en souriant. Il va falloir que tu arrêtes ça. Tu vas m'intimider.

— Eh bien, tu es très belle, dit-il. Et Gary, tu as une vie parfaite. Regarde-moi tout ça.

Leur fils sort à cet instant.

— Putain de merde, lance Jim. Il a encore grandi.

— C'est Crusher ? fait Doug. C'est le bébé le plus grand et le plus costaud que j'aie jamais vu.

— Un bambin, le corrige la femme de Gary.

— Un futur linebacker, dit Gary. Venez, entrez. On ne va pas rester plantés dehors.

L'intérieur est encore plus joli, le foyer et la famille idéals, du bois sombre et de grands canapés en cuir recouverts des peaux d'animaux abattus par Gary, chats sauvages et ours, cerfs hermiones et wapitis. Des coussins épais cousus main, et partout des portraits souriants. Son fusil, un .30-06, suspendu au-dessus de la vaste cheminée. Une vie basée sur la répétition de chaque jour, chaque jour exactement identique au précédent, une routine que Jim n'a jamais pu supporter.

— Vous voulez de la citronnade ? demande Carol.

Jim regarde le sol fait d'anciennes traverses de chemin de fer, poncées, lissées et recouvertes de polyuréthane. Avec tous les nœuds et les marques de clous et les lignes de grains. Il y frotte le bout de sa botte, la botte de Doug en réalité, et n'arrive pas à toucher le bois. Un monde enfermé en dessous, qui contient des événements vieux d'un siècle, chaque jour de soleil levant et de pluie, et tout le reste. Dans une bulle d'epoxy comme une fourmi prisonnière d'une goutte d'ambre.

— Oui, dit Doug. On en veut bien, tous les deux.

Jim s'assied sur le canapé et s'y adosse, la tête sur un chat sauvage, pas aussi doux qu'il l'aurait espéré. Les poils ont durci avec le temps, peut-être juste à cause de la poussière. Ses peaux en Alaska, aussi rugueuses qu'une barbe de trois jours, à présent.

Les poutres sombres en hauteur, un vaste plafond comme celui d'une cathédrale, des triangles fixés sur d'épais poteaux.

— Le bois là-haut, il est ancien, lui aussi ? demande-t-il. Ou juste teint ?

— On l'a laissé brut, et on a rajouté une demi-douzaine de couches de teinture sombre, explique Gary. Une sorte de traitement de vieillissement qui peut donner au bois un aspect ancien. Ils le frappent un moment, ils entaillent et ébrèchent la surface, et ils vont plus profond avec la ponceuse. Un peu comme nous, quand on était en cours de menuiserie. On était en avance sur notre temps.

Jim sourit.

— C'est assez marrant. On faisait du vieillissement de bois sans le savoir.

— Les plus élégantes planches de Lakeport, dignes des châteaux en Europe.

— C'est donc ça, tu voulais obtenir un style européen, un côté ancien ?

— Je ne sais pas. Ça, ou alors comme au Far West. Un des deux. Je crois que je n'ai aucune idée claire de l'aspect qu'on cherche à donner ici.

— Ma vie entière est comme ça, basée sur un rêve mais personne ne sait lequel.

— Et c'est là que je suis censé pleurer ?

— C'est pour ça que je suis venu te voir, dit Jim. Tu es le seul qui arrive à rire de tout ça. Doug, lui, il ressemble plus à une nounou bougonne.

— Merci, frangin. Je viens avec toi en Alaska pour te baby-sitter, je laisse derrière moi toute ma putain de vie, mais je suis bien content de savoir que ça en vaut la peine, vu comment tu es reconnaissant.

Carol arrive avec la citronnade dans de grands verres avec des pailles roses.

— Où est le petit parasol dans ma boisson ? demande Doug.

— Je n'ai jamais bu de boisson avec un petit parapluie dedans, dit Jim. Quelle vie triste et minable j'ai vécue. Je n'ai rien fait.

— Ce n'est pas trop tard, dit Gary. Va au Mexique. Passe un peu de temps à la plage. Je pense d'ailleurs que tu devrais le faire maintenant, au lieu de rentrer en Alaska. Va prendre le soleil, va nager dans l'océan. Va manger du poisson frais et te trouver une señorita. Et avec ton histoire de fisc, évite de rentrer. Invite-nous plutôt là-bas.

— Tu as raison, dit Jim. Vraiment. C'est exactement ce que je devrais faire, et pourtant, je vais prendre l'avion pour l'Alaska.

— Doug t'accompagne ?

— Ouais. Il va falloir que je change mon billet, moi aussi, répond Doug. Une centaine de dollars de surcoût, sûrement, parce que je suis un prof riche qui se contrefout de l'argent. Vous autres, les richards, ça vous est bien égal, mais cent dollars pour moi, c'est une belle somme.

— Cent dollars, c'est toujours une belle somme pour moi aussi, dit Gary.

— Je te rembourserai le billet, dit Jim. Et tu figures dans mon testament, alors tu vas obtenir la moitié du ranch, et l'autre moitié ira à mes enfants. Et mon argent aussi, s'il en reste après le passage du fisc.

— Ils voudront tout récupérer, dit Gary. Il faut que tu rédiges un fidéicommis, sinon ils vont aussi saisir le ranch.

— C'est peut-être trop tard pour le faire.

— Hé ! lâche Doug. Tu ne veux pas réfléchir une seconde à ce que tu es en train de dire ?

— Je pense qu'il le sait très bien, dit Gary.

— C'est ce que j'aime, chez toi, dit Jim.

Il ferme les yeux et savoure la citronnade, pressée à l'instant, les cristaux de sucre pas encore totalement dissous.

— Une partie d'échecs ? propose Gary.

— Ouais, dit Jim en ouvrant les yeux. Bonne idée.

C'est leur rituel. S'asseoir là et bavarder un moment, puis aller dans le bureau de Gary faire une ou deux parties d'échecs pendant trois heures environ. D'habitude, ses enfants l'accompagnent et l'attendent là, crevant d'ennui, mais cette fois, ce sera au tour de Doug.

— Trouve un truc pour t'amuser, lui dit Jim.

— Je vais faire le compte de tout ce qui va bien dans ma vie, dit Doug. Ça devrait me permettre de passer deux bonnes heures.

Encore du cuir dans cette pièce, un grand bureau, une petite table d'échecs, un globe terrestre d'aspect ancien affichant de vieilles cartes, la Californie déformée et l'Alaska absent. Un télescope en cuivre. Des étagères de livres qui montent jusqu'au plafond, une échelle qui coulisse sur toute la longueur.

— Tu es comte ou duc, ou je sais pas quoi ? demande Jim à Gary.

Un canard carolin installé sur le bureau, le plus beau qui soit, en nuances de bleu, de vert et de rouge.

— Tu m'as fait réfléchir, dit Gary. C'est vrai que c'est censé avoir des airs européens. Alors que je n'ai jamais voyagé là-bas, en plus.

— On ignore complètement pourquoi on veut les choses qu'on veut, et on ignore la personne qu'on aurait dû être.

— C'est seulement des mots, ou tu le penses vraiment ?

Gary porte des petites lunettes rondes qui lui donnent l'air plus intelligent. Une carrure râblée, puissante, aussi est-il difficile d'imaginer qu'il ait pu lire beaucoup, mais les lunettes lui donnent l'air d'un philosophe, qui, après une partie de chasse ou une séance d'abattage d'arbres, serait rentré chez lui pour pérorer.

— Je reste éveillé toutes les nuits, dit Jim. Je dois dormir à peine deux heures. Et puis je somnole pendant la journée. Je faisais ça au boulot, je loupais des rendez-vous. La seule chose que je peux dire de mes pensées, c'est qu'elles ressemblent à de la boue, ou de la vase, tout ce qui peut exister en strates, mouvantes, massées dans les profondeurs. Je perçois un bout d'une pensée et elle se colle à une autre, sans début ni fin, et elles ne sont qu'un poids, en fait, sans forme particulière. Imagine que tu plonges et que tu essaies d'attraper de la vase dans tes mains. Essayer de comprendre, ça ressemble exactement à ça. Tu attrapes ce que tu peux entre tes mains, mais c'est loin d'être la totalité, ce n'est même pas une partie, et alors que tu refais surface, tout s'écoule entre tes doigts comme de l'eau. Ce que tu parviens à remonter, au final, suffit juste à te salir les mains.

Gary sourit.

— Enfin quelque chose qui te rend plus intéressant. Tu aurais dû faire des insomnies plus tôt.

— Tu me trouvais ennuyeux, avant ?

— Disons que tu n'as jamais été versé dans l'introspection. Quand je t'ai demandé si tu étais sûr de vouloir épouser Lorraine, tu n'as même pas voulu en parler, ou même y réfléchir. Tu avais un plan précis et tu t'en tenais à ce plan. Ta vie entière était comme ça, même quand on était gamins en primaire. Tu avais toujours un plan.

— Ce n'était pas une bonne chose.

— Non, vraiment pas. Le plan a fonctionné pour moi, va savoir pourquoi, mais il n'a jamais fonctionné pour toi.

— Pourquoi ?

— Je ne sais pas. Coup de chance ?

Jim s'assied dans un fauteuil en cuir à la table d'échecs. Il se sent submergé d'émotions. L'idée qu'il ait toujours eu un plan, et que c'est bien là le problème.

— Le plan, c'est à cause de ça que j'en suis là. Avoir un plan, c'est de là que vient le problème depuis le début, parce que ce n'était jamais mon plan. C'était seulement ce qu'on attendait de moi.

— Ça me semble un peu trop simple de te servir de ça pour justifier ta vie. Et peut-être que c'était ton plan, après tout.

— Non. Ce n'est pas trop simple. C'est la vérité. La vérité est toujours simple. J'étais un type bien. J'ai fait ce que je devais. Et puis après, j'ai fait ce dont j'avais envie, et les deux sont incompatibles.

Gary prend place en face de lui et se penche en avant, les coudes sur la table.

— Alors fais ce dont tu as envie, à partir de maintenant. C'est simple, ça aussi, non ?

Jim ferme les yeux et s'adosse au fauteuil. La douleur irradie sa tête et palpite. Il doit y avoir une voie à suivre, mais il n'arrive pas à se concentrer.

— Je ne peux pas m'autoriser à être le méchant. Je pense aussi que le gentil moi-même est là depuis trop longtemps, dit-il. Si je veux le tuer, je dois tuer tout le reste.

— Puisque je suis ton ami, c'est le moment où j'entre en scène et où je te dis que c'est faux, ne fais pas ça.

— Mais qu'est-ce que tu imagines ?

— J'imagine que tu vas te suicider dès ton retour en Alaska.

— Tu penses que j'ai une autre porte de sortie ?

— Oui. Aussi simple que de respirer. Mais tu ne le feras pas. Ce truc qui t'a permis d'être le premier de la classe, c'est la même chose qui te fera appuyer sur la détente. Tu ne sais pas faire marche arrière, une fois que tu t'es engagé dans une voie. Tu serais déçu si tu n'appuyais pas sur la détente. Tu verrais ça comme un échec, l'incapacité à atteindre un but quelconque.

— C'est dingue.

— Oui, c'est dingue.

— Ça ne peut pas être vrai.

— Je ne t'ai jamais vu ne pas mener un projet à bout.

Le bois sculpté, les pièces d'échecs sont alignées et attendent. L'idée d'effectuer chaque coup, d'envisager chaque possibilité avant de faire le coup suivant, tout cela semble trop insupportable car c'est ce qu'il a toujours fait. Songer avec soin à chaque étape de sa vie, songer à chaque conséquence, et il s'avère qu'il s'est trompé, que la méthode tout entière était erronée.

— Comment aurais-je dû réfléchir ? demande-t-il. Si ce n'était pas comme une partie d'échecs, à tout envisager et à éliminer les possibilités l'une après l'autre jusqu'à effectuer le coup le moins risqué, alors quelle méthode aurait-il fallu employer ?

— Suivre ses sentiments, et avoir un peu de foi, dit Gary. Je pense qu'il faut faire comme ça. Mais parfois, ça ne fonctionne pas non plus.

— Tu as une bonne analyse, mais tes réponses sont succinctes.

— Je ne peux pas vivre la vie de quelqu'un d'autre.

Jim se sent si épuisé. Il s'allonge par terre, le sol moelleux avec son tapis.

— Je pense que je viens de traverser une période d'euphorie, dit-il. Pendant notre conversation. C'était mon pic positif. Je ne m'en suis même pas rendu compte. Mais je viens de tomber de la falaise. Je suis à des kilomètres en contrebas, maintenant.

— Je vais te chercher un coussin.

— D'accord, dit Jim, mais il chute encore parmi les vagues de douleur et de pression, et c'est ça qui se tapit sous les strates de conversation, c'est ce substrat rocheux qui compose désormais sa personne tout entière, et il sait qu'il n'a plus aucun espoir de connaître autre chose.

Il sait où il va, et il est désormais si épuisé qu'il pourra dormir, c'est là son unique miséricorde.

À SON réveil, il est seul dans le bureau de Gary. Le bruit de la pluie dehors, la pénombre bien qu'il fasse encore jour. Il éprouve une légère panique en pensant à l'heure, à l'idée d'être obligé de se dépêcher pour son rendez-vous chez le psy, mais il s'en fiche aussi. Il a les genoux douloureux d'avoir dormi sur le tapis, et sa nuque lui fait mal malgré le petit coussin que lui a apporté Gary, mais la douleur des sinus est la pire, toujours. Puissante, dès le réveil, de toute cette pression accumulée.

Il se lève, il cherche des mouchoirs et il en trouve une boîte sur le bureau. Il se mouche, c'est comme déplacer des rochers dans une carrière avec un éventail, le genre de truc pliant en bambou qu'une femme apporterait à l'opéra. Ça contre des rochers grands comme des maisons. Rien ne bouge. Il commence à croire qu'une intervention chirurgicale pourrait être sans risque. Allez-y, forez-moi un trou dans le front. Je me contrefous de l'air que ça me donnera, tant que tout s'écoule.

Il n'a pas sa montre et les horloges ici ne fonctionnent pas. Des antiquités, ornementales, en désaccord avec le temps.

Il n'arrive pas à oublier l'idée que le suicide est désormais son plan, et qu'il ne sera pas satisfait tant qu'il ne l'aura pas mis en œuvre. Gary a peut-être raison là-dessus, et le comprendre pourrait être la clé qui l'empêcherait de passer à l'acte.

Sa tête vibre, l'intérieur trois tailles trop grand pour son crâne, comme le cœur du Grinch quand il grossit. L'enveloppe lui semble sur le point de craquer. Il s'assied dans le fauteuil de Gary, son épais rembourrage, et il s'interroge sur la satisfaction qu'on doit éprouver à être Gary, assis là à savoir que sa vie est bien, que tout a fonctionné comme prévu, qu'il peut se reposer et continuer sur cette voie, tout simplement. Mais Jim trouverait ça effrayant, et il n'arrive toujours pas à identifier la source de ce sentiment. Il ne l'a même pas effleurée, malgré ses nombreuses discussions avec tout le monde.

De grandes fenêtres, comme chez le psy, mais une vue plus vaste sur les chênes et l'herbe verte, un petit torrent qui traverse l'arrière du terrain, et une colline qui s'élève plus loin. De jolis rochers, un peu plus haut. Il a marché là-haut avec Gary, dans le passé. Ils avaient pris leurs fusils, au cas où ils repéreraient un cerf ou un vieux sanglier.

Les feuilles nouvelles apparaissent sur les chênes, vert éclatant, une teinte bien plus claire que leur couleur future. Un écureuil gris bondit sur un tronc et reste accroché là, suspendu au monde à l'oblique, figé par la peur, puis un autre écureuil saute, et ils se pourchassent autour du tronc, encore et encore, montent vers le sommet. Si simple. De la joie. Ou bien se battent-ils pour un territoire ? Il n'a jamais vraiment compris ce qu'ils faisaient, et ne s'en est jamais préoccupé. David en abat régulièrement et ils ne sont pas mauvais à manger. L'intérêt de Jim n'est jamais allé plus loin. Il leur avait tiré dessus dans son enfance, lui aussi, comme il avait tiré sur tant d'autres choses. Il en avait tué des milliers, des animaux. Tout ce qui marchait, volait ou nageait. Il devrait les compter, peut-être même écrire la liste noir sur blanc.

Il attrape un bloc de papier de Gary, des lettres dorées en embossage, digne d'un duc, sans le titre de noblesse, un papier épais de bonne qualité, et un stylo. Il commence en haut de la page.

Les trucs que j'ai tués : Écureuils gris. Il devrait noter leur nombre. Mais si difficile à savoir. Cent ?

— Gary, crie-t-il. Ramène-toi.

Tamias, ajoute-t-il, sans savoir s'ils ont un autre nom.

— Gary ! hurle-t-il à nouveau, et cette fois, Gary ouvre la porte.

— La belle au bois dormant s'est réveillée ?

— Ouais, et ma robe était remontée au-dessus de ma taille. Qu'est-ce que tu as fait pendant mon sommeil ?

Gary lâche un petit rire.

— C'était Doug. L'amour fraternel.

— Doug ! hurle Jim. Viens là, toi aussi. Et assieds-toi, Gary. On a une tâche importante à accomplir.

Doug entre.

— Qu'est-ce qui se passe, maintenant ?

— Je fais une liste de tout ce que j'ai tué. J'ai besoin de ton aide.

— Pourquoi tu fais ça ? Il faut qu'on y aille.

— Alors j'ai les écureuils gris et les tamias, pour l'instant. Et j'estime deux cents gris, et cent tamias.

— Il faut qu'on y aille, dit Doug. Comptons juste les gros animaux. Les ours et les élans et les chèvres des Rocheuses.

— D'accord. Ça fait un peu bizarre de lister les ours juste après les écureuils, mais on s'en fout. Je n'ai tué que des ours bruns, pas de noirs ni de polaires, alors c'est facile. Et il n'y en a eu que trois, je le sais. Combien d'élans, par contre ?

— Une dizaine ?

— Fais peut-être juste une liste des espèces, dit Gary. Et tu noteras le nombre plus tard.

Jim n'a aucune volonté, honnêtement. Une manière en vaut une autre.

— D'accord.

— Alors donc, les chèvres des Rocheuses, dit Doug. Et les mouflons de Dall. Les caribous, les gloutons.

— Ne mélange pas les familles, dit Gary. Une fois que tu as dit "caribou", il faut énumérer tous les cervidés.

— D'accord, dit Jim. Wapitis, cerfs hermiones, cerfs de Virginie, antilopes, tout ça avec les caribous.

— Les félins, après, dit Gary. Tu as eu un lynx, rien qu'un, non ?

— Ouais.

— C'est rare.

— Je lui ai tiré pile dans le cul. J'ai jamais rien vu d'autre, rien que son cul qui s'enfuyait.

— Le plus beau cul qu'on ait jamais vu.

— Absolument. Plus doux et plus musclé que n'importe quel autre cul. Puisqu'il a de la fourrure et qu'il passe sa journée à chasser.

— Vous faites un sacré duo, tous les deux, dit Doug.

— Les chats sauvages, dit Jim. Les pumas. Et puis les canidés, ensuite. Coyotes, loups, renards et chiens errants.

— Les lapins et les lièvres, dit Gary. Je n'ai jamais su s'il existait plus de deux espèces.

— Ouais, juste les petits et les grands, dit Doug. Qu'est-ce qu'on s'en fout ?

— Les oiseaux, dit Jim. (Sa main se crispe d'avoir griffonné si vite.) Les oiseaux, ça va prendre des plombes.

— Ça va être mortel, dit Gary avec un sourire.

— On aurait dû dire cette phrase avant chacun de nos tirs.

— On commence avec les canards, dit Doug. Colverts, carolins, canards bleus, fuligules à dos blanc, petits garrots, érismatures, c'est à peu près tout ce qu'on avait envie de viser.

— Ça ne nous a pas empêchés de tirer sur d'autres.

— Oui, je pense qu'on peut ajouter les marecas, les sarcelles, les harles et je ne sais quoi d'autre encore.

— On passe aux oies, dit Gary. Les oies des neiges, les bernaches du Canada, et tu as abattu des oies empereur à Adak, non ?

— Ouais. Et des lions de mer, des phoques, et j'ai trouvé une otarie morte. Pas sûr que ça compte. Si le karma existe, je ne sais pas trop quelle solution ils vont trouver avec moi. Aucun insecte ne serait assez minable.

— On n'a même pas commencé avec les poissons, dit Doug, et il nous reste encore tellement d'oiseaux : les cailles, les colombes, les faisans, les grouses, les dindons, tous les geais bleus et buissonniers, les pics et les oiseaux chanteurs. Et les serpents, les lézards, les gaufres, les taupes, les chauves-souris, les insectes, peut-être d'autres trucs encore. Tu as déjà tiré sur un ver de terre ?

La liste de Jim est déjà trop longue. Il pose le front sur le bureau.

— J'ignore pourquoi je fais ça, dit-il. Je ne me souviens pas pourquoi j'ai pensé que ça pourrait avoir un sens.

— Pour prendre la mesure de ta vie, dit Gary. Pour voir si le compte est bon.

— Mais ça ne vaut rien. Additionner et soustraire une centaine d'oiseaux ou d'écureuils, ça n'a aucun effet.

— Tu pensais que ça pourrait en avoir ? demande Doug.

— Ouais, je le pensais. Mais il n'y a que quelques chiffres qui importent. Deux divorces. Deux enfants. Deux carrières. Trois cent soixante-cinq mille dollars que je dois au fisc. Déjà deux nuits ici, deux longues nuits. Deux hommes pour Jeannette, et ce n'est pas moi le bon. Soustraction. Un seul coup. Une seule maison vide qui m'attend. Une vie, et puis zéro.

— Ta vie n'est pas une opération mathématique, dit Doug.

— Je suis tellement fatigué de parler de ma vie. Parlons de vos vies, à vous.

Jim relève la tête et enfonce son pouce sous son sourcil droit, il essaie d'étouffer la douleur.

— Il faut qu'on y aille.

— Non, je veux t'entendre parler de ta vie, de tes opérations mathématiques à toi. Et de ce qu'il y a de pire, à être toi. Et quand tu auras terminé, ce sera au tour de Gary. Je veux vous entendre.

— Je n'ai pas envie.

— Mais tu vas le faire quand même.

Doug balance les bras, un geste d'impuissance, et il se rassied lourdement dans le canapé. Combien de canapés en cuir sombre y a-t-il dans cette maison ?

— Très bien. L'argent m'inquiète tous les jours, j'y pense sans arrêt parce que je n'arrive pas à rembourser mon emprunt bancaire. Je songe à vendre ma maison et à déménager dans un coin meilleur marché, comme le Wyoming ou le Montana, ou l'Idaho. Je vais faire un voyage en voiture cet été pour regarder tout ça. Mary vient avec moi. On vendrait nos logements et on s'installerait dans un coin sans trop de circulation, sans trop de monde, sans étés brûlants, ni impôts ahurissants, un endroit où un prof peut vivre. C'est ridicule de s'obstiner à habiter ici sur un salaire de prof.

— Eh bien, c'est bon à savoir. Pourquoi tu ne m'en as jamais parlé ?

— Je crois que ton problème est passé sur le devant de la scène, récemment.

— Désolé.

— Pas grave. C'est juste nos vies à tous, mais ce n'est pas grave.

— Désolé. Et quoi d'autre ? Qu'est-ce qui ne va pas dans ta vie ?

— Je n'ai pas assez bossé quand j'étais étudiant. Je sais que je n'étais pas ambitieux. Je voulais faire carrière en biologie marine, mais ce n'est jamais arrivé. Mes notes n'étaient pas assez bonnes. Et j'ai loupé mes chances au basket, aussi. J'aurais peut-être pu mieux faire dans ce domaine.

— Quoi d'autre ?

— Ça suffit.

— Non.

— D'accord. Je m'inquiète de ne pas pouvoir rester avec Mary, d'avoir envie de baiser avec une autre, à un moment ou à un autre. Et j'aimerais bien qu'elle ait de plus gros seins. T'es content d'entendre tout ça ?

— Ouais.

— Et je ne suis pas sûr de vouloir des enfants. Elle veut des enfants. Et elle est catholique, elle s'attend à ce que je me convertisse, ce que je ne peux même pas concevoir.

— Des compromis, dit Jim. Tu sais que je n'en ai jamais fait avec Jeannette. Avec Lorraine non plus. Lorraine a dû venir chasser et pêcher avec moi, alors qu'elle détestait ça. Elle était lente et je la laissais toujours loin derrière moi, sur les pistes. Et elle n'a jamais voulu emménager en Alaska, elle détestait le coin, la pluie incessante et la neige et l'ennui. Jeannette ne voulait pas de notre pêche professionnelle, elle ne voulait pas vivre sur un bateau, et elle aurait voulu que j'accepte sa fille davantage. Je n'ai jamais fait le moindre effort pour elles. J'ai juste suivi mon plan. Les plans des autres ne m'ont jamais semblé réels.

— Tu tiens une piste, là, dit Gary. Il faut faire des compromis et prêter attention aux désirs des autres. Ça peut être agréable d'aider quelqu'un d'autre à réaliser son rêve. C'est agréable de donner, et tu pourrais même te rendre compte que tu préfères leurs plans à eux.

— Bon, ben ça aurait été un excellent conseil il y a cinq ans, ou quinze ans. C'est trop tard, maintenant.

— Tu es encore là et tu vas rencontrer quelqu'un d'autre. Même si tu dois avoir encore trois épouses, tu as encore le temps de comprendre.

— Merci pour la malédiction. Encore trois épouses.

— Je crois qu'on en a terminé avec ma vie et mon histoire, dit Doug. On a atteint la limite de ton intérêt pour les autres.

— Ouais, c'est au tour de Gary.

— Je n'ai pas de raisons de me plaindre.

— Si, aujourd'hui je veux t'entendre te plaindre. Même si tu dois broder et inventer.

— Bon, je ne peux pas dire que je trouve le domaine de la pharmacie très fascinant, ça n'a jamais été le cas. C'est mon travail tous les jours, depuis au moins quinze ans, ça fait un paquet d'heures debout, c'est plutôt répétitif, on écoute les gens geindre plus que tu ne peux imaginer.

— J'ai un peu mal à la dent quand je mâche, ou au contact du froid, si je bois de l'eau froide.

— Exactement.

— Ou à une soirée. Hé, tu es dentiste, peut-être que tu peux me dire... bla bla bla.

— J'ai entendu un nouveau truc en soirée, moi. Hé, tu es pharmacien, tu pourrais me trouver... et là, tu complètes les pointillés. Du demerol, de la codéine, ou je ne sais quoi.

— On me demande ça aussi.

— Super, dit Doug, vous avez les clés du royaume céleste, vous pouvez déblatérer sur le compte des petites gens. Mais il faut qu'on y aille. Tu as décalé ton rendez-vous exprès. Tu as tout précipité.

— Reviens cet été, dit Gary. Reste chez nous un ou deux mois, installe-toi. Il y a des célibataires plutôt jolies dans le coin, parce que les hommes partent sans arrêt. Traîne un peu à la pharmacie avec moi un après-midi, tu obtiendras autant de rendez-vous que tu voudras.

— Un mois ou deux? demande Jim. Je dois te paraître au bout du rouleau, alors. Tout le monde me propose trop de temps.

— Tu parais vraiment à bout, oui. Et c'est vrai que tu n'auras pas mal, que ce sera un soulagement ou je ne sais pas quoi, la fin de la souffrance et de l'inquiétude, mais ce sera aussi la fin de tout, et tu ne sais pas encore ce qu'implique ce "tout". Ce serait dommage, à mon avis.

— Tout part en couille, de toute façon, dit Jim.

— Ça ne te ressemble pas, dit Gary. Ton esprit a changé récemment, cette colère et ce pessimisme, je t'assure que ça ne te ressemble pas.

— Eh ben, cette convention des Futurs Leaders de l'Amérique me fout les larmes aux yeux, dit Doug.

— Ouais, je sais, dit Jim. Il faut qu'on y aille.

— Un dernier câlin, et tu dis au revoir.

— Doug plaisante peut-être, mais je vais te serrer dans mes bras, dit Gary, et il passe les bras autour de Jim, et Jim se sent mal à l'aise, c'est trop, et c'est trop rapide, et il se rend compte que ça y est, c'est la dernière fois qu'il voit son ami.

— Merci, Gary, dit-il, et il sait qu'il risque d'être submergé par l'émotion, une fois encore, alors il garde les yeux rivés au sol tandis qu'il franchit la porte de la maison, et ça lui permet de s'en sortir.

— On va passer près d'Ukiah, dit Doug. Tu devrais aller voir Ginny.

Ils longent les méandres d'une étroite rivière en direction des Blue Lakes, en empruntant le canyon.

— Je ne m'en sens pas capable.

— Tu ne te sens jamais capable d'aller la voir, et elle s'en rend compte. C'est ta sœur. On peut juste s'arrêter un petit quart d'heure et la saluer.

— Tu sais bien qu'elle ne se contentera pas d'un quart d'heure. Et si Bill est là, on va devoir lui parler, à lui aussi.

— Il sera au travail.

— La réponse est non.

La terre rouge par ici, et tellement de chemins de traverse. Bordés de manzanita.

— Pourquoi tu ne l'aimes pas ?

— Je n'ai jamais dit ça.

— Alors pourquoi tu ne veux jamais la voir ?

— Ça te plaît de la voir ?

— Pas vraiment.

— Et pourquoi ça ?

— Sa voix geignarde, j'imagine.

— Ouais. J'ai jamais pu croire à cette voix, toute notre vie.

— Oui, ben c'est sa voix, que ça te plaise ou non.

— Non, ce n'est pas sa voix. C'est juste une fausse voix. On n'a jamais entendu la vraie, sauf peut-être quand elle est en colère ou qu'elle pleure. Là, c'est peut-être sa vraie voix.

— C'est juste un détail. Bon dieu.

— Ça aussi, c'est un problème. À quel point elle est religieuse. Comme si j'avais envie qu'on me balance tous ces jugements de valeur. Les questions interminables sur mes deux divorces, savoir si je vais à l'église, histoire de déterminer si je suis un homme bien ou pas, et évidemment je ne le suis pas.

— Elle n'est pas si horrible que ça. À t'entendre, on pourrait croire qu'elle est méchante.

— Elle l'est. Toujours à sourire, toujours à s'esclaffer parce qu'un rire paraît plus amical, mais derrière il n'y a que de la méchanceté pure et des jugements, elle sort sa fourchette et me retourne pour voir si l'autre côté est assez grillé. C'est exactement comme ça qu'elle me regarde.

— Elle a des lunettes et des verres épais. Ça donne juste l'impression que ses yeux sont plus gros, alors tu crois qu'elle t'inspecte.

— Ouais, c'est juste à cause de ça. Tu as raison, frérot.

— Rappelle-moi qui est méchant ?

Ils atteignent un plateau et les Blue Lakes se déploient sur la gauche.

— Ralentis.

Doug lève le pied et ils entendent le changement de régime.

— Tu veux que je me gare sur le bas-côté ?

— Ouais, pourquoi pas ?

Ils se rangent sous des saules pleureurs voûtés au-dessus de l'eau. Des teintes pas aussi bleues que d'habitude aujourd'hui, délavées par le ciel. De longs lacs étroits entre la route et la montagne. Jim sort et descend sur le rivage.

Le sable rugueux, des galets bruns et rouges et verts, quelques touches bleues. L'eau calme et limpide, personne ne nage à cette période de l'année et n'y crée de remous. Une décomposition légère et de la boue, à quelques mètres de là. Une corde ponctuée de nœuds qui pend et qui attend. Jim a des souvenirs joyeux, ici, à se balancer sur cette corde avec Gary, à se battre pour pousser l'autre à l'eau, des jeux interminables inventés à partir de rien. Doug, trop jeune, de six ans leur cadet.

De petites cabanes le long de la berge, disponibles à la location, à peine trois mètres sur trois, juste assez pour deux couchettes superposées. Des toilettes communes dans le bâtiment principal. Tout avait changé, à présent. L'Amérique était effectivement différente. Pas de drogue dans le coin, à l'époque. Pas de fusils, à part pour la chasse. Presque pas de criminalité. Pas seulement de la nostalgie, mais le sentiment d'une perte irrémédiable. Un coin dangereux, désormais, des ploucs de la pire espèce qui soit, au lieu de la meilleure.

— Nos six ans d'écart, dit Jim. J'ai vu cet endroit comme tu ne le verras jamais. Tout a disparu. Même avec seulement six ans de différence. Et au cours des dix ou vingt prochaines années, tu verras quelque chose d'encore différent, quelque chose que je ne peux même pas concevoir.

— On le verra ensemble.

— Bon dieu, tu parles comme dans une émission pour gosses, une de ces merdes que je dois mettre à David et à Cheryl l'après-midi, un truc à leur faire regarder pendant que je travaille. Tu n'imagines même pas comment elles sont nulles, comme elles sont cousues de fil blanc.

— Merci d'être reconnaissant alors que j'essaie de t'aider.

— Fais-le d'une façon moins idiote.

— Et ton idée que les choses changent en six ans, c'est franchement super malin. Évidemment qu'elles changent, putain.

— Très bien. J'essayais juste de me rappeler quelque chose, j'essayais de me rappeler les sentiments que j'avais, à l'époque, quand la vie était totalement différente. Mais tu as raison. Ça n'existe plus. (Jim enfonce le bout de sa botte dans le sable juste derrière la ligne d'eau, il regarde le trou se remplir et se brouiller.) Allons-y.

Ils remontent la pente et quittent cette vallée, descendent dans une autre et retrouvent la Highway 101, traversent Ukiah.

— Il n'est pas trop tard pour s'arrêter et la saluer, dit Doug.

— Trop tard, dit Jim.

Ils atteignent Cloverdale et ne s'arrêtent pas au Fosters Freeze, cette fois-ci. Le monde continue de s'effacer derrière Jim. Des lieux qu'il ne reverra plus jamais.

Il se met à somnoler, encore exténué, et il se réveille quand Doug prend la bretelle de sortie pour Santa Rosa.

— On est presque arrivés, dit Doug. Après, on pourra aller revoir tes enfants, si tu veux.

— Non.

— Pourquoi ?

— Je ne peux pas le refaire. C'est trop difficile. Je leur ai déjà dit au revoir.

— Tu leur dis au revoir pour quelques mois, seulement. Tu pourrais aller les revoir aujourd'hui.

Le déni de Doug est fatigant, aussi Jim ne répond-il pas. Santa Rosa manque tellement de caractère, un quadrillage de rues où tout le monde mène sa petite existence. Le cabinet du psy, dans un quartier plus joli, plus verdoyant.

— Tu veux que je vienne ? demande Doug quand ils se sont garés.

— Non, je pense que tu as reçu suffisamment d'avertissements.

— OK. Amuse-toi bien.

— Ça va être l'éclate.

Jim passe devant des fleurs coûteusement entretenues. Un botaniste célèbre a vécu à Santa Rosa, un passionné de génétique qui avait créé de nouvelles variétés. Des parcs et des bâtiments ont été baptisés en son honneur mais Jim a oublié son nom.

— Ma secrétaire m'a dit que vous aviez parlé de vous "faire exploser la tête", commence le docteur Brown tandis qu'ils s'asseyent.

Les arbres en arrière-plan, à nouveau, et Jim remarque la clôture au-delà, envahie de végétation et vieille et difficile à distinguer à première vue.

— Ouaip.

— C'est votre plan ?

— À moins qu'elle ne se détache d'une autre manière.

Jim imagine se dévisser la tête comme on le fait pour ôter une tique. Sa tête est-elle en réalité enfoncée dans quelque chose, à l'instant même, sans qu'il n'en sache rien ? Ce serait un véritable manque de recul.

— Laissons cela de côté pour l'instant, dit Brown. Nous y reviendrons. Mais dites-moi d'abord ce que vous avez éprouvé à revoir votre famille.

— C'était mieux que je m'y attendais. Mon père m'a même dit qu'il m'aimait. Et il m'a parlé pour la première fois de sa vie, en gros. Il m'a parlé de ses soucis.

— Eh bien, c'est génial, ça.
— Ouais, et je n'en avais rien à foutre. Tout le monde a été gentil avec moi, mais ça n'a plus d'importance. J'ai pris un virage et maintenant, c'est trop tard.
— De quel virage s'agit-il ?
— Le virage après lequel chaque question du psy semble débile. Mais je crois que j'avais pris ce virage il y a bien plus longtemps. Alors c'en est peut-être un autre.
— Bien évidemment, je ne me vexerai pas de ce que vous pourrez me dire. Je suis là pour vous aider. Concentrons-nous uniquement sur vous. Qu'avez-vous éprouvé quand votre père vous a dit qu'il vous aimait ?
Le docteur Brown se penche en avant, mains croisées, comme s'il était sur le point de faire de véritables découvertes. Jim ne peut plus le regarder. Bien trop agaçant. Alors il ferme les yeux et se demande ce qu'il avait éprouvé quand son père lui avait dit ça. Il voit de la lumière sur ses paupières, des résidus, orangés, et autrement de l'obscurité ou le néant, et aucune pensée ne bouge. Les pensées, de simples comptes rendus dans le lointain, envoyés à d'autres personnes mais jamais à Jim.
— Je ne sais pas.
— Souvenez-vous. Entendez-le prononcer ces mots-là. Revoyez-le.
Jim essaie. Il s'en souvient plutôt bien.
— Je le revois. Mais je ne suis pas là.
— Que voulez-vous dire ?
— Je ne figure pas dans le souvenir. Personne qui aurait pu ressentir quelque chose, alors je ne peux pas vous dire quel était ce sentiment.
— Ouvrez les yeux.

Jim obéit. Brown semble agacé.

— Vous avez envie d'être ici, Jim ?

— Non.

— Alors comment suis-je censé vous aider ?

— Vous ne pouvez pas.

— Je crois qu'on en revient donc à votre déclaration sur votre tête, que vous voulez exploser.

— Oh, ce petit détail, oui.

— Ouais. J'aimerais vous recommander un endroit où vous pourriez aller, au lieu de retourner en Alaska.

— Le *Nid de coucou*, à nouveau ?

— Ça n'a rien à voir. C'est terrible qu'ils aient fait ce film. C'est un lieu où vous recevriez de l'aide, où vous seriez en sécurité. Pour l'instant, vous n'êtes pas en sécurité.

— Mais je suis libre et ça me convient. Pas de médocs, pas de gardiens, pas d'infirmière terrifiante.

— Ça ne ressemble pas à cela. L'infirmière Ratched n'existe pas dans le monde réel.

— Dommage. C'est la seule chose qui les maintenait en vie, pouvoir la détester au lieu de chercher simplement à se suicider.

— De la même façon que vous me détestez ?

— Je crois que vous allez un peu trop loin. Vous n'êtes pas assez important. Vous êtes juste agaçant et incompétent.

Jim voit qu'il touche une corde sensible. Rien qu'un instant, mais Brown a une certaine fierté professionnelle.

— Là, dit Jim. Le voilà, le problème. Vous n'êtes pas censé révéler la moindre chose à votre sujet. Mais je vous perçois, vous et vos limites.

— Je suis un être humain, pas une machine. Et j'essaie de vous aider.

— Alors vous auriez dû m'aider. Dès l'instant où je suis arrivé, j'étais disposé à vous écouter mais vous aviez un œil rivé à votre montre, et l'autre à votre portefeuille.

— Vous êtes en colère car vous n'arrivez pas à trouver d'issue à votre désespoir, et je peux le comprendre. Et ce n'est pas grave de me faire porter le chapeau. Mais il faut que nous fassions notre boulot, maintenant. Qui, en vous, demande actuellement de l'aide ? Comment ce Jim se sent-il ?

— Est-ce que c'est un truc avec le moi-enfant et les six autres états du moi ? Parce que tout ça, c'est des conneries. Il n'y a pas de moi, pas de Jim, et certainement aucun groupe de Jim là-dedans. Et ouais, mes humeurs font du yo-yo, mais je ne deviens pas des personnalités différentes. C'est juste que le monde s'étire à l'infini, mais vide, comme la toundra en Alaska. Ça continue, loin et encore plus loin, et c'est comme ça à l'intérieur, une friche infranchissable, rien que du vent. De la pression tout autour mais rien au milieu. Alors ce qu'il me faut, c'est soit une façon de supprimer la pression, afin que je puisse errer sans fin dans le néant, ou alors il me faut quelque chose dans la toundra, un endroit où m'abriter et me cacher, où entrer pour m'y construire une vie. L'un des deux. Mais errer dans un néant sous pression, ce n'est pas un truc que je peux supporter. Je ne peux pas continuer comme ça, année après année.

Le docteur Brown se cale dans son fauteuil, l'air pensif.

— C'est bien, Jim. C'est une bonne description. Merci.

— De rien. Ça fera soixante dollars.

Brown affiche une grimace pincée en guise de sourire.

— Je voudrais que vous fermiez les yeux, maintenant. Fermez-les.

Jim est réticent mais s'exécute.

— Bien, imaginez à présent cette toundra, ce vaste espace à découvert.

— Pas compliqué. Elle est toujours là.

— Maintenant, imaginez-vous marcher, et je veux que vous aperceviez une cabane.

— Il n'y en a jamais, mais d'accord.

— Choisissons autre chose, alors. Y a-t-il des montagnes ?

— Oui. Sur les bords.

— Vous y voyez une grotte ?

— Ouais, il y a des grottes.

— Très bien, entrez dans une de ces grottes. Trouvez-en une assez grande pour être confortable.

Jim voit la toundra à l'automne, quand les myrtilles ont pourri et qu'il y a tant de palettes de couleurs, des nuances de rouges et de jaunes et de verts, et les sommets des montagnes enneigés. Un élan mâle sur la berge d'un des millions de petits lacs, et des moustiques partout en nuages sombres qui changent sans cesse de forme. Il suit la trajectoire de l'un d'eux et s'approche du pied d'une falaise, et il y a une grotte, percée comme un œil dans la roche, et quand il y entre, elle est bien plus grande qu'elle n'y paraissait. Une voûte noire et des formes suspendues, un sol lisse comme la peau d'un flétan, tacheté de vert et de brun.

— Le sol est le dos d'un flétan, dit Jim. Je suis debout sur sa peau et la grotte est très froide, aussi froide que le fond de l'océan.

— Un flétan ? Le poisson ?

Jim essaie d'ignorer Brown qui fait foirer sa vision. La caverne qu'il a trouvée semble sacrée, la demeure de son animal totem, et il trouvera peut-être une réponse ici. Il avance sur la chair glissante et observe le mouvement des branchies, la lente respiration.

— Que voyez-vous ?

— Mais fermez-la ! dit Jim, et il essaie de respirer, de sentir l'air de cette grotte, il se demande s'il s'agit d'eau, s'il est submergé, et il ne voit que des ombres, informes.

Tout est si sombre. Il marche mains tendues devant lui, un pas après l'autre mais ne se rapproche pourtant de rien. La grotte s'étend, aussi vaste que le fond marin, et aussi uniforme.

— Je vais juste errer indéfiniment, dit Jim. Il n'y a rien à trouver. J'ai choisi un animal totem qui vit dans un endroit invivable. Sous la pression de dix atmosphères et sans aucune lumière, et pas de fondations solides, rien que de la boue sur des milliers de kilomètres sans relief. C'est exactement la géographie à l'intérieur de ma tête. La pression, l'obscurité, le manque de fondations solides, le manque de relief ou de distractions ou de n'importe quel élément précis, qui s'étend à l'infini, et le truc, c'est que je ne peux pas supporter l'éternité. (Jim sent sa gorge se serrer à l'idée de devoir subir. Il pleure sur son sort, à nouveau.) Et voilà que je chiale encore parce que, pauvre de moi, je vais devoir faire face à l'éternité.

— Ce n'est pas grave. Ne soyez pas si dur avec vous-même.

— Je suis un putain de bébé. Il n'y a rien qui cloche et je m'effondre pourtant.

— Parfois, on pense que la maladie mentale n'a pas d'importance, mais c'est important, si, et vous souffrez, mais vous pouvez surmonter cette épreuve, vous pouvez vous rétablir et redevenir vous-même. C'est possible.

— Vous n'avez pas traversé ça. Si vous aviez vu cet endroit, vous sauriez.

— Gardez les yeux fermés et continuez à marcher. Vous pouvez faire ça pour moi ?

— Oui.

Jim continue à marcher plus loin, dans les profondeurs.

— Et maintenant, je veux que vous vous arrêtiez, que vous fassiez demi-tour et que vous retrouviez la lumière par où vous êtes entré.

Jim ouvre les yeux.

— C'est vraiment trop crétin. Honnêtement. La lumière au bout du tunnel ? Non mais sérieusement…

— Désolé, dit Brown. C'était peut-être cousu de fil blanc.

— Ouais. J'ai dit à mes enfants qu'on avait envoyé un flétan sur la lune pour le faire voler là-haut, mais je suis en train de me rendre compte que la lune est sans doute plus simple, plus agréable. Ça doit être bien plus facile de vivre là-bas.

— Vous allez revoir vos enfants, aujourd'hui ?

— Non. Je vais juste à l'aéroport et je rentre à Fairbanks.

— Et votre frère vous accompagne toujours comme prévu ?

— Oui.

— Il faut que je lui parle à nouveau.

— Franchement ? Je crois qu'il a bien été briefé, là. Je ne suis pas un enfant. Alors non, vous ne lui parlerez pas.

— D'accord. Alors il faut qu'on trouve un plan.

— Non, pas besoin. Le plan, c'est la source du problème depuis le début.

— Comment ça ?

— J'ai discuté avec mon ami Gary et je me suis rendu compte que j'ai toujours eu un plan, et c'est bien ça le problème. Il pense que mon suicide, c'est mon nouveau plan, quelque chose que je dois accomplir, comme terminer mes devoirs d'école, et que c'est inconcevable pour moi de ne pas finir mes devoirs d'école.

— Alors il faut que vous puissiez accepter d'échouer dans votre suicide.

— Oui, même si c'est très gênant.

— Gênant ?

— Ouais, parce que tout le monde s'y attend, maintenant. Je l'ai annoncé à tout le monde. Ce serait bizarre que je reste sur terre.

— Intéressant. Alors comment faire en sorte que vous acceptiez d'échouer dans ce projet ?

— Défaire simplement toute mon éducation et tout ce que j'ai été depuis presque quarante ans.

— Vous pourriez peut-être vous écrire une lettre à vous-même, où vous expliqueriez pourquoi vous ne pouvez pas le faire, et pourquoi tout ira bien à partir de maintenant.

— Soixante dollars, ça me semble trop élevé. Vous devriez réévaluer vos tarifs de consultation. M'écrire une lettre à moi-même ? Cher Jim, où sont donc passées tes pensées positives ? Pourquoi ne va-t-on plus jamais gambader dans les champs de maïs ? P.S. : Je n'arriverai pas à appuyer sur la détente. Désolé, mais ne sois pas en colère.

Le docteur Brown baisse les yeux vers ses mains. Peut-être que Jim l'a fait craquer, un tout petit peu.

— C'est agréable de vous faire craquer, dit-il. Une petite satisfaction inattendue, juste à la fin. Alors je vous remercie pour cet instant.

Jim compte trois billets de vingt dollars et contourne le bureau d'un pas rapide. Brown lève les mains pour se protéger le visage, une réaction instinctive, mais Jim se baisse lestement et lui glisse l'argent dans la ceinture de son jean.

— Merci de m'avoir bien baisé.

Brown semble furieux mais Jim rit, une vague de joie, d'entrain, et il sort. Il ne reverra plus jamais le cabinet d'un psy.

Doug l'attend dans le pick-up.

— Quoi ? demande-t-il. Qu'est-ce qu'il y a de si marrant ? Pourquoi tu souris ? Et pourquoi c'était si rapide ?

Jim monte sur le siège passager et se sent mieux.

— Je me sens bien, dit-il. On a fait une découverte décisive. Je me sens beaucoup plus léger.

— C'est vrai ?

— Ouais.

— Mais c'est super ! C'est fantastique.

— Ouaip. J'ai pris un virage et je n'ai plus peur de rentrer en Alaska.

Jim regarde Doug, ils sourient tous les deux, et Jim trouve cela parfait. C'est comme ça que les choses devraient se dérouler.

— Tu n'as même pas besoin de m'accompagner, ajoute-t-il. Tu peux rester ici avec Mary, continuer à donner tes cours sans être dérangé ou interrompu.

Doug paraît méfiant.

— Mais je ne suis pas censé te laisser seul, surtout pendant les deux premières semaines de traitement, et je suis censé t'empêcher de toucher à tes fusils.

— Brown m'a dit que ce n'était plus la peine. Il dit que je n'ai plus besoin d'être surveillé.

— Comment c'est possible ?

— C'est une question de compréhension. Après avoir discuté avec Gary, j'ai compris que le suicide était mon plan, une sorte de devoir à accomplir, mais maintenant je me rends compte que ce n'est pas nécessaire.

— Wouah.

— Ouais.

— Bon, attends, laisse-moi réfléchir.

Doug démarre le pick-up, passe une vitesse et ils s'éloignent doucement.

Jim ne sait pas trop quoi ajouter. Il doit veiller à ne pas en dire trop. Toute sa vie, il a su que la crédibilité repose sur une parcimonie de mots. Un petit menteur, d'aussi loin que remontent ses souvenirs. Alors quand il avait menti à Lorraine et à Jeannette, il n'avait fait que suivre un instinct naturel. Ça ne lui avait jamais paru mal.

— On a aussi fait une découverte au sujet de la culpabilité, continue-t-il, incapable de se retenir.

Il aime mentir et il peine à se contenir.

— C'est le moteur de l'auto-apitoiement. J'ai compris ça pour la première fois, aujourd'hui. Je suis trop dur avec moi-même, en permanence, et ensuite je m'apitoie sur mon sort.

— Wouah. C'est nouveau, ça, dit Doug. Et si soudain. Quelle sacrée séance.

— Ouais, c'était un super psy. Il m'a expliqué que vouloir coucher avec d'autres femmes est naturel et que je n'ai fait de mal à personne.

— Hmm, dit Doug.

— Ouais, je sais. Tu n'es pas d'accord.

— Je pense que c'est bien que tu l'envisages comme ça, dit Doug. Vraiment. Et Lorraine et Jeannette vont bien, toutes les deux.

— Ouais, être infidèle, ce n'est pas faire du mal à quelqu'un. C'est faire du bien à quelqu'un d'autre et ne pas dire la vérité. Et ne pas dire la vérité, ce n'est pas grave car personne n'a envie de l'entendre.

— Bon, dit Doug, mais il agite la main. Je suis désolé. Je ne peux pas me retenir. Je suis content que la séance se soit bien passée et je suis content que tu aies trouvé une nouvelle façon de réfléchir.

Jim est surpris de se rendre compte que Doug l'a jugé. Dans son esprit, l'idée que sa famille puisse le juger n'était qu'une fable, il imaginait même qu'ils étaient plus indulgents avec lui. Si étrange.

Jim détourne la tête et regarde par la fenêtre pour avoir un peu d'intimité, il se demande comment l'esprit de quiconque peut bien avoir du sens. Il entraperçoit son reflet chaque fois qu'ils passent devant quelque chose de sombre. Un visage tout en bosses, trop vieux et trop flasque pour trente-neuf ans. La bosse de son menton, les bosses de ses joues, son front trop proéminent, ses cheveux en boucles marron clair, en contraste avec le reste, les yeux dissimulés dans l'ombre.

— Désolé, dit Doug. C'est super, franchement.

Jim ne peut pas se permettre de sombrer maintenant. Il doit rester enjoué, il doit paraître guéri, complètement rétabli.

— On devrait se faire un bon dîner, dit-il. Fêter ça. C'est moi qui régale, on va où tu veux. Et après ça, j'irai prendre une chambre d'hôtel, et tu pourras rentrer à Sebastopol.

— Je ne sais pas, dit Doug. J'ai promis à tout le monde que je ne te laisserais pas seul.

Jim pose la main sur l'épaule de son frère.

— Tout va bien. Ils comprendront. Si tu veux que j'appelle Papa et Maman pour leur expliquer, je le ferai.

Doug sourit.

— D'accord, d'accord. On va dîner et on en reparlera plus tard.

Le soleil se couche quand ils arrivent à proximité de la baie. Toutes les maisons flottantes en bordure de l'autoroute, l'une d'elles pareille à un mini Taj Mahal. Des bouées et des canots pneumatiques, et d'autres merdes à la surface, tout est si serré, trop de gens, et pareil sur les collines, les maisons les unes sur les autres. Les terres inhabitées, plus loin au nord.

L'autoroute qui s'élève dans les dernières collines avant de descendre vers le Golden Gate, des veines lumineuses blanches et rouges. La sensation de vide tandis qu'ils traversent. Jim aimerait sauter. Bien plus dramatique et tragique, et pas violent, peut-être plus facile pour les enfants. Une meilleure histoire. Il pourrait y aller la tête la première, pour être sûr, car les gens survivaient parfois à la chute et restaient à l'état de légume.

C'est ce qui l'inquiète, de se tirer une balle dans la tête et de survivre. C'est peu probable avec un .44 Magnum. Il devrait s'arracher une bonne partie du crâne. Il n'a pas encore décidé, la bouche ou la tempe. Ou alors sous le menton, dirigé vers le haut. Aucune information quant à la meilleure méthode. Il ne peut poser la question à personne.

Toute cette circulation sur Lombard Street, et il est impatient. Il ne devrait pas avoir à subir la circulation, à la fin.

— Putain de circulation, dit-il.

— Ouais, la vie devient merdique en ville.

— La vie devient merdique partout, dit Jim, et il se souvient qu'il doit rester positif. Mais je me sens tellement mieux, maintenant. C'est incroyable. Comme libéré d'un poids.

— C'est tellement rapide, dit Doug.

Ils traversent à nouveau le quartier de Mission, une population majoritairement mexicaine. Son père, incapable de dire qu'il était cherokee. Pendant toutes ces années, il avait ignoré ce que son père pensait. Totalement.

— Tu savais que Papa détestait l'Amérique ?

— Hein ? Il ne déteste pas l'Amérique.

— Si, c'est vrai. Profondément et totalement, tout ce qu'elle représente, et tous ceux qui y vivent. Ça explique beaucoup de choses sur son attitude.

— C'est faux.

— Il me l'a dit ce matin.

— Non, c'est faux.

— D'accord. Je te souhaite un bon déni. Pourquoi les gens prennent la peine de discuter avec toi ? (Jim se souvient alors qu'il est censé être rétabli et agréable.) Pardon, dit-il. Je me rends compte que c'est difficile à croire parce qu'il ne l'avait encore jamais dit. Mais c'est la vérité.

— Wouah. Il a vraiment dit ça ?

— Oui.

— Mais pourquoi ? Pourquoi détester l'Amérique, et pourquoi le dire maintenant, et pas avant ?

— Parce que je suis au bout du rouleau, bien sûr. Tout le monde fait de gros efforts pour moi. Et il déteste tout le monde parce qu'il n'a jamais été capable de dire qu'il était cherokee. Il devait se montrer amical, discuter avec les gens en sachant qu'ils se montreraient condescendants ou pire, s'ils apprenaient qui il était. Alors rien n'était vraiment réel, pendant sa vie d'adulte à Lakeport, pendant sa carrière de dentiste, et même pendant sa retraite parce qu'il est obligé de saluer ses anciens patients.

— C'est tellement difficile à croire.

— Alors ne le crois pas. Je ne suis pas sûr que ça ait de l'importance. On ne peut rien y faire. Il a vécu une vie merdique et il va continuer à vivre une vie merdique.

— Non. C'était une bonne vie. On a passé des bons moments, à chasser et à pêcher, et à vivre au bord du lac.

— Ouais, il aimait bien qu'on se retrouve au ranch pour chasser. C'est les seuls moments qu'il appréciait, je crois.

— On parle de lui comme s'il n'était plus là, mais il est encore là, et il peut faire des changements dans sa vie s'il n'est pas heureux.

— Il ne peut pas, et il ne le fera pas, et je comprends pourquoi. Cet élan, le même que dans ma vie. Peu importe de savoir ce qui cloche, de savoir qu'il pourrait y avoir une autre voie ou une autre façon. Tu es bloqué sur ce chemin-là, simplement parce que tu y es depuis trop longtemps. Rien ne peut changer ça.

— Mais tu viens de changer aujourd'hui, toi.

— C'est vrai. Alors ouais, tu as raison, l'élan de nos vies ne dirige pas tout. (Jim doit faire plus attention.) Papa pourrait peut-être décompresser, alors.

Comme un étron, ils évacuent les quartiers sud de la ville, les pires quartiers, des taudis et des zones industrielles, et ils longent l'eau, dépassent l'aéroport en direction d'un ensemble d'hôtels.

— Tout fera l'affaire, dit Jim. N'importe quel hôtel.

Doug choisit et Jim prend une chambre, et ils attendent l'ascenseur ensemble, et Doug est saisi d'un doute.

— Je vais chercher mon sac, dit-il. Il faut que je reste avec toi. Il faut que je sois dans l'avion moi aussi, demain.

Jim lâche son sac par terre puis pose les mains sur les épaules de Doug, comme un prêtre qui s'adresserait à son ouaille.

— Doug. Je vais mieux. Ce n'est toujours pas très marrant de discuter avec moi, et je ne suis toujours pas satisfait de la tournure qu'a prise ma vie, mais je n'éprouve plus le besoin de me suicider, d'accord ?

Doug n'arrive pas à le regarder très longtemps. Le frère cadet, dont l'existence a été influencée par Jim. Ce ne sera pas différent maintenant. L'élan, une fois encore. On ne peut jamais s'en libérer.

— D'accord, acquiesce Doug. Je rentrerai chez moi après dîner.

— Merci.

Jim rappuie sur le bouton de l'ascenseur.

— Je redescends tout de suite. Tu peux peut-être te renseigner pour le resto. Il faut fêter ça dans un coin sympa.

Difficile d'imaginer un endroit plus solitaire qu'un ascenseur, une boîte en inox nu qui l'isole du monde extérieur et qui efface tout mouvement, mais la chambre est pire encore, une vieille moquette et du contreplaqué bon marché, avec vue directe sur un mur. Jim pose sa valise sur le bureau et sort son Magnum. Il s'assied devant le petit miroir merdique, porte le revolver contre sa tempe. Chargé, alors peu d'effort à faire. Pourquoi s'embêter à retourner jusqu'en Alaska ?

Il paraît vieux, la peau pâle et flasque. Et les vêtements trop larges de Doug. De toute sa vie, il n'a jamais eu l'air plus mal en point, ce qui paraît logique, bien sûr.

Personne n'a l'air en forme dans les instants qui précèdent son suicide.

Le problème, c'est que tout est chronique, rien n'est aigu. La douleur dans son crâne, identique aux jours précédents, son désespoir identique aussi, le sentiment de sombrer et le regret et la culpabilité et l'auto-apitoiement et la colère. Mais pas suffisants pour le faire appuyer sur la détente. Il pourrait rester indéfiniment à la dérive dans cette région, ce qui est la plus terrifiante des idées, bien plus effrayante que la mort.

Alors il range le revolver dans la valise, tire la fermeture éclair et va retrouver Doug.

— On se repoudrait le nez ? demande Doug.

— Si on veut, oui.

— Apparemment, le mieux serait un restaurant italien. Juste à côté d'ici.

Ils y vont, et l'endroit est immense. Un bus s'est garé devant. C'est le genre de coin où se retrouvent les cars de touristes et les élèves de terminale avant le bal de promo. Des housses satinées sur les chaises, des rubans et des nœuds partout, un cochon habillé en princesse.

— Ça a l'air bien, dit Doug, et Jim se demande s'il est aveugle à ce point.

— Super, dit-il, et il sait déjà qu'ils vont commander le poulet au parmesan, ce qui doit correspondre à soixante pour cent des commandes ici.

Mais inutile de se montrer grognon. Le Dernier Repas, ou alors le Dernier Dîner ? Soudain, il a oublié. La Cène. Son cerveau ne fonctionne plus.

On les installe près d'une famille nombreuse dont les enfants grimpent sur les tables pour mieux s'empoigner, et crient.

— Eh ben putain, dit Jim.

— On peut aller dans un endroit plus calme, si tu préfères, dit Doug, presque inaudible.

Jim secoue la tête. Il ne peut pas crier. Et c'est peut-être mieux comme ça, ne pas être obligé de parler à la fin. Ça semble parfait, même, que tout soit étouffé par les sons les plus idiots. Il lit le menu et se décide pour un poulet cacciatore au lieu du parmesan.

— Du vin ? crie Doug.

Jim secoue à nouveau la tête. Il n'a jamais aimé l'alcool. Il n'a jamais aimé ce qu'aiment la plupart des gens. Sauf le sexe.

Doug se lève.

— On dégage, dit-il en montrant la porte.

Il décoche un regard à la famille qui ne remarque rien, évidemment, puis ils sont dehors près du bus dont le moteur tourne encore, enveloppé d'un nuage de gaz d'échappement, et Doug observe la rue, à gauche et à droite.

— Un resto à burgers, dit-il. Parfait.

— Très chic, dit Jim.

Ils remontent une portion du trottoir sans éclairage, rien qu'un bout d'asphalte longeant un bâtiment en construction, le genre d'endroit où il est très possible de se faire dépouiller en ville, et Jim aimerait que cela se produise. Mais ils atteignent le restaurant sans encombre, une vieille structure qui pue la friture.

Le menu est écrit sur le mur au-dessus du comptoir. Le burger au bacon, enfin. Jim éprouve une joie momentanée.

— Une portion supplémentaire de sauce barbecue, dit-il. Et de bacon, aussi.

— Pareil pour moi, dit Doug. Ça me paraît bien. Et un milk-shake au chocolat.

— Un banane-chocolat au lait malté pour moi, dit Jim.

— Ouais, changez ma commande, je prends ça aussi.

Le type au comptoir ne décoche pas le moindre mot. Rien qu'un hochement de tête, et le total qui apparaît sur la caisse enregistreuse. Jim paie et on lui tend un numéro sur une plaquette en métal.

Ils s'installent à une table dans un coin, serrés contre d'autres clients. Une peinture bleue, très épaisse, et le sol en ciment de la même teinte bleue. Comme si quelqu'un s'était contenté d'attraper un pot de peinture et de le jeter dans la salle.

— Tu sais où emmener une nana, toi, dit Jim.

Doug rit.

— Ouais, c'est plutôt sympa. Ça valait la peine de faire tout ce chemin.

Jim sourit.

— Hé, je suis content de te retrouver, dit Doug. C'est agréable de voir un sourire.

Jim sait qu'il ne faut pas en faire trop. Ça risquerait d'éveiller les soupçons. Il éprouve une vraie terreur à l'idée de ce qu'il doit dire ensuite. Comment combler le temps entre maintenant et le départ de Doug ? Et après ça, il va baiser. Il va trouver une prostituée.

— Tu as prévu de faire quoi, à ton retour à Fairbanks ?

Doug semble tellement plein d'espoir, il a l'air de penser que Jim a pris un virage, et c'est l'appel du pied parfait pour un menteur. Les projets peuvent se développer de façon exponentielle et n'ont jamais besoin de preuve concrète.

— Je vais me remettre à la natation, dit Jim, à la piscine de l'université. Ça me détend toujours. Et je vais prendre des cours de plongeon de haut vol. J'ai vu qu'ils en proposaient. Apprendre à plonger correctement.

— Ça m'a l'air super.

— Ouais, et faire plus de ski de fond, sur les pistes de l'université. Ce qu'il y a de bien, à Fairbanks, c'est la quantité de soleil qu'on peut avoir en hiver. Il fait froid, mais il y a presque toujours du soleil. Alors la plupart des journées sont idéales pour skier.

Il va ajouter que Doug devrait passer voir ça de ses propres yeux, mais il se rend compte que c'est une erreur. Il ne peut pas donner à Doug des occasions de venir.

— Ça me paraît très positif, tout ça, dit Doug. T'occuper et profiter des bons côtés de l'Alaska.

— Il y a un autre truc qui me branche. Il y a une place qui s'est libérée dans un quatuor barbershop a cappella.

— Tu adorerais ça !

— Ouais, ça fait tellement longtemps que ça me tente, et j'aime vraiment bien. J'ai joué un peu de trompette dans le théâtre local, mais ça commence à remonter, la dernière fois que j'ai fait de la scène.

— Tu pourras porter un chapeau de paille, et un veston à rayures rouges et blanches.

— Ouaip. Un des membres est un docteur que je connais.

Jim tire un peu sur la corde. Il a fait en sorte de ne pas se faire d'amis là-bas et Doug s'en souvient peut-être.

Mais Doug ne relève pas, et leur commande arrive rapidement, les milk-shakes banane-chocolat si bons qu'ils ne peuvent rien faire d'autre que pousser un gémissement. Les burgers débordent de bacon et de sauce barbecue, la totale, servis avec des beignets d'oignons. Jim prend une énorme bouchée, il ferme les yeux et songe à cette solution qui s'offre à lui. Se contenter des plaisirs ordinaires. On n'appuie pas sur la détente quand on a la bouche pleine de bacon. Personne ne ferait une chose pareille.

— Ce bacon, dit-il. Ce bacon.

— Ouais.

— C'est quoi, les meilleures choses que tu aies connues dans ta vie, ce que tu as le plus apprécié ?

Doug ouvre les yeux et, la bouche pleine, il dit "Putain que c'est bon".

Jim attend qu'il ait fini de mâcher.

— Eh bien, dit Doug. Le ski nautique de grande vitesse. J'étais terrifié et je me suis arrêté tout de suite, mais j'ai vraiment apprécié.

— Le hors-bord allait à combien ?

— À cent quarante.

— Bordel de merde.

— Et le basket. J'ai toujours adoré le basket. Je ne sais pas trop pourquoi, faire partie d'une équipe sans doute. Nos meilleures expériences se font au sein d'un groupe ou d'une équipe.

— Je n'ai pas trop connu ça.

— Tu as loupé quelque chose, alors.

Jim y songe un moment. Une vie isolée. Comment a-t-il pu rater les expériences de groupe ? Il n'a jamais accordé la moindre importance aux activités sociales.

— Et notre entreprise de pêche professionnelle, aussi, continue Doug. C'était vraiment un sacré truc. Construire le bateau et passer du temps en mer.

— Merci.

— Ouais, c'était super. Je ne sais pas quoi d'autre. Le sexe, bien sûr, mais ça figure en haut de la liste pour tous les hommes. La nourriture, parfois. Les quantités d'ormeaux qu'on a pu manger. Ils vont devenir de plus en plus rares.

Jim voit qu'il a vécu une belle vie, riche en expériences. Il a eu tout ce qu'avait eu Doug, sauf le sport et la vie sociale, mais à l'inverse, il a eu plus d'argent et d'opportunités. Il n'en a pas vraiment fait bon usage, ou alors ça ne lui a pas suffi, et pourquoi ? Mystère.

La consistance granuleuse du lait malté dans le milk-shake au chocolat, un plaisir qui devrait à lui seul suffire. Les bananes bien mûres. Son frère qui l'aime, qui est heureux et soulagé de voir que Jim va bien. Si confiant et simple.

Ils terminent leurs burgers et leurs milk-shakes, et ils restent assis là un moment, comme étourdis. On sert d'autres burgers aux clients voisins et il a beau avoir trop mangé, il les trouve pourtant appétissants.

— Bon, dit enfin Jim. Tu devrais peut-être y aller, pour ne pas rentrer trop tard.

— Ouaip, dit Doug. Tu es sûr que ça va aller ?

— Ça va, maintenant.

— Ça ne me dérange pas de venir quelques jours avec toi, juste pour être sûr que ça va.

— Je sais, et je t'en suis reconnaissant. Mais ce n'est pas la peine. Je me sens bien. Je viens juste de savourer un bon burger et un milk-shake avec mon frère, et je me sens normal. J'ai hâte de me mettre à toutes ces activités à Fairbanks et je repense à ce que tu m'as dit sur le basket. Ce quatuor barbershop, c'est l'occasion de me faire un nouveau groupe d'amis et je vais en profiter, voir ce que je peux faire d'autre.

— Tu es sur la bonne voie. Ça t'apportera beaucoup de choses.

— Je le pense aussi.

Jim acquiesce, frappe la table de ses articulations, puis ils se lèvent. Ils émergent de l'univers bleu du restaurant, longent le site de construction merdique. Jim guette les éventuelles prostituées mais n'en voit pas encore. Il va devoir demander au portier ou aux grooms.

En quelques instants, ils sont dans le parking de l'hôtel près du pick-up de Doug. Les derniers moments de Jim avec son frère. Il éprouve une tristesse débordante, un sentiment de perte inexprimable, alors il sourit et le serre dans ses bras.

— Merci, frangin, dit-il. Merci d'en faire autant pour moi.

— Hé, c'est normal, dit Doug. Je suis juste content de te retrouver.

— Viens pêcher en Alaska cet été. J'ai entendu parler de nouveaux coins dans la rivière pour choper des saumons king.

— Bon dieu, j'aimerais tellement. Mais je n'ai pas d'argent, et je pense qu'on va faire ce voyage en voiture pour trouver un autre endroit où vivre.

— Je paierai vos billets. Réfléchis-y. Pêcher un saumon royal de trente kilos dans une rivière, le plus gros que tu aies jamais vu.

Doug éclate de rire.

— Ça fait bien envie.

Puis il remonte dans son pick-up et démarre, il baisse la vitre pour lui adresser un salut, et il disparaît.

La dernière corde de sécurité de Jim, les derniers instants en compagnie d'une personne qui tient à lui. Seul, à présent. Mais plus obligé de sourire, plus obligé de mentir. Il va baiser jusqu'à l'épuisement, puis il appuiera sur la détente et il en finira. Que cette vie aille se faire foutre.

Le portier semble un peu effrayé, ou bien Jim l'imagine-t-il seulement. Mais peut-être que Jim a l'air si mal en point que ça. C'est possible.

— Je veux une prostituée, dit Jim. Petite et jeune. Je veux de la beauté. Je me fous des maladies, et je ne mettrai pas de capote.

Ils se tiennent devant les portes vitrées, personne dans les parages.

— Je suis désolé, monsieur, dit le portier. Mais la prostitution est illégale en Californie.

— Je ne suis pas de la police, dit Jim. Et voilà cinquante dollars pour vous, trouvez-en deux bonnes. J'en veux une maintenant, et une autre d'ici deux heures. Peut-être une troisième plus tard. Je suis prêt à payer pour les meilleures que vous connaissiez.

— Je vois, répond le portier. Vous êtes dans quelle chambre ?

Les dispositions sont prises et au moins, Jim ne sera pas obligé d'errer dans les rues comme un abruti sans savoir où il est. Il prend une douche, il regarde sa bite, petit truc flasque, et il espère qu'il arrivera à la lever quand le moment viendra.

Il se sèche aussi fort que possible, il veut se débarrasser des peaux mortes, puis il s'assied nu sous les couvertures et regarde un vieil épisode de *L'Île aux naufragés* et il rêve de se taper Mary Ann, et Jeannette lui manque tellement qu'il pourrait hurler.

Il est en plein milieu d'un épisode de *Papa Schultz* lorsqu'on frappe à la porte.

Il ouvre et elle entre aussitôt. Petite et menue, un pantalon en cuir et des talons hauts. Elle a tout l'air d'une prostituée mais, apparemment, les employés de la réception s'en fichent, et c'est tant mieux.

— Je coûte cher, dit-elle. Vous avez de quoi me payer ?

Elle est si jeune et si mignonne. Peau pâle et longs cheveux bruns.

— J'ai de quoi payer, dit-il.

— Trois cents.

— Et ça inclut quoi ?

— Trente minutes de tout ce que vous voudrez.

Jim fouille dans sa poche et sort six billets de cinquante. Il s'approche d'elle, elle les prend et les fourre dans son sac à main.

— Mais je n'embrasse pas, dit-elle.

— Et pas de capote, précise Jim.

— Oui, je sais. On me l'a dit.

Elle s'approche du bureau et y laisse tomber son sac et sa veste. Son haut est en cuir rouge et ne lui couvre que la poitrine, dévoilant son ventre et ses épaules. Jim lui caresse les reins, la peau si douce. Elle est sans conteste bien plus belle que toutes les femmes qu'il a connues.

— Allez vous doucher, dit-elle.

— Je viens de le faire.

— Refaites-le.

Jim se demande si elle lui volerait quelque chose. Il prend son portefeuille et la valise qui contient le revolver, il ferme la porte de la salle de bains et la verrouille. Elle pourrait partir avec ses trois cents dollars et il n'aurait aucun recours possible. Il ne voit pas vraiment où est la cohérence dans tout ça.

Il s'empare du revolver et le tient devant le miroir. Rien qu'un homme et un revolver, Jim-la-Bite-Molle prêt pour son dernier duel. Mais il range le revolver, tire la fermeture éclair du sac et se douche.

Quand il ressort, elle est étendue sur le dos, adossée aux oreillers, ses chaussures à talons encore aux pieds. Mais elle paraît à l'aise. Tout est si étrangement normal, comme s'ils n'étaient qu'un couple partageant une chambre.

Il s'approche d'elle et laisse tomber sa serviette.

— Désolé, dit-il. Vous êtes jolie, mais je n'arrive pas à bander.

— Laissez-moi faire, dit-elle. Allongez-vous.

Elle vient à lui, il s'étend sur les oreillers. La chambre est un peu froide mais pas trop. Il la regarde lui lécher un téton, ce qui est agréable mais ne lui donne pas la trique. Il s'inquiète, maintenant, de ne pas pouvoir la lever. Son dernier cri de victoire, alors il vaut mieux que ça marche. Il ne tient pas à partir en loser total.

Elle lui embrasse le ventre, puis les cuisses, elle le prend dans sa bouche, mais toujours rien. Et elle a un visage si angélique, si parfait, et une grosse poitrine sous le cuir rouge. Il ne voit pas ce qu'elle pourrait avoir de plus.

Elle lui écarte les jambes, et il dit non, mais elle descend tout de même, elle l'embrasse doucement et le lèche légèrement, et il se redresse. Elle ne s'arrête pas. Elle le branle un peu de sa main sans cesser de lécher, et elle l'observe. Il aime voir ses yeux pendant qu'elle fait tout ça.

Elle semble savoir à quel point il pourrait facilement perdre son érection. Elle retire ses chaussures et son pantalon tout en le gardant dans sa bouche, elle s'enfonce complètement, l'avale, et elle se redresse soudain, si rapidement qu'il n'a pas le temps de débander, elle le chevauche, enlève sa chemise. Il n'a jamais vu un plus beau corps que le sien. Il sait qu'elle se contrefiche de lui, mais il lui est reconnaissant d'être aussi douée à ce qu'elle fait. C'est le plus proche qu'il puisse connaître de l'amour. Elle sourit, même, et l'embrasse dans le cou.

Quand c'est terminé, Jim prend une autre douche et se repose, mais il a peur de dormir. Il veut entendre le prochain coup frappé à la porte. Il ignore pourquoi il n'est jamais allé voir davantage de prostituées. Les meilleurs rendez-vous qu'il pourrait jamais dégoter, et en échange, il leur donnerait de l'argent, ce qui ne lui importe pas, de toute façon.

Il se sent épuisé après ces deux derniers jours et le manque de sommeil, et maintenant le sexe. Il ne cesse de penser à Jeannette, alors il l'appelle.

— Comment ça va, Jim ? demande-t-elle, mais d'un ton qui semble contraint, comme si elle se préparait à une longue route éreintante.

Il n'a pas envie que sa voix ressemble à ça. Et il se rend compte qu'elle pourrait très facilement appeler Doug, alors il ne peut pas lui dire la vérité, aujourd'hui.

— Ça va beaucoup mieux, dit-il. J'ai fait un progrès considérable avec le psy, et un autre en allant rendre visite à Gary, alors je me sens bien.

Une conversation inutile, et il y met rapidement un terme. Il faudra qu'il l'appelle à son retour en Alaska, quand il sera déjà trop tard et que personne ne pourra plus l'arrêter.

On frappe à la porte plus tôt que prévu, les affaires tournent. Elle est jeune et petite, elle aussi, des cheveux blonds coupés en dégradé, elle porte du cuir, une veste noire avec des fermetures éclair dorées. Mais il se sent épuisé, pas excité le moins du monde.

— Je ne peux pas, dit-il. Voilà trois cents dollars, et dites au portier que j'arrête là.

Il lui tend les billets, qu'elle saisit sans un mot.

Il ferme la porte, s'allonge par terre sur le dos, nu, le carrelage froid, il veut Jeannette, il veut revenir à l'époque où elle l'avait aimé, quand tout était innocent, avant qu'il ne la trompe. Dans son cabinet, après les heures de consultation, quand ils avaient éteint la lumière dans une des pièces, et qu'elle tenait son visage entre ses mains, et qu'elle lui avait offert le plus tendre des amours.

Cette nuit-là, encore une nuit sans sommeil, un désert à traverser. Il arpente les rues et marche jusqu'à l'aéroport, qui est silencieux à présent, aucun avion en mouvement. Il se tient à la clôture et contemple les pistes vides, de vastes étendues que l'on pourrait parcourir à l'infini, avancer jusque dans l'océan et dans une nouvelle obscurité, et les queues des avions massées autour des terminaux, ailerons de requins aux aguets.

Il escaladerait bien la clôture pour errer sur les pistes, mais elle est surmontée de barbelés. Il veut des étendues sans limites, sans désordre. C'est tout l'intérêt de l'Alaska. Fairbanks sur une plaine qui s'étire sur des centaines de kilomètres, seulement interrompue par des rivières. Il pourrait prendre ses skis de fond et partir. Skier toute la journée, jusque dans la nuit, et ne pas faire demi-tour, ainsi le suicide ne pourrait être prouvé. Son corps ne serait peut-être jamais retrouvé. Tant d'espaces désertiques, de fins bouleaux à perte de vue. À -50 °C, il ne survivrait sans doute même pas la journée. Ne pas avoir à subir une autre nuit. C'est bien mieux que le revolver, et mourir de froid est simple. Il sentira une certaine chaleur à la fin, il ne comprendra rien, ne saura même pas qu'il est en train de mourir. La manière la plus simple qui soit.

La rue où il se trouve actuellement, bordée de bennes à ordures, et l'asphalte trempé par la pluie. Froid, mais pas assez froid pour qu'il neige, rien de propre et net. Un débordement de déchets et de détritus, trop de monde, chaque aéroport et chaque ville comme une plaie. Il les a toujours détestés. Pas de terre à toucher, pas d'herbe, pas d'arbres, pas le moindre être vivant. Rien que des ruelles menant à rien, des voies de service.

Les éboueurs sont les premiers à le rejoindre. Ils conduisent comme s'ils utilisaient un levier de vitesse pour la première fois, ils font des soubresauts, s'arrêtent encore et encore, traînent du métal sur l'asphalte, produisant les bruits les plus insoutenables, aucun effort pour rester silencieux. Le ciel commence à retenir la lumière, et les premiers moteurs d'avion se mettent à tourner et à rugir au-dessus de l'eau. Jim ne les voit pas d'où il est. Il aurait dû mieux planifier. Il est frigorifié et épuisé, et si affamé et assoiffé.

Il retourne à l'hôtel pour le buffet du petit-déjeuner, il doit encore patienter quarante-cinq minutes sans rien faire, et ce n'est qu'un petit-déjeuner continental, ce qui s'avère toujours décevant. Les Européens sont censés apprécier ça, mais comment est-ce possible ? Il mastique des petits pains froids badigeonnés de beurre et de confiture, et il songe que les choses devraient être mieux à la fin. S'ils savaient, ils feraient un effort.

Il prend la navette jusqu'au terminal, où il attend encore. Combien d'heures a-t-il passées à attendre dans sa vie ?

Tous ces gens autour de lui, et il n'a de lien avec aucun d'entre eux. Il pourrait disparaître que rien ne changerait. Quand il embarque à bord de l'avion, il s'assied à côté d'un inconnu qui demeurera un inconnu, et ça n'a jamais été différent, en réalité, au cours de son existence, à l'exception de ses enfants et de ses femmes et de sa famille, juste cette petite poignée.

Il est si fatigué qu'il s'endort pendant le premier vol, puis il se sent groggy en traversant le terminal de Seattle, il essaie de ne pas sombrer dans le sommeil tandis qu'il attend le vol pour Anchorage. Il ne veut pas le manquer. Il prévoit d'en finir, sa tâche, son devoir à faire. Ces mots prennent un sens différent, maintenant. C'est son foyer, tout ce qui avait un lien avec sa famille qui l'a mené jusqu'ici. Et la situation lui paraît davantage imposée que choisie.

Il dort aussi pendant le vol vers Anchorage, se réveille à la fin et aperçoit la côte et les îles, magnifiques depuis les hauteurs. De rares nuages épars. Les glaciers et les champs de glace qui semblent si doux. Il devrait faire quelque chose de spectaculaire, sauter en parachute et ne pas tirer sur la corde. Choisir le plus haut saut possible et savourer le temps qui reste.

À cette altitude, l'humanité est effacée. Aucun signe d'un bâtiment ou d'un bateau, les montagnes miniatures, les vagues aplaties, le monde innocent. Il pourrait y vivre, depuis ce point de vue distant, s'il n'était jamais obligé de s'approcher. Les canaux et rivières particulièrement idylliques, minuscules miroirs bleus et toujours calmes.

Il attend une fois encore à Anchorage, un aéroport bien plus petit, et le froid même à l'intérieur. Engoncé dans sa veste épaisse, maintenant, bottes et sous-vêtements thermiques. Il doit marcher dehors pour rejoindre l'avion, et il se demande ce que penserait quelqu'un qui n'aurait pas été au courant, qui effectuerait une simple correspondance depuis une zone tropicale quelconque, en tongs et short. Mourrait-il de froid ? Mais tout le monde semble être au courant, ils portent des parkas comme la sienne, des gants et des bonnets et des bottes de neige.

Un avion à hélices, moins de vingt sièges, sans vraiment de chauffage, des parois fines comme du papier. Ils gardent tous leur attirail complet. On dirait franchement qu'ils se dirigent vers un lieu hostile, quelque part aux confins du monde. Des milliards de gens, mais cela semble inconcevable ici.

L'avion si léger qu'il est sans cesse ballotté par les turbulences, les trous d'air, les chutes soudaines, il tangue d'un côté puis de l'autre, comme s'il refusait de suivre une seule et unique trajectoire. Et l'obscurité, l'obscurité constante, bien que là, à la mi-mars, le soleil ne se couche pas avant 19 h 30, ce qui est correct. C'est seulement le milieu de l'hiver qui est déprimant, et il l'a passé. Plus aucune excuse. Il ne peut s'en prendre qu'à lui-même, pas à l'environnement.

Ils survolent un nombre incalculable de montagnes invisibles, Denali quelque part à gauche, immense pic blanc qui fait paraître les autres sommets tout petits, puis les quelques lumières de Fairbanks en contrebas, et ils atterrissent.

Personne pour l'accueillir à l'aéroport et il est tard, presque 11 heures du soir. Il a réussi à construire une vie totalement solitaire, ici. Ça n'avait jamais été son projet, vraiment. On ne fait pas de projets et on ne suit pas de projets. Ce n'est qu'un concept.

Son pick-up est resté branché pendant toute son absence, un chauffe-moteur pour l'empêcher de geler, et il est soudain frappé par le gâchis absolu de ce procédé, vu qu'il ne fait que -25 °C, mais c'est pareil pour tout, ici, et les pipelines se chargent de laver les mauvaises consciences. Une époque d'expansion. Si identique à un western, tous les hommes sont venus ici pour une ruée vers l'or noir. Fairbanks possède même des saloons, et c'est là qu'il devrait aller maintenant. Pourquoi rentrer chez lui ?

Il débranche le pick-up, le démarre et s'éloigne au pas, sur ses pneus cloutés. Tout le monde évolue avec lenteur, les rues enneigées. Jim prend la direction d'un saloon en centre-ville dans lequel il trouvera des prostituées, il le sait. Il ne va pas perdre son temps à chercher.

Les murs sont en rondins et à l'intérieur, le sol est jonché de coques de cacahuètes. Des petites tables rondes, deux danseuses sur la scène. Davantage de chauffage ici, pour elles, alors il doit retirer sa veste et il regrette d'avoir mis ses sous-vêtements thermiques. Il transpire déjà.

Une des danseuses est plutôt jolie. Un corps ne semble jamais réel sous cet éclairage. On le croirait en cire. Mais il apprécie tout de même le spectacle. La serveuse, seins nus et jeune, lui demande ce qu'il désire.

— Vous, dit-il. Je sais que vous n'êtes pas prostituée et je ne fais jamais ça, d'habitude, alors c'est pour ça que je vous pose la question. Qu'est-ce que vous diriez de cinq cents dollars pour monter avec moi pendant vingt minutes ?

Ses longs cheveux noirs sont tirés en une queue-de-cheval serrée. Mince et nouvelle, et la poitrine charnue.

— Cinq cents ?

— Oui. Une offre unique, valable juste maintenant.

— D'accord, dit-elle. Mais vous devrez encore cinquante dollars au bar pour payer la chambre et mon temps d'absence.

— Ça me convient.

— L'argent en liquide, tout de suite.

Jim la paie. Il transporte beaucoup d'argent liquide, mais il en reste encore tellement plus sur son compte.

Qui végète là, qui sera confisqué par le fisc. Il devrait payer une centaine de tournées et demander à tout le monde de porter un toast et de crier “On emmerde le fisc!” Aucun habitant de l’Alaska n’aime les impôts ni le gouvernement. Il ne trouverait personne pour contester.

Il la suit à l’étage. La chambre est décorée façon Far West. Des lattes de bois rugueux au sol et au mur, une teinte sombre, un lit à baldaquin et une couverture rouge satinée typique d’un bordel, des lampes à pétrole. Un crachoir dans un coin. Il n’a pas le Magnum avec lui, pas de ceinture ni d’étui non plus, sinon il l’aurait accroché à un des pieds du lit.

Elle se poste devant le lit et il est évident qu’elle ne sait pas trop quoi faire. Elle ne lui demande pas de se doucher.

Il s’approche d’elle et pose les mains sur ses seins, la peau fraîche d’avoir travaillé sans vêtement, un peu moite. Il sent l’odeur de sa sueur. Elle le laisse passer les mains sur son dos et son ventre, il déboutonne son short en jean et le fait tomber au sol. Elle porte une culotte de grand-mère en dessous, beige pâle et très couvrante, alors il la retire aussitôt et tente d’oublier les taches à l’entrejambe.

Il la pousse en arrière sur le lit, il lui écarte les jambes, mais elle a une odeur et une allure trop féminines et réelles.

Il déboutonne son jean, l’enlève et reste planté là, flasque.

— Vous ne bandez même pas.

— Je sais. Désolé.

Elle se redresse, se penche pour prendre consciencieusement la bite dans sa bouche, et ils pourraient aussi bien être mariés, ce sentiment d’obligation sans plus aucun désir véritable. Il observe son joli visage car ça devrait l'exciter de la voir faire ça, mais sa bite est absolument flasque et absente, et il n'éprouve pas le moindre plaisir.

— Tant pis, dit-il. Allonge-toi, je vais passer derrière toi.

Elle lui tourne le dos sur le lit, il finit de se déshabiller, s'allonge derrière elle, l'attrape en cuillère. Un peu froid, ici, et ils sont sur la couverture satinée, pas dessous. Il sait qu'il n'aura plus jamais d'érection. Il sent son temps s'écouler à chaque tic-tac de l'aiguille.

— Qu'est-ce qu'on fait ? demande-t-elle.

— Chuuut, dit-il. Laisse-moi t'enlacer. Tu es agréable. Je sais qu'on n'a que vingt minutes. Je sais que mon temps arrive à son terme.

Il inspire le parfum de ses cheveux et de son cou, sa sueur, il est reconnaissant de ces éléments réels et tangibles à la fin. Il ferme les yeux, l'attire aussi près de lui que possible, et il essaie de ne pas se sentir seul, mais il lui faut quelques secondes à peine pour se mettre à sangloter. Il essaie de s'empêcher de bouger ou d'émettre un son, mais elle devine.

— Vous pleurez ? demande-t-elle.

— Pardon, gémit-il.

— C'est trop bizarre, dit-elle en lui écartant les mains.

— Je t'en prie. Encore cinq minutes. Laisse-moi te serrer dans mes bras.

Elle se détend alors et il n'est plus obligé de se cacher. Il l'étreint, son corps tremble et son visage s'affaisse. Les pleurs déferlent en ondes qu'il sent monter de très profond, comme regarder les vagues s'écraser sur un rivage lointain.

Elle fait alors quelque chose d'inattendu. Elle se tourne vers lui et le prend entre ses bras, tient sa tête contre ses seins, le materne, un instant de générosité.

— Ça va aller, dit-elle. Ça va aller.

Elle ne se lève pas pour sortir, elle reste ainsi longtemps, sa main lui caressant l'arrière du crâne et la nuque, le visage de Jim humide et enfoui dans sa poitrine. Il a été surpris tant de fois par des actes de générosité, par ce que l'on fait pour lui, même cette inconnue.

Mais il gâche tout, évidemment.

— Et si je te demandais en mariage? lâche-t-il. Maintenant. Je signerais un document pour tout te léguer, ma maison et mon cabinet, et mon argent, si on venait à se séparer ou si je mourais. Je suis dentiste. Tu aurais une sécurité financière, et si tu me serrais dans tes bras comme ça, je serais en sécurité moi aussi. Je vois que tu es quelqu'un de bien, de généreux. C'est tout ce que j'ai besoin de savoir.

— Je voulais juste vous aider, dit-elle en le lâchant avant de s'asseoir. Parce que vous aviez l'air triste.

— Oui, et je t'en suis reconnaissant.

— Je ne veux pas vous épouser. Bon dieu. J'ai une vie, ici.

— Désolé.

— On ne propose pas simplement d'épouser quelqu'un comme on achète un sandwich.

— Désolé.

Elle enfile son short et n'a pas de T-shirt à mettre, alors elle franchit le seuil de la porte rapidement. Il sait qu'elle ne lui adressera plus la parole quand il redescendra. Un videur interviendra, ou quelque chose dans le genre. Elle avertissait sûrement tout le monde, à l'instant même.

Il s'allonge sur le dos et ferme les yeux. Le désespoir est la vérité. Il aurait eu de la chance en l'épousant, et elle s'en serait mieux portée, elle, avec cette sécurité financière. Il va se suicider, maintenant, et elle connaîtra des galères, des relations merdiques avec des hommes plus jeunes et le manque d'argent. Elle aurait dû accepter sa proposition.

Tout ce qui lui reste à faire, désormais, c'est de rentrer chez lui. Ce sera son dernier trajet. Il se lève, descend et sait que ces gens-là seront les derniers qu'il verra, des inconnus. La fille cachée quelque part, bien sûr, et les autres filles et les videurs qui l'observent, exactement comme il l'imaginait. Les clients ne se rendent compte de rien. Des vieux au bar, bien plus vieux que lui, des vies bien pires que la sienne, à n'en pas douter, et pourtant ils arrivent à continuer, bien qu'ils soient sûrement tous des ivrognes. Gras ou trop maigres, le nez ravagé.

Un jeune assis à une table ronde, entouré par deux femmes. Il mastique des cacahuètes et jette les coques par terre. Une tignasse de cheveux noirs, le visage trop rond, encore assez jeune pour avoir des boutons d'acné, et où a-t-il trouvé l'argent ?

Mais les histoires des autres n'importent plus. Jim enfile sa parka, retourne dans le froid et l'obscurité, il marche dans la neige crissante, la musique étouffée. Il remonte dans son pick-up, sort de la ville et roule sur une route qui n'a pas été déneigée. Il utilise les quatre roues motrices. Aucun lampadaire, ici, et presque aucun voisin. L'endroit qu'il a choisi.

Les pneus avant s'enfoncent dans la neige, tournent sur un étroit sentier, le long d'un fossé peu profond mais suffisamment pour y rester coincé, environ trois mètres jusqu'à une prairie et un torrent. Le pick-up dévalerait la pente, Jim serait juste bloqué et ce ne serait qu'un accident. Mais le problème, c'est le temps. Il lui faudrait des heures entières avant de geler ou de suffoquer, bien plus longtemps si le moteur ne s'arrêtait pas, ni le chauffage aussi, et il serait peut-être sauvé.

Il remonte la colline, il suit la trajectoire de la route grâce à ses souvenirs plutôt qu'à sa vue. Les arbres toujours dénudés, des troncs blancs et des branches si fines. Il atteint son allée, enfin, il gravit une petite colline et sa maison est là, un étage, et vide, avec un panier de basket installé, vagues rêves de parties avec son fils, mais son fils ne viendra pas, et il neige presque toute l'année, de toute façon.

Il appuie sur le bouton d'ouverture de la porte du garage qui se lève docilement, et il entre, un espace nu à l'éclairage cru. Des établis avec quelques rares outils, quelques cartons qu'il n'a pas encore déballés et qui contiennent ses affaires. Trois paires de skis de fond appuyées dans un coin, la paire de Cheryl si minuscule. Des cannes à pêche et des épuisettes. Le Zodiac installé sur sa remorque, les boudins dégonflés, attendant l'été.

Le ciment si propre, immaculé. Il franchit la porte de la cuisine, pose la valise par terre et déplie la table à jouer. L'endroit où sera posé le Magnum, alors autant qu'elle soit déjà installée. Une économie de mouvements. Un peu d'efficacité dans les derniers moments.

Il a faim, il aurait dû commander à manger au saloon. Ce sera une conserve, une soupe ou un chili. Il ouvre les placards et contemple le choix qui s'offre à lui, incapable de se décider. Des étiquettes colorées, mais aucune dont il ait envie. Il opte finalement pour le chili, sort une petite casserole, ouvre la conserve, le contenu si semblable à de la pâtée pour chien, et il attend qu'elle réchauffe.

Il n'y a pas de chaîne hi-fi, ni de télé. Pas de canapé, ni de fauteuils confortables. Rien au mur. Personne ne vit ici. Rien qu'une cuisine qui s'étend vers une large pièce à vivre avec une cheminée à l'autre bout, faite de pierres vertes qu'il a fait venir du ranch en Californie, un souvenir de chez lui. À l'étage, trois chambres, vides, avec leurs salles de bains, et un couloir. Un endroit qui n'a de sens que s'il est habité et meublé.

Il n'a pas envie de laver un bol, alors il apporte la casserole à table, la pose sur une manique et mange directement dedans. Un peu épicé, des morceaux de viande qui fument dans le froid ambiant, pas mauvais. Il sort le Magnum de sa valise, repose le bagage par terre, se baisse pour attraper la boîte de munitions. Il la fait glisser sur la table, ouverte, devant la casserole, ses épaisses douilles en cuivre blotties dans le polystyrène, .44 REM MAG gravé sur chaque cercle de culot autour de l'amorce. Magnifiques, ainsi disposées, et il en sort une pour la contempler. Le poids improbable d'une si petite chose. Il n'arrive pas à se faire à la rondeur de l'extrémité, elle n'est pas pointue comme les balles de fusils. Celle-ci est prévue pour déchiqueter et infliger des dégâts, et non traverser facilement. Sa boîte crânienne sera explosée, et non pas transpercée.

Il se lève et va chercher le téléphone posé sur l'îlot de cuisine. Un fil assez long pour atteindre la table pliante. Il décroche le combiné et commence à composer un numéro, puis raccroche. Il n'est pas sûr de ce qu'il veut dire.

Il se hâte de finir le chili, se demande s'il devrait en manger une autre boîte. Mais la tâche lui semble trop ardue. Si tard, et le silence si total ici, et la maison glaciale. Il porte encore sa parka et ses gants, il attend que le chauffage fasse son œuvre.

Il est trop fatigué pour le faire ce soir. C'est la vérité. Et ce n'est pas comme si ça urgeait. Qu'est-ce que ça peut faire, qu'il le fasse ce soir ou demain ? Elle est peut-être déjà endormie, de toute façon. Il n'a pas envie d'entendre Rich derrière elle. Il la cueillera demain.

Il trouve un sachet de chips et quelques cacahuètes, et il termine son dîner avec ça. Le revêtement en vinyle marron de la table, fin mais légèrement souple, une sorte de rembourrage en dessous. Il pose le Magnum parfaitement au centre, comme installé là en démonstration. Le long canon, et la crosse paraît atrophiée à côté des autres éléments si grands, l'énorme cylindre.

Il a si mal à la tête dans le froid. Insoutenable, de rester assis là. Alors il monte dans sa chambre à l'étage, et il attrape la codéine dans le meuble à miroir de la salle de bains, et il en avale deux. Pas quelque chose qu'on peut faire en continu toute une année, voire même tout un mois, mais il n'a plus à s'inquiéter des effets à long terme. Il aurait dû essayer toutes les drogues illicites. Tant de choses qu'il aurait dû faire.

Il retire ses bottes et sa parka, il s'allonge dans un unique grand sac de couchage acheté au surplus militaire posé à même le sol, et la tête sur un vieil oreiller qu'il emportait à la chasse. Il garde son bonnet et remonte le sac de couchage sur son visage, il sent l'odeur rance de son haleine. Il ne peut que gémir, les antalgiques ne font pas encore effet.

Il voit ses pensées s'éveiller, se prépare à une nouvelle nuit d'insomnie, une nuit parmi des milliers identiques, son corps si épuisé, et dès qu'il se repose, son esprit se met en branle. C'est un petit bâtiment en béton, un plafond bas, et la longue file de pensées qui attendent patiemment dehors commence à entrer d'un pas traînant. Il n'y a plus assez de place, mais elles continuent à avancer. La file est interminable et il n'y a aucune règle définie pour réguler la pression, aucune limite. Un millier d'entre elles peuvent se masser dans un espace prévu pour dix, et encore un millier d'autres.

Sans aucune transition évidente, rien qu'un attroupement. Jeannette, surtout, des plans désespérés et des regrets qui blessent encore. Les moments de décision. Ce dernier jour, pas la première fois qu'il va voir des prostituées. Un tel déni qu'il pourrait presque se convaincre que celles de San Francisco étaient les premières, mais il y en avait eu plusieurs ici, à Fairbanks, notamment celle qui lui avait refilé des morpions juste avant qu'il n'aille voir Jeannette. Essayer de lui mentir, inventer un bobard à propos des bancs du vestiaire, et bien sûr, elle n'était pas tombée dans le panneau. Seuls ses enfants tombaient dans le panneau. Mais ces instants où il passait à l'acte, où il avait appelé la prostituée, par exemple. Pourquoi n'y avait-il rien qui l'en ait empêché ?

Et les meilleurs moments avec Jeannette, pourquoi n'y avait-il rien qui les fasse demeurer ? L'été à Gold Beach quand ils construisaient le bateau, qu'ils rénovaient une petite maison et qu'ils trimaient tant, toujours fatigués mais heureux aussi, des rêves en commun, se préparant des sandwichs au pâté de jambon sur le plan de travail de la petite cuisine minable, jouant à se peloter. Dormant à même le sol, à cette époque aussi, un seul sac de couchage pour deux, mais trop chaud l'été, toujours à le jeter sur le côté, et dormir nus enlacés l'un contre l'autre, le plus proche qu'il ait jamais été d'une autre personne. Sa fille, Cinamon, en Californie chez les grands-parents, aussi avait-il Jeannette pour lui tout seul.

Ses enfants à lui étaient venus plus tard, et seulement une partie de l'été, David préparait du café dans le jardin et il était devenu accro à la caféine, ce qui n'avait pas trop plu à Lorraine. Un gamin de dix ans dépendant à la caféine, rajoutant une dizaine de cuillères de sucre dans chaque tasse. Cheryl, tout juste cinq ans à l'époque, ne restait qu'une semaine, mais il allait se promener avec elle, lui tenait la main, et elle répétait sans cesse qu'elle l'aimait, si facile et si honnête.

Un été qu'il avait hâte de voir finir, à l'époque, la construction prenait du retard, la saison de pêche s'écoulait, mais s'il pouvait revenir en arrière, il ferait en sorte qu'il dure plus longtemps, il étirerait cet été sur plusieurs mois car c'était peut-être la dernière fois qu'il avait ressenti de l'espoir.

Après la première mise à l'eau, ça n'avait plus été que des difficultés en mer, le bateau saboté par des petits trous forés dans la cale, si bien que les poissons ne congelaient jamais vraiment et qu'ils n'en tiraient que la moitié de leur valeur. Puis le treuil qui s'était effondré au large des Aléoutiennes, obligé de vendre, et de retourner au cabinet de dentiste. Ce n'était pas tant les luttes et les désastres en pleine mer, mais plutôt le retour au cabinet, le retour à cette vie qu'il ne voulait pas. Ça avait été le début de la fin, alors, et les moments entre là et aujourd'hui pouvaient tout aussi bien être effacés.

Ses vies d'avant : gamin dans l'eau du lac, puis assez âgé pour partir à la chasse, le ranch et les cerfs et les oiseaux, puis le lycée et les rendez-vous amoureux, l'université et sa rencontre avec Lorraine, l'école de dentiste et la Navy en Alaska, et la naissance de son fils, devenir dentiste à Ketchikan et tromper Lorraine quand elle était enceinte de Cheryl, vivre en Californie sans ses enfants, puis la pêche professionnelle en Alaska à nouveau, à Fairbanks cette fois-ci, et comment chacune de ces vies est-elle liée aux autres ? Si différente, chacune de ces existences. Elles ne peuvent pas dialoguer. Même ses périodes en Alaska, si différentes.

Il ne veut pas de cet ensemble de vies. Il veut autre chose. Il est si las de toujours ressasser les mêmes pensées. Le regret est finalement bien semblable à l'ennui. S'il pouvait effacer ses souvenirs, il le ferait. Et c'est peut-être ce qu'il est en train de faire, c'est peut-être l'intérêt du suicide.

Il ne croit toujours pas qu'il va le faire. C'est la vérité. Peu importe le nombre de fois où il a levé ce revolver, il ne croit pas qu'il va appuyer sur la détente.

Le bruit du chauffage, l'air qui tiédit, et le frigo qui s'allume. Pas d'autre son. Aucun voisin, aucun passage de voiture, aucun animal à cette époque de l'année, tout est dissimulé. Même pas de vent. L'immobilité totale. Le seul mouvement est la douleur dans sa tête, une spirale après l'autre, un peu engourdi par la codéine et accompagné désormais par les sueurs et l'envie de gerber que provoque le médicament. Une étrange incrédulité vide face à l'insomnie, même après tant de nuits. Et il est trop fatigué pour se lever et faire quelque chose. Il reste donc étendu là, une sorte de momie éveillée et enveloppée dans son désespoir. Il sanglote et sanglote, et son corps est douloureux, et les pleurs n'en finissent jamais.

Le sommeil ne vient pas. Il doit se lever plusieurs fois pour uriner et boire, il se mouche une centaine de fois, et il mange un bol de céréales à deux reprises. La lumière apparaît enfin, blanche et sombre à travers les nuages, rien qu'une lumière sans direction précise. Difficile d'identifier le lever du soleil, mais quand le réveil indique 6 h 15, il doit être quelque part derrière la couverture nuageuse. Jim reprend de la codéine, il mange encore des céréales, se rallonge pour sangloter jusqu'à 7 h 30, soit 8 h 30 en Californie. Il se lève, il n'a pas quitté les vêtements de la veille, ceux de Doug, trop fatigué pour se changer, ou peut-être qu'il veut être dans les habits de son frère, et il s'assied à la table de jeu, à la seule place disponible, et il décroche le combiné.

Il compose le numéro des renseignements, demande les coordonnées d'un fleuriste à Lakeport en Californie, commande une douzaine de roses pour Jeannette, pour son anniversaire dans trois jours, qu'elles lui soient livrées là-bas.

Il prend le Magnum, le pose sur ses cuisses, le laisse là un moment, il sent sa vie circuler, il ouvre le barillet et attrape les munitions une à une dans leur boîte en polystyrène, les insère jusqu'à ce qu'il soit plein, puis le referme dans un claquement. Il pose le revolver sur la table à côté du téléphone, il actionne le chien, vérifie que le cran de sûreté soit débloqué. Une détente hypersensible, rien qu'un léger contact, désormais. Il garde ses mains à distance.

Il se lève pour chercher un papier et un stylo, il veut rédiger une lettre. Il ne peut pas faire ça sans une lettre, sans une sorte de déclaration.

Pas de papier dans la cuisine, il monte à l'étage et farfouille dans les cartons rangés dans une des chambres vides. Des appeaux pour oies et son uniforme de parade de la Navy. Il a encore l'épée, une arme de cérémonie mais vraie tout de même, dans son fourreau en tresse dorée. Si étrange, comme si elle appartenait à la vie d'un autre. Il n'a jamais cru qu'il faisait partie de la Navy, même quand il y était. Leur unité, la risée de tous. Menée par un dentiste, paradant à reculons, trébuchant et s'affalant dans un bac à sable au cours d'une cérémonie. On ne pouvait pas attendre mieux de la part d'un dentiste.

Ce devait être une des rares journées sur l'île d'Adak où le vent avait faibli suffisamment pour les laisser sortir. Le plus clair de leur temps passé à l'intérieur ou dans des tunnels. À chasser avec le .300 Magnum dès que le temps s'améliorait. Tirer sur des phoques et des lions de mer, et essayer de récupérer les corps à l'aide d'une gaffe à flétan. Risquer sa vie sur les rochers, si glissants. Des vagues et d'épaisses algues vertes. L'eau si froide, et la marée implacable.

Lorraine avait failli être emportée, une fois. Elle était bêtement sortie quand le vent soufflait à plus de cent soixante kilomètres/heure. Si facile, de mourir là-bas, mais ça n'arrivait pourtant pas. Leur ami, attaqué par un lion de mer, un mâle d'une demi-tonne, mais l'homme s'était juste retrouvé enfoncé dans la vase, aucun os cassé. David, atteint d'une jaunisse, une fièvre à 40 °C, il avait failli mourir juste à la naissance, mais avait survécu. Seules les crises cardiaques étaient fatales. L'environnement ne tuait personne, aussi dangereux soit-il.

Il trouve un stylo qu'on lui a donné, sans qu'il puisse se rappeler qui, ni quand. Il déniche un grand bloc de papier blanc dans un carton de livres, surtout des westerns, et des vieilles lettres, notamment une écrite à son oncle Frank en 1951, alors qu'il avait dix ans.

> *Cher oncle Frank : J'ai trouvé le meilleur endroit du monde pour piéger des sconses. C'est très haut et il faut ramper dans un trou pour y arriver. Il y a beaucoup de glands et c'est très sombre. J'y ai capturé deux civettes, et c'est très dangereux. Je parie que tu ne devineras pas où c'est.*
>
> *J'ai eu pas mal de chance à la pêche, cette année. Il y a beaucoup de vers et j'ai attrapé beaucoup de poissons-chats. J'ai pêché le plus gros qu'on ait jamais vu dans un lac d'eau douce, sauf dans le lac Michigan, le Supérieur, l'Érié et l'Ontario. On a donné deux poissons-chats à M. Lewis. Le niveau du lac est très haut, mais il commence à baisser.*
>
> *J'espère que tu pourras venir cet été. C'est vraiment amusant de faire des tours sur notre barque. Je vais t'envoyer une histoire drôle sur des castors retors. Ah si, tu sais ce qu'est un sconse ? Un sconse, c'est une chatte avec une pompe à fluides.*
>
> *J'ai oublié de t'expliquer le danger qu'il y a à piéger des sconses. Les sconses peuvent t'asperger.*
>
> *J'ai oublié de te dire où je capturais les sconses. Creuse-toi la cervelle !*
>
> *Bisous, Jimmy*

Jim relit la lettre, une façon d'effleurer cette époque, cet esprit différent, pas encore brisé. Ou bien y avait-il déjà des indices ? L'endroit sombre, le sentiment de menace, la fascination pour la pompe à fluides ? Sommes-nous jamais innocents ? Il devrait lire les autres lettres, toutes, mais il se sent épuisé. Il prend juste le bloc de papier et le stylo, et il redescend.

Rester en vie est ma seule préoccupation, pour l'instant, écrit-il comme s'il s'agissait d'un pense-bête. Sans savoir pourquoi, il imaginait qu'une lettre allait prendre forme d'elle-même, mais il comprend désormais que ça ne sera pas le cas. Rien d'aussi simple qu'une partie de chasse ou de pêche à raconter. *Tu m'as baisé*, écrit-il. Une lettre pour Jeannette. Que faut-il inclure d'autre dans une lettre de suicide ? À qui revient quoi, comme dans un testament ? Il ne restera rien après le passage du fisc.

Il écrit le nom de son frère et son numéro de téléphone, aussi celui de Lorraine, et de son père. *Merci d'incinérer mon corps à Fairbanks et de répandre mes cendres à White Ranch.*

Il sort son chéquier et rédige des chèques pour Doug, il vide presque tout son compte bancaire.

Les chèques sont destinés à Doug Vann. La chaîne appartient à Jeannette Vann. Il transporte cette chaîne depuis un moment, maintenant, un petit bijou en or, un morceau d'elle qu'il sort de sa poche et dépose sur la table de jeu.

Doug – j'aimerais te léguer White Ranch, et te confier la moitié du bien pour David et Cheryl.

Doug, toi et nos proches avez vraiment fait tout ce que vous pouviez faire. Mais j'ai simplement besoin de quelque chose que vous ne pouvez pas me donner.

Le plus effrayant, c'est de ne plus pouvoir aimer, de ne plus pouvoir établir et maintenir une relation qui me permette de mener une vie épanouissante.

Il repose le stylo, se prend la tête entre les mains, aimerait que la douleur cesse simplement. Mais ça ne suffit pas. Il le comprend à présent. Rien ne pourra le faire passer à l'acte. Il va juste jouer le rôle du suicidaire, rédiger des lettres débiles qui ne veulent rien dire. Il n'y aura jamais de période assez horrible pour que le geste devienne inévitable. Il soulève le revolver et porte le canon à sa tempe. Ça devrait se passer ainsi, mais accompagné par le doute, par la perte de foi et de mémoire et par une douleur physique, quelque chose d'insupportable, quelque chose que personne ne pourrait endurer. Sauf que ça ne sera jamais le cas. Ce qu'il en retirera sera bien plus insignifiant.

Il repose le revolver, positionne avec prudence le canon sur le côté au cas où le coup partirait subitement, le chien toujours armé, et il tend le bras vers Jeannette, il compose son numéro.

Attendre que les connexions s'effectuent, un câble qui serpente vers le cabinet médical de Lakeport où elle travaille désormais. C'est là qu'il aurait pu la trouver à Lakeport. Si bête et si facile, et pourtant, il n'y avait pas pensé, sans savoir pourquoi.

Quelqu'un d'autre décroche, il doit demander à parler à Jeannette, puis attendre encore. Ils ont l'air très occupés.

— Salut Jim, dit-elle enfin.

— Je t'aime, mais je ne peux pas vivre sans toi, dit-il, une réplique dont il se souvient étrangement, toute faite, et il prend le revolver, appuie le canon contre sa tempe pour que cela lui semble plus réel.

Le combiné à gauche, le canon à droite, comme une sorte d'opérateur téléphonique.

— Quoi ? demande-t-elle. Je n'entends pas très bien. Attends une minute.

Il patiente tandis qu'il perçoit des frottements indistincts, et une porte qu'on referme, et soudain moins de bruits de fond.

— Voilà, dit-elle. Je devrais pouvoir entendre, maintenant.

— Je t'aime mais je ne peux pas vivre sans toi, répète-t-il.

Et il n'éprouve pas cette dimension dramatique qu'il avait imaginée. Il n'éprouve rien, à vrai dire. Il sait qu'il ne le fera pas, qu'il n'appuiera pas sur la détente, et soudain, il le fait.

Remerciements

J'AI eu la chance d'avoir une seule traductrice en France, Laura Derajinski, pour tous mes livres. Quand vous me lisez, vous la lisez elle aussi. Pour *L'Obscure Clarté de l'air*, elle a fait quelque chose d'unique. Le style du livre favorise le côté germanique de l'anglais et non le côté français, ce qui le rendait particulièrement difficile à traduire, mais elle a su créer une voix française qui imite le rythme des phrases germaniques. C'est un exploit extraordinaire et original qui mérite d'être applaudi. Nous devrions tous saluer plus souvent le travail des traducteurs, et particulièrement dans un cas comme celui-ci.

Je tiens aussi à remercier mon éditeur, Oliver Gallmeister, et tous ceux qui travaillent à ses côtés. Les tournées en France, les rencontres avec les libraires et les journalistes, et les festivals littéraires ont fait de ces huit dernières années les plus belles qu'il m'ait été donné de vivre. Des trente pays où je suis parti en tournée, la France est sans aucun doute celui qui possède la plus belle culture littéraire et qui constitue le meilleur refuge pour les livres, grâce au travail de libraires dévoués présents dans chaque quartier. Je tiens donc à adresser ma reconnaissance à cette culture littéraire française florissante qui a changé ma vie.

Je remercie aussi La Marelle et Pascal Jourdana pour une résidence de deux mois à Marseille quand je relisais ce roman. J'ai adoré le métissage culturel de la région, la mer, les randonnées dans les Calanques à couper le souffle, l'accueil chaleureux et les conversations amusantes quand j'essayais d'apprendre le français.

Traduit de l'américain par Juliette Grondin

CATALOGUE TOTEM

184 Peter Farris, *Les Mangeurs d'argile*
183 David Vann, *Un poisson sur la Lune*
182 Mary Relindes Ellis, *Le Guerrier Tortue*
181 Pete Fromm, *La Vie en chantier*
180 James Carlos Blake, *Handsome Harry*
179 Walter Tevis, *Le Jeu de la dame*
178 Wallace Stegner, *Lettres pour le monde sauvage*
177 Peter Swanson, *Vis-à-vis*
176 Boston Teran, *Méfiez-vous des morts*
175 Glendon Swarthout, *Homesman*
174 Ross Macdonald, *Le Corbillard zébré*
173 Walter Tevis, *L'Oiseau moqueur*
172 John Gierach, *Une journée pourrie au paradis des truites*
171 James Crumley, *La Danse de l'ours*
170 John Haines, *Les étoiles, la neige, le feu*
169 Jake Hinkson, *Au nom du Bien*
168 James McBride, *La Couleur de l'eau*
167 Larry Brown, *Affronter l'orage*
166 Louisa May Alcott, *Les Quatre Filles du docteur March*
165 Chris Offutt, *Nuits Appalaches*
164 Edgar Allan Poe, *Le Sphinx et autres histoires*
163 Keith McCafferty, *Les Morts de Bear Creek*
162 Jamey Bradbury, *Sauvage*
161 S. Craig Zahler, *Les Spectres de la terre brisée*
160 Margaret Mitchell, *Autant en emporte le vent*, vol. 2
159 Margaret Mitchell, *Autant en emporte le vent*, vol. 1
158 Peter Farris, *Dernier appel pour les vivants*
157 Julia Glass, *Une maison parmi les arbres*
156 Jim Lynch, *Le Chant de la frontière*
155 Edward Abbey, *Le Feu sur la montagne*
154 Pete Fromm, *Comment tout a commencé*
153 Charles Williams, *Calme plat*
152 Bob Shacochis, *Sur les eaux du volcan*
151 Benjamin Whitmer, *Évasion*
150 Glendon Swarthout, *11 h 14*
149 Kathleen Dean Moore, *Petit traité de philosophie naturelle*

148 David Vann, *Le Bleu au-delà*
147 Stephen Crane, *L'Insigne rouge du courage*
146 James Crumley, *Le Dernier Baiser*
145 James McBride, *Mets le feu et tire-toi*
144 Larry Brown, *L'Usine à lapins*
143 Gabriel Tallent, *My Absolute Darling*
142 James Fenimore Cooper, *La Prairie*
141 Alan Tennant, *En vol*
140 Larry McMurtry, *Lune comanche*
139 William Boyle, *Le Témoin solitaire*
138 Wallace Stegner, *Le Goût sucré des pommes sauvages*
137 James Carlos Blake, *Crépuscule sanglant*
136 Edgar Allan Poe, *Le Chat noir et autres histoires*
135 Keith McCafferty, *Meurtres sur la Madison*
134 Emily Ruskovich, *Idaho*
133 Matthew McBride, *Frank Sinatra dans un mixeur*
132 Boston Teran, *Satan dans le désert*
131 Ross Macdonald, *Le Cas Wycherly*
130 Jim Lynch, *Face au vent*
129 Pete Fromm, *Mon désir le plus ardent*
128 Bruce Holbert, *L'Heure de plomb*
127 Peter Farris, *Le Diable en personne*
126 Joe Flanagan, *Un moindre mal*
125 Julia Glass, *La Nuit des lucioles*
124 Trevanian, *Incident à Twenty-Mile*
123 Thomas Savage, *Le Pouvoir du chien*
122 Lance Weller, *Les Marches de l'Amérique*
121 David Vann, *L'Obscure Clarté de l'air*
120 Emily Fridlund, *Une histoire des loups*
119 Jake Hinkson, *Sans lendemain*
118 James Crumley, *Fausse piste*
117 John Gierach, *Sexe, mort et pêche à la mouche*
116 Charles Williams, *Hot Spot*
115 Benjamin Whitmer, *Cry Father*
114 Wallace Stegner, *Une journée d'automne*
113 William Boyle, *Tout est brisé*
112 James Fenimore Cooper, *Les Pionniers*
111 S. Craig Zahler, *Une assemblée de chacals*
110 Edward Abbey, *Désert solitaire*

109 Henry Bromell, *Little America*
108 Tom Robbins, *Une bien étrange attraction*
107 Christa Faust, *Money Shot*
106 Jean Hegland, *Dans la forêt*
105 Ross Macdonald, *L'Affaire Galton*
104 Chris Offutt, *Kentucky Straight*
103 Ellen Urbani, *Landfall*
102 Edgar Allan Poe, *La Chute de la maison Usher et autres histoires*
101 Pete Fromm, *Le Nom des étoiles*
100 David Vann, *Aquarium*
99 *Nous le peuple*
98 Jon Bassoff, *Corrosion*
97 Phil Klay, *Fin de mission*
96 Ned Crabb, *Meurtres à Willow Pond*
95 Larry Brown, *Sale boulot*
94 Katherine Dunn, *Amour monstre*
93 Jim Lynch, *Les Grandes Marées*
92 Alex Taylor, *Le Verger de marbre*
91 Edward Abbey, *Le Retour du gang*
90 S. Craig Zahler, *Exécutions à Victory*
89 Bob Shacochis, *La femme qui avait perdu son âme*
88 David Vann, *Goat Mountain*
87 Charles Williams, *Le Bikini de diamants*
86 Wallace Stegner, *En lieu sûr*
85 Jake Hinkson, *L'Enfer de Church Street*
84 James Fenimore Cooper, *Le Dernier des Mohicans*
83 Larry McMurtry, *La Marche du mort*
82 Aaron Gwyn, *La Quête de Wynne*
83 Larry McMurtry, *La Marche du mort*
82 Aaron Gwyn, *La Quête de Wynne*
81 James McBride, *L'Oiseau du Bon Dieu*
80 Trevanian, *The Main*
79 Henry David Thoreau, *La Désobéissance civile*
78 Henry David Thoreau, *Walden*
77 James M. Cain, *Assurance sur la mort*
76 Tom Robbins, *Nature morte avec Pivert*
75 Todd Robinson, *Cassandra*
74 Pete Fromm, *Lucy in the Sky*
73 Glendon Swarthout, *Bénis soient les enfants et les bêtes*

72 Benjamin Whitmer, *Pike*

71 Larry Brown, *Fay*

70 John Gierach, *Traité du zen et de l'art de la pêche à la mouche*

69 Edward Abbey, *Le Gang de la clef à molette*

68 David Vann, *Impurs*

67 Bruce Holbert, *Animaux solitaires*

66 Kurt Vonnegut, *Nuit mère*

65 Trevanian, *Shibumi*

64 Chris Offutt, *Le Bon Frère*

63 Tobias Wolff, *Un voleur parmi nous*

62 Wallace Stegner, *La Montagne en sucre*

61 Kim Zupan, *Les Arpenteurs*

60 Samuel W. Gailey, *Deep Winter*

59 Bob Shacochis, *Au bonheur des îles*

58 William March, *Compagnie K*

57 Larry Brown, *Père et Fils*

56 Ross Macdonald, *Les Oiseaux de malheur*

55 Ayana Mathis, *Les Douze Tribus d'Hattie*

54 James McBride, *Miracle à Santa Anna*

53 Dorothy Johnson, *La Colline des potences*

52 James Dickey, *Délivrance*

51 Eve Babitz, *Jours tranquilles, brèves rencontres*

50 Tom Robbins, *Un parfum de jitterbug*

49 Tim O'Brien, *Au lac des Bois*

48 William Tapply, *Dark Tiger*

46 Mark Spragg, *Là où les rivières se séparent*

45 Ross Macdonald, *La Côte barbare*

44 David Vann, *Dernier jour sur terre*

43 Tobias Wolff, *Dans le jardin des martyrs nord-américains*

42 Ross Macdonald, *Trouver une victime*

41 Tom Robbins, *Comme la grenouille sur son nénuphar*

40 Howard Fast, *La Dernière Frontière*

39 Kurt Vonnegut, *Le Petit Déjeuner des champions*

38 Kurt Vonnegut, *Dieu vous bénisse, monsieur Rosewater*

37 Larry Brown, *Joe*

36 Craig Johnson, *Enfants de poussière*

35 William G. Tapply, *Casco Bay*

34 Lance Weller, *Wilderness*

33 Trevanian, *L'Expert*

32 Bruce Machart, *Le Sillage de l'oubli*
31 Ross Macdonald, *Le Sourire d'ivoire*
30 David Morrell, *Rambo*
29 Ross Macdonald, *À chacun sa mort*
28 Rick Bass, *Le Livre de Yaak*
27 Dorothy M. Johnson, *Contrée indienne*
26 Craig Johnson, *L'Indien blanc*
25 David Vann, *Désolations*
24 Tom Robbins, *B comme Bière*
23 Glendon Swarthout, *Le Tireur*
22 Mark Spragg, *Une vie inachevée*
21 Ron Carlson, *Le Signal*
20 William G. Tapply, *Dérive sanglante*
19 Ross Macdonald, *Noyade en eau douce*
18 Ross Macdonald, *Cible mouvante*
17 Doug Peacock, *Mes années grizzly*
15 Tom Robbins, *Féroces infirmes Retour des pays chauds*
14 Larry McMurtry, *Texasville*
13 Larry McMurtry, *La Dernière Séance*
12 David Vann, *Sukkwan Island*
11 Tim O'Brien, *Les Choses qu'ils emportaient*
10 Howard McCord, *L'Homme qui marchait sur la Lune*
8 Larry McMurtry, *Lonesome Dove*, épisode II
7 Larry McMurtry, *Lonesome Dove*, épisode I
6 Rick Bass, *Les Derniers Grizzlys*
5 Jim Tenuto, *La Rivière de sang*
4 Tom Robbins, *Même les cow-girls ont du vague à l'âme*
3 Trevanian, *La Sanction*
2 Pete Fromm, *Indian Creek*
1 Larry Watson, *Montana 1948*

CET OUVRAGE A ÉTÉ COMPOSÉ PAR
ATLANT'COMMUNICATION
AU BERNARD (VENDÉE).

ACHEVÉ D'IMPRIMER EN FÉVRIER 2021 SUR LES PRESSES
DE NORMANDIE ROTO IMPRESSION S.A.S., 61250 LONRAI
POUR LE COMPTE DES ÉDITIONS GALLMEISTER
13, RUE DE NESLE, 75006 PARIS

IMPRIMÉ EN FRANCE

DÉPÔT LÉGAL : MARS 2021
N° D'IMPRESSION : 2100351